僕は令和で棋士になる

江戸前期に夭折した少年棋士が令和へタイムスリップ

新井政彦
Masahiko Arai

JN087764

マイナビ

「僕は令和で棋士になる」主な登場人物

伊藤《いとう》印達《いんたつ》……14歳。主人公。

樋口《ひぐち》双葉《ふたば》……15歳。S高校一年。コンビニでバイト。

松下《まつした》和樹《かずき》……34歳。元奨励会三段。江戸風将棋カフェ『宗歩』で指導対局を担当。

末永《すえなが》潤一郎《じゅんいちろう》……62歳。アマ三段。元中学校教師。『宗歩』の常連。

末永《すえなが》康子《やすこ》……62歳。末永潤一郎の妻。

高橋《たかはし》翔太《しょうた》……20歳。アマ四段。K大学将棋部。『宗歩』の常連。

江戸風将棋カフェ『宗歩』の少年たち。

　市園《いちぞの》孝文《たかふみ》……小学五年。男子。三段。

　江波《えなみ》浩平《こうへい》……小学四年。男子。二段。

　加山《かやま》奈々《なな》……小学四年。女子。二段。

中村《なかむら》和敏《かずとし》……31歳。アマ五段。新宿の将棋道場『ヘラクレス』の常連。

目黒《めぐろ》康之《やすゆき》……36歳。アマ五段。新宿の将棋道場『ヘラクレス』の常連。

倉持《くらもち》　亮《りょう》……35歳。現アマ峻王。元学生名人。印達初戦の相手。

中須《なかす》義則《よしのり》……31歳。元アマ竜神。印達2戦目の相手。

吉田《よしだ》伸行《のぶゆき》……32歳。元奨励会三段。

東山《ひがしやま》怜央《れお》……36歳。現アマ無双。印達5戦目の相手。元W大学将棋部。

谷萩《やはぎ》吾郎《ごろう》……25歳。印達が準決勝で対戦する相手。元奨励会初段。

多田野《ただの》雄介《ゆうすけ》……33歳。現アマ竜神。印達が決勝で対戦する相手。元奨励会三段。

棋譜監修／及川拓馬 六段
カバーイラスト／アオジマイコ
カバーデザイン／坂井正規

僕は令和で棋士になる

プロローグ　正徳元年十一月九日

霜月の淡い日差しが降り注いでいる。

八丁堀、楓川《かえでがわ》の土手には人の背丈ほどもあるススキが繁茂し、川面を隠していた。辺りは田畑が遠くまで続く。百姓家が点のようにいくつか見える。

伊藤印達は内弟子の平蔵と一緒に、川沿いの道を歩いていた。平蔵は十四歳の印達より七歳も上だが、気楽に話せる唯一の内弟子だった。

「平蔵さん、町が少し広がったように見えるんだけど」

道のはるか先にある町は、以前より横に広がって見えた。

「上方の薬種問屋が、駿河町にお店を出したんだよ。そのせいで周りに茶屋や旅籠ができた。岡場所もできた。もっと広がるんじゃないかな」

「岡場所も……」

「行きたいか」

平蔵はにっと笑う。

「さ、さようなことは……」

心の臓が激しく打っている。

「おれがおまえの歳には、酒も女も知っていたぞ。兄弟子のひとりに、岡場所へこっそり連れていってもらったんだ」

　印達は何と答えていいかわからなかった。

「まあ、確かに今はそんなときじゃないな。だが印達」

「はい」

「おまえが次期名人位を争う渦中にいることはわかっている。しかし、いやだからこそと言ったほうがいい、少しは気を抜け」

　張りつめすぎると熱や咳の症状が出る。しかしいつも頭のなかには将棋がある。気を緩めることができない。少し遠回りになるが川べりの道を通っていこうと言った平蔵の気遣いを、印達は感じ取った。

「帰りに水茶屋へ寄りますか」

　印達が笑顔で言うと、

「それでこそ次期名人だ」

　平蔵は目を細くして笑った。

　平蔵は内弟子たちのなかでも変わった存在だった。棋力という点で言えば、印達が角を引いていい勝負。とっくに内弟子をやめてもおかしくなかったが、印達の父宗印は平蔵を手元に置いた。

　理由は印達にもよくわかっていた。人の心を和ませてくれる、独特の雰囲気を平蔵は持っていたからだ。親元を離れた年少の内弟子は、みな平蔵を慕っている。

周りに人影はない。今日は日本橋駿河町にある呉服屋で、仕立てが終わった小袖と羽織を引き取る日だった。他の呉服屋より安価だが掛売りはしない。現金取引。

十二日後には御城将棋がある。御城将棋は一年に一度の晴れ舞台。そのためにあつらえたものだった。相手は四世名人である大橋宗桂の養子、大橋宗銀十九歳。宗銀とは過去に五十七戦して、印達が三十六勝二十一敗と勝ち越しているが、御城将棋では初めての対戦となる。是非とも勝ちたい。

そのとき右手のススキが揺れたかと思うと、二人の男がいきなり現れた。二人とも髭面をした人相の悪い男だった。腰に太刀を帯びている。平蔵と印達は思わず身構えた。

「悪いことは言わねぇ、巾着を置いてさっさと失せな」

右側の大柄な男が言った。

背後からも声が聞こえた。

「殺されたくなかったら、言うとおりにしろ」

後ろにも二人。やはり腰に太刀を帯びている。

「何者だ、おまえたち」

平蔵が低い声で言い放った。

「名乗るほどの者じゃねぇよ。金子《きんす》をもらいてぇだけだ」

前にいる小柄な男が薄く笑って言う。

格好や言葉つきからすると、地元のならず者。

「我々は将棋家元、伊藤家の者だ。無礼を働くと許さんぞ」

平蔵も印達も、腰には何も帯びていない。

将棋三家は幕府から俸禄をいただいているが、身分は御用達町人《ごようたしちょうにん》なので二本差しは許されていなかった。旅に出るわけではないので脇差もない。初めてのことに、印達は頭に血が上って何も考えられなかった。

「誰だろうと関係ねぇ。おい、小僧。腰にある巾着をこっちへ渡すんだ」

前にいる小柄の男が左手を差し出した。この金子は渡すわけにはいかない。平蔵の右手が少しだけ動いた。逃げろという合図だと印達は思ったが、足が動かなかった。

「そこの賭場《とば》でちょっと負けが込んでな。早く寄こさねえと、たたっ斬るぞ」

大柄の男が腰の刀を抜くと小柄の男も抜いた。

その瞬間、平蔵の身体が前に飛んだ。二人の男にぶつかっていく。

「逃げろ、印達」

平蔵が叫んだ。

印達の足が勝手に動いた。生い茂っているススキのなかに飛び込んだ。川岸は急で、印達の身体はススキの間を滑るように落ちていく。

この野郎、ふざけやがってという声と、布を叩くような音が聞こえてきたが、その後は自分の身体がススキを擦る音しか聞こえなくなった。

身体が止まった。

水面がすぐ目の前にあった。かなり水量がある。

「待て小僧」

背後で声が聞こえた。

「待ちやがれ」

もうひとりの声。

印達は水面に向かって身を躍らせた。

第一章　令和へ

1　令和二年十月三日（土）

目を開けた。

固い地面に身を横たえているのがわかった。

人の話し声が遠くに聞こえる。ゴーゴーという、今まで聞いたことのない音が地響きのように伝わってくる。

川もススキもない。誰かに助けられたのか。印達は顔を上げると平蔵の姿を探した。どこにもいない。ならず者たちの姿もない。恐る恐る身体を起こしてみた。身体は動く。どこも痛いところはない。血も流れていない。

立ち上がって小袖と巾着を確かめた。小袖は濡れていなかった。巾着も腰にある。中に手を入れて確かめた。金子もある。

印達は立ち上がって小袖についた土を払い落とすと、改めて周りを見た。建物と建物の間の狭いところにいることがわかった。建物の柱は太くて灰色。近くに木が数本あり、少し先に朱塗りの太い柱が見える。

印達はもう一度、記憶をたどった。平蔵と一緒に八丁堀にある屋敷を出て、日本橋駿河町にある呉服屋へ向かった。途中、ススキの生い茂る川べりの道を歩いているとき、ならず者四人に前後を挟まれ、金子を出せと脅された。

平蔵は前にいる二人に体当たりした。その隙に印達はススキのなかに逃げ込んだ。川岸は急で、印達の身体はススキの上を滑り川岸の先端で止まった。

待て小僧、という声がすぐ後ろで聞こえたので、印達は思わず目の前の川に向かって身を躍らせた……間違いない。建物のなかへ逃げ込んだりしていない。だいたいあの付近は畑ばかりで、建物なんてなかった。

印達は天を仰いだ。

木々の上に陽の光が見えた。印達は声のするほうへ足を踏み出した。

たくさんの人出があった。巨大な朱の社殿。緑色の屋根。広い境内。どこかの神社のようだ。周りを見ながら、ゆっくりと石畳の境内を歩いた。

人々の衣類が異様だった。変わった色の股引《ももひき》を穿いている。半纏《はんてん》のようなものを着ている人も多い。ほとんどの人が口の部分を白や黒の布で覆っている。髷《まげ》を結っている人は誰もいなかった。印達は思わず自分の頭に手をやった。髷があった。月代《さかやき》も剃ってある。

短髪の人が多かった。顔つきからしてたぶん男だろう。逆に長い髪をそのまま垂らしている人もいた。これはおそらく女。髪の色は黒だけではない。茶が多かった。太腿がむき出しになっている女もいた。

言葉が聞こえてくる。半分くらいは意味がわかる。まったく聞いたことのない言葉も混じっていた。手に木札を持っている人がいた。木札の色は様々。黒や茶だけでなく赤や黄色もあった。ときどき木札を手にして、指で押したり目の前にかざしたりしている。この神社の木札はかなり人気があるのかもしれない。三人が近づいてきた。

「あっ、お侍さんだ。ここでバイトしてるんですか」

口を白い布で覆った若い女だった。

茶色の長い髪をしている。耳にキラキラした飾りがあった。

「売店の人は白い着物に赤い袴を穿いていたけど、この人は違う着物を着てる。丁髷《ちょんまげ》とかもある。やっぱ、神田明神はすごい」

印達の頭のてっぺんから足元まで視線が移動する。この女の口には黒い布。丈の短い布を腰に巻きつけている。髪は明るい茶色。

「刀とか、差さないんですか。差せばカッコいいのに」

耳にキラキラの女。

「そんなことしたら、怖がってみんな近寄らないよ」

黒い股引の女。この人の口には白い布。

「そっか、だよねぇ……でも、ほら、帯に面白いものをぶら下げている……それって、巾着ですよね」

「さようでございます」

思わずかしこまった言いかたになった。三人は目を見開く。

「成り切ってる。すごい」

耳にキラキラの女が叫ぶ。

「一緒に写真撮りたいんだけど、いいですか」

黒い股引の女が言った。

印達が目をしばたたいていると、耳にキラキラの女が印達の正面に行く。残りの二人は口の覆いを取ると印達の両側に来た。正面の女が木札を目の前にかざした。

「はい、チーズ」

カシャという何かが擦れるような音がした。

正面の女が口の覆いを外して右側の女と交替する。

「はい、チーズ……お侍さん、もっと笑ってぇ」

両側の女は二本の指を立てた。

今度は左側の女と正面の女が交替した。

「はい、チーズ……お侍さん、顔、硬いよ。笑ってぇ……もっと笑ってぇ」

ちいずが何かわからなかったが、印達は歯を見せて目を細めた。

「見て、見て、よく撮れてる」

丈の短い布を腰に巻き付けた女が、印達に木札を見せた。

自分の目を疑った。印達と二人の女が木札のなかにいる。

「私のは……お侍さんの顔、ちょっと硬いなぁ」

耳にキラキラの女も木札を印達に見せた。どういう仕組みになっているのか……神田明神なら印達も来たことがある。こんな木札は売っていなかったはず。

「お侍さん、私たちより二個くらい下かな」

黒い股引の女が聞いてきた。

侍ではございません、と言おうとしたが声が出なかった。

「でもさ、そのヅラ、よくできてる。ちょっと触ってもいい?」

三人が髷に手を伸ばしてきた。

「うわっ……本物みたい」

「すごい。生え際なんか、ヅラとは思えない」

「つるつるしてる、ここ」

月代を触って笑う。

他の二人も月代に触ってくる。

「ホント、ツルツル……可愛い」

　せり出した胸に囲まれて、印達は動けなくなった。

「私たちね」と黒い股引の女が言った。「来年は大学受験。あそこの売店で、ほら、勝守を買ってきたの。お侍さん、合格を祈っててね」

「はい、お祈りしています」

「すごーい……ホントのお侍さんみたい。もう一度、言ってみて」

「はい、お祈りしています」

「最高……はい、お祈りしていまーす……どう、こんな感じ?」

「いまーすじゃなくて、短く『います』です」

「はい、お祈りしていまーす」

「もっと短くしてください」

「はい、お祈りしています」

「よろしいかと存じます」

　全員が笑い出した。

「お侍さん、面白ーい。ホントに成り切ってる」

　耳にキラキラ女が言うと、また全員で笑う。

「じゃあね」

三人が手を上げて歩き出したので印達は、

「さらば、ごきげんよう」

と言って頭を下げた。

頭の向こうで、また笑い声が弾けた。かしこまった言葉遣いはここでは変に思われるのかもしれない。

神田明神には、父母や弟と一緒に二度ほど参詣したことがある。江戸の総鎮守と言われるだけあって、豪壮な朱の社殿とたくさんの人出に驚かされたことを記憶している。

印達は改めて周りを見回してみた。記憶にない建物がいくつかあるが、御社殿や狛犬やご神木は、はっきり覚えている。御社殿の両脇に吊されている提灯にも、神田明神と記されている。間違いないようだ。

しかし驚いたことに、御社殿の屋根の背後に巨大な四角い建物がある。建物の表面には光る板が何枚も貼られていた。雲に突き刺さりそうな尖塔も見えた。あんなものは江戸にはない。

歩いていると、人々の視線がこっちを向く。驚いたり笑ったり木札を目の前にかざしたりする。印達は大きな朱の門に向かって歩いていった。

門を出たところで立ち止まった。歩いている人たちに交じって、二つの車輪がついている器具に乗っている人が何人かいた。両足を交互に動かすと進んでいく。どこにも支えがないのに倒れない。通りの角をすっと曲がって消えていった。

前方に少し細い道があり、その先に鳥居が見えた。印達はまた歩き出した。道のところどころに巨大な駕籠のようなものが止まっている。

庶民が乗る駕籠ではない。公家や武士など身分の高い人が乗る引戸駕籠《ひきどかご》に近い形。しかしそれよりはるかに大きい。そして担ぎ棒もない。駕籠者《かごもの》の姿も見えない。その代わりに黒い四輪が下側についている。

印達はそのまま歩いていった。通りの両側には巨大な四角い建物が立ち並んでいる。通りを歩いている人も、ほとんどが口を白か黒い布で覆っていた。江戸では日よけや埃よけのために手ぬぐいを被ることはあったが、口だけを覆うことはなかった。

神田明神の鳥居の手前で思わず立ち止まった。目の前に異様な光景が広がっていた。さっき見た四輪の巨大な駕籠が、猛烈な速さで左右に走っている。なかに人がいるのが見えた。駕籠の前には牛も馬もいない。駕籠者もいない。なのに走っている……。

なかにいる人が、二輪に乗った人のように足を交互に動かしているのか。それにしても速すぎる……お祭りの山車のような巨大な駕籠もときどき走ってくる。駕籠が一斉に止まった。そうすると通りを人々が整然と横切っていく。人々がいなくなるとまた駕籠は走りだした。

周りに立ち並ぶ建物には看板があり、いろいろな文字が書かれている。漢字とひらがなとカタカナ。あま酒茶屋、冨久無線、明神カフェ、マッサージ……読めるが意味のわからない言葉がある。

風はなく暖かい日だった。小袖や髷をしている人はどこにもいない。歩いている人が一斉に立ち止まったので、印達も立ち止まった。少しすると再び人が動き出した。印達は流れに乗って通りを横切った。巨大な四角い建物が目の前に延々と続いている。

ぶつかり合うほどの人の群れ。印達は息苦しくなって横道に入った。狭い通りで人はあまりいない。ほっとして歩いていると、少し先に『江戸風将棋カフェ宗歩』という看板が見えた。

看板は固い地面に置かれていた。『カフェ』というのは何だろう。『江戸風』と『将棋』はわかる。『宗歩』というのはお店の屋号だろうか。ギヤマンでできた扉の向こうに何人か見えた。二人ずつ向き合って目の前をじっと見つめている。

印達はギヤマンの扉を押してなかへ入っていった。

2　十月三日（土）

「おっ……」

「わぉっ……」

という声と同時に、いくつかの視線が飛んできた。

印達は入口で立ち止まり、目の前の光景を見つめた。年配の人も子供もいる。女性も何人かいた。ほとんどの人が将棋を指している。

「いらっしゃいませ」

という声が少し離れたところから聞こえた。

木枠のなかにいる、印達の父と同じくらいの年齢の男が印達を見ている。小袖を着ている。隣にもうひとり小袖の女性がいた。それ以外の人は小袖を着ていない。通りで見かけた人と同じ服装。そしてここでも、ほとんどの人が口を布で覆っている。

店内に入ってみたものの、印達は何と言っていいかわからなかった。小袖姿の男が木枠のなかから出てきた。髷も結っていないし月代も剃っていない。草履でも下駄でもない妙な履物を履いている。

「これで手を消毒してください」

小さな白い容器。後から入ってきた男が容器の上部を押してから手を擦ったので、印達も同じようにした。

「バイト希望の方ですか」

と低い声で聞いてきた。

ばいとって何だろう。

「高校生?」

こうこうせいって何だろう。

「履歴書は持ってきましたか」

わからない言葉ばかりだ。印達は唇を噛みしめる。

「店長、あんたは仕事してなよ」近くにいる年配の男が声をかけてきた。「怖い顔をした男に尋問されて、ほら、固まってるじゃないか」

「怖い顔した男って誰のことだい」

「そういう顔が怖いんだよ」

周りから笑い声があがる。店長と呼ばれた男は、おおげさに肩をすくめてみせる。言われてみれば確かに顔が四角くて大きい。

「若い子の扱いは、わしに任せておきなよ」

「はい、はい、先生」

店長は笑って木枠のなかに戻っていった。

部屋の壁も天井も黒い板張り。壁には人の顔を描いた絵が何枚も貼られていた。瓦版のような紙も何枚か貼ってある。細長い脚のついた腰掛けと、同じく細長い脚の卓。その上に将棋盤と駒が載っている。

「そこに座って」

頭はきれいに禿げ上がっている。目尻に皺が寄った顔は布袋様のようだった。身体も布袋様に似ている。印達は目の前の腰掛けに座った。

「わしは末永。この『宗歩』には開店のときから来てる。と言っても、開店からまだ一年半しか経ってないけどね」

　優しい口調。

　死んだ祖父に似ている、と印達は思った。

「きみの名前は？」

「伊藤です」

「伊藤君か、よろしく」

「こちらこそ、よろしくお願いします」

　相手の使った言葉で返す。かしこまった言葉遣いはしない。この二つの方法で会話してみることにした。

「さっき店長はわしを『先生』って呼んだが、詳しく言えば『元先生』だ。中学校の教員をしていたが、一昨年の三月に定年退職したからね」

　先生という言葉は知っているが、ていねんたいしょくは理解できない。

「すごい気合が入ってるね。着物を着て、髷まで結って。ここで働きたいという気持ちが伝わってくるよ。誰かの知り合い？」

「いいえ……」

「お歳は？」

「十四歳です」

「十四歳……すると中学生？」

末永の顔が少し曇った。末永は続けた。

「高校生になれば全員が十五歳以上。中学生だと、ちょっとバイトは無理だな。法律でそう決まってるから……ホントに十四歳？」

「ええ、はい……」

「そうか……せっかく来たのにな……ちょっと待って」

末永は立ち上がると木枠のほうへ向かった。

店長と何か話している。やがてギヤマンの器を持って戻ってきた。

「ウーロン茶でも飲んでいくといい」

「ありがとうございます」

ギヤマンの器には茶色の液体が入っていた。

一口飲んでみた。冷たくすっきりした味。お茶に似ている。

「将棋は知ってるの？」

「あっ、はい」

「棋力は？」

「五段です」

「五段？」

「はい」

末永が目をしばたたく。

「わしは三段だ。指してみようか」

「はい、お願いします」

印達はうれしくなった。自然に笑みがこぼれる。末永は駒袋から駒を取り出すと盤上に並べ始めた。印達も並べ始めた。

同じだ、と印達は思った。王将があり飛車角があり金銀と桂香と十八枚の歩。ここがどこかわからないが、自分の知っているものがある。周囲の視線が集まるのを感じたが、印達は目の前の将棋盤だけを見た。「よろしくお願いします」という声が聞こえた。「よろしくお願いします」と印達も頭を下げた。

「二段差があるので、わしが先手でいいかな」

末永が布袋様の顔で言う。

「はい、どうぞ」

印達も笑顔で応じる。末永は☗２六歩と突いた。印達☖３四歩。指した瞬間、それまでの不安が消えた。心が盤のなかに吸い寄せられていく。以下☗７六歩☖６二銀☗２五歩☖３二金☗４八銀☖５四歩☗７八金☖５三銀☗２四歩☖同歩☗同飛☖８四歩☗２八飛☖２三歩☗６六歩☖８五歩☗７七角☖５五歩☗６八銀☖４一玉☗６七銀☖４二銀上☗５八金☖７四歩☗６九玉☖

6四銀☗4六歩※☖7五歩と進んで1図のようになった。
戦型は力戦形の相掛かり。末永は『雁木』と呼ばれる囲い。印達は相掛かりも雁木も江戸で経験している。奇妙な世界に迷い込んでしまったと思ったが、少なくとも将棋に関しては江戸と変わらないようだ。

（第1局1図　☖7五歩まで）

印達は斜め棒銀の作戦に出た。印達の※☖7五歩を見て末永は手を止めた。視線が向けられるのを感じたが、印達は目を合わせずに盤面を見た。広い額に手をやる仕草が目の隅に見える。印達たちの左は空席だが、右側では若い男と年配の男が対局している。

※☖7五歩は、末永の4八の銀が遊んでいる間に先攻しようという狙い。☗7五同歩なら☖同銀☗7六歩☖8六歩で棒銀が捌けるので後手よしだ。

1図以下☗4七銀☖7二飛☗7五歩☖同銀☗3六歩☖7六歩☗5九角☖5六歩と進み2図のようになった。

☖5六歩の狙いは角道を通して☖6六銀とするこ

と。先手はわかっていても、これを受ける手段はない。☖6六銀が実現すれば後手の角の利きが通り、☖7六歩の拠点も生きてくる。2図の局面はすでに後手が指しやすい。

ただ末永の雁木は、印達が江戸で使った雁木とは右銀の位置が違う。江戸では右銀は5七の位置に進む。つまり6七と5七に銀が二枚横に並ぶ形だが、末永の銀は間に一マス空いて並んでいる。末永の雁木の知識が曖昧なのか、あるいは意図的なものなのか。

(第1局2図　☖5六歩まで)

右隣の人たちの対局が終わったらしい。二人とも手を休めて、末永と印達の対局を黙って見つめている。

「伊藤君」

末永は顔を上げた。

「はい」

印達も顔を上げた。

「もう一度聞くけど、ホントに十四歳だよね」

「はい、本当です」

「まさか、奨励会員とか?」

またわからない言葉。しかし今度は、

「いいえ」

と印達は答えた。

「そっか……将棋は誰に教わったんだい」

「父です」


（第1局投了図　☖8八金まで）

▲末永　持駒　銀銀歩

☖印達　持駒　歩二

「かなり強いお父さんなんだろうな」

「はい」

末永は白い器を持つと、ひと口飲んだ。

ギヤマンの扉が開く。ひとりが出ていき二人が入ってくる。いらっしゃいませ、ありがとうございましたという声が聞こえてくる。

「仕方ない、こう行くか」

末永は▲5六同銀右とした。以下☖6六銀▲同銀☖同角▲7七歩☖同歩成▲同金☖2二角▲6六歩☖7六歩▲6七金左☖8六歩▲7八玉☖8七歩成▲同玉☖7五銀▲8六歩☖6六銀▲7六金☖8八歩▲7七桂☖8九歩成▲6七歩☖7五銀▲同金☖同飛▲7六歩☖8八金（投了図）まで末永投了。

投了図以下☗9六玉に☖7六飛と進む。この局面では先手玉は詰めろではないが、後手玉が安全のために後手勝勢といえる。斜め棒銀がよく機能した将棋だった。うれしさと違和感が混じり合った不思議な感覚に襲われた。

対局が終わったところから話し声が聞こえてくる。どこが敗着だったか、どうすればよかったかなどを話し合っているようだ。

「負けました」

末永は頭を下げた。

「ありがとうございました」

と印達も頭を下げた。隣で終局したとき、そういう挨拶が聞こえたからだ。

「いやぁ、メチャクチャ強いね。五段というの、冗談かと思ったけどホント強いよ」

印達は笑顔でうなずいた。

「手つきも、かなり実戦を積んでるね。ウォーズだけじゃないね。まあ、ウォーズとかクエストもやってるだろうけど」

うおーずもくえすとも、わからない。

「どこがまずかったか、教えてくれないか」

末永が言うので、印達は1図まで戻した。

「私の☖7五歩に対して、末永さんは☗4七銀としましたね。ここで☖7二飛とされて形勢を損ねたと思います」

「どうすればよかったんだい」

「ここは☗6五歩が手筋だと思います。☖同銀☗7五歩で一局の将棋です」

印達は☗7五歩となった局面を作った。

言葉遣いが変だとは言われない。将棋に関する言葉は江戸と同じなのかもしれない。末永は盤面を見つめている。やがて顔を上げると、

「なるほど。☖7五歩にはすかさず☗6五歩とすべきだったのか……もうひとつ聞いていいかな」

「あっ、はい」

「この局面だが」末永は1図以下☖7六歩の局面まで進めた。「この☖7六歩に対して☗5九角が緩手だったのはわかる。次の☖5六歩が厳しすぎた。☖6六銀が避けられないからな。☗8八角も考えたんだが……」

「☗8八角なら☖8二飛とするつもりでした。8筋を破ることができます」

どっちにしても印達の優勢は変わらない。末永が最善の受けをしなかったことで、少しずつ差が広がった将棋だった。

「伊藤君、今度は僕と指そう」

長髪の若い男が言った。黒い縁取りのある眼鏡をかけている。

「高橋君とならいい勝負になるんじゃない？」

「ちょっと観戦させてもらうよ」

左右から声があがる。

末永と若い男は席を交換した。

「僕は高橋と言います。K大学将棋部三年、四段です」

「伊藤です」

「一段差だけど、振り駒にしようか」

高橋は並べた駒のなかから歩を五枚取り盤上に撒いた。歩が三枚。と金が二枚。僕の先手ですねと高橋は言い、お願いしますと頭を下げた。印達も、お願いしますと言って頭を下げた。

高橋は初手☗5八飛。印達は一瞬手を止めたが☖3四歩とした。高橋☗5六歩。印達☖8四歩。高橋の戦法はいわゆるゴキゲン中飛車先手バージョンである。ゴキゲン中飛車は2001年度将棋大賞の升田幸三賞を受賞した戦法。もちろん印達は見たことがない。以下☗7六歩☖8五歩☗5五歩（1図）となった。

初手☗5八飛は初めて見た。なんと自由な手だろう。四手目の☖8四歩では☖5四歩も考えたが、飛車先の歩を突いたらどうするか見てみたくなった。そうしたら☖8五歩に対してなんと☗5五歩。8筋を受けなくてもいいのか……。

印達は頭のなかで指し手を進めてみた。☖8六歩☗同歩☖同飛までは必然。その後☗7八金なら歩交換ができて居飛車満足だが、▲5四歩とされると怖い。以下△同歩▲2二角成△同銀▲7七角は飛車と銀の両取りが掛かって居飛車側は自信がない……そうか、飛車先を受けなくても△8六歩とは行けないのか。となると▲5五歩の位が大きそうだ。印達は俄然、この奇妙な戦法に興味が湧いた。

（第2局1図　▲5五歩まで）

▲高橋　持駒　なし

△印達　持駒　なし

1図以下△6二銀▲7七角△4二玉▲4八玉△3二玉▲3八玉△4二銀▲2八玉△6四歩▲3八銀△6三銀▲1六歩△1四歩▲6八銀となった。

5筋の位を取られている。江戸でも5五の地点は戦略上重要なところ。しかしここに至っては奪還は難しい。ならばどうするか……印達は6筋に着目した。この位をとれば対抗できるかもしれない。

以下△6五歩▲5七銀△6四銀▲5六銀△5二金右▲4六歩△7四歩▲7八金△4四歩▲5九飛△4三銀※▲4七銀上△7二飛となった。

よし、と印達は心のなかで呟いた。※▲4七銀上が離れ駒を作っている。▲4五歩や▲6六歩なら難しい将棋だと思ったが、△7二飛が回ってきた。行ける。

以下☗3八金☖7五歩☗同歩☖同飛☗3六歩☖7四飛☗3七桂☖7三桂☗2六歩☖7五銀☗7二歩※☖8六歩（2図）と進んだ。

※☖8六歩は狙いの一手。☗同歩には☖同銀☗同角☖7八飛成があり、この歩は取れない。

（第2局2図　☖8六歩まで）

☗高橋　持駒　なし

☖印達　持駒　歩

また「8五」のスペースが空いたので桂を活用できるようになった。この模様の良さをどうやって具体的な良さ（駒得など）につなげるかだ。

2図以下☗7一歩成☖8五桂☗6八角☖6四銀☗7九飛☖5四歩（3図）となったところで高橋は手を止めた。

「マジか……そうか……」

頬を手で擦りながら高橋はつぶやく。左右の腰掛けに座っている人の他に、少し離れたところからのぞき込んでいる人もいる。子供も三人いた。誰も何も言わない。

☖6四銀～☖5四歩と指して、印達は自分の勝勢を確信した。この☖5四歩に☗同歩は☖5五歩で銀が取られるから、先手はこの歩は取れない。高橋の▲7一歩成は待望の歩成だがもう間に合わない。△5四歩は相手の飛角金がよくない形なので触らずに、中央の勢力を取り返すことができる一手だ。

　そのときギヤマンの扉が開いて、三十歳くらいの男が入ってきた。


（第2局3図　△5四歩まで）

▲高橋　持駒　なし

△印達　持駒　歩

「あっ、松下先生。お待ちしてましたよ」

　店長の声が聞こえた。

「どうしたんですか、あそこ」

「いやぁ、強い子が来ててね。さっき末永さんと対戦して勝って、今は高橋さんと対戦しているんですよ」

　足音が近づいてきた。

　男と目が合った。背の高いほっそりした男だった。眉が太くて濃い。将棋を指している何人かが男に頭を下げる。男は軽く頭を下げただけで、そのまま盤面に目を落とした。雰囲気的にかなり強い人のようだ。

　男はしばらくすると、すっと去って行った。

それを見届けたかのように高橋は▲8六歩とした。印達△5五歩。以下▲8五歩△5六歩▲同銀△3五歩▲4七銀△3六歩▲同銀△3五歩▲4七銀△3六銀▲5八銀△4五歩▲同歩△9九角成▲7七角△同馬▲同桂△5五銀▲4四桂△同銀上▲同歩△4六桂▲4九銀△3八桂成▲同銀△2七香（投了図）まで高橋投了。

（第2局投了図　△2七香まで）

▲高橋　持駒　角銀桂歩四

△印達　持駒　角金歩二

高橋の▲8六歩は、受けきれないと判断して攻め合い志向に転じた手。しかし△5五歩から銀を取られては印達の攻めをしのげない。印達の圧勝。投了図以下▲同銀は△同銀成▲同玉△3六角▲3八玉△4七銀以下詰み。▲1八玉なら詰まないが△2八金▲1七玉△3八金が詰めろとなり、この攻めをほどくことはできない。

しかし、と印達は思った。5筋の位を取る中飛車は面白い作戦だ。本譜は6筋の位を取る対策が成功したが、しっかり指されたらうまくいったかどうかわからない。機会があれば今度は自分がこの中飛車を使ってみたい。

「負けました」

高橋は頭を下げた。おおっという歓声のなかで、高橋と印達はありがとうございましたと挨拶を交わした。

「いやぁ、参ったな。完敗だ。初めてだよ、こんなの」

高橋が言うと、

「だろう？」右から末永の声が聞こえた。「高橋さんは去年、学生竜神杯でベスト4に入ったんだよね」

「いや、そうなんですけどね……」

高橋は頭を掻く。

何人かが笑ったが、すぐに静かになった。

「ゴキ中が決まったと思ったんだけどな……6筋の位取りは初めて指されたよ」

「5筋の位は想像以上に価値が高く感じました。こちらもどこかの位を取るほうがいいと思い、☖6五歩を指しました」

「いい手だよなぁ」

高橋が言うと周りからも、おれも初めて見たよという声が上がる。

「この☖8六歩もしびれたよ」

高橋は盤面を2図に戻して言う。

「☗7二歩が活躍する前に攻めようと心掛けました。☖8六歩で飛銀桂が活用できる展開になり、自信が出てきました」

江戸で使っている言葉だが、誰も笑ったりしない。

「あの……ゴキナカと言うんですか、この戦法」

「ゴキゲン中飛車のことだよ……通常は後手番のときに使う戦法だけど、これはその先手バージョン。知らなかったのか。まさかね」

「中飛車は知っていましたけど……」

「はい、はい、真面目な顔して言われると、何と返していいかわからないよ」

さっきの若い男が近づいてきて、

「強いね」

と笑顔で話しかけてきた。

「ありがとうございます」

印達も笑顔になって頭を下げた。

「僕は松下。店長から事情を聞いたよ。今から一時間ほど指導対局があるんだけど、それが終わったら一局指そうか」

「はい、お願いします。私は伊藤と言います」

松下は軽く手を挙げると、部屋の端のほうへ歩いていった。そこには印達より年下の子供が三人座っていた。さっき見た子供たちだ。ひとりは女の子らしい。

「伊藤君」

と末永が声を掛けてきた。

「はい」

「昼飯、食べた?」

「いいえ」

「じゃ、何か食べようか。近くにコンビニがあるから買ってくるよ。何がいい、おにぎりでも弁当でも」

「あっ、はい……それでは、おにぎりをお願いします」

握り飯という言葉は知っている。たぶんそれと似たものだろうと印達は想像した。元禄に入ってから江戸で流行りだした、海苔を巻いた握り飯が印達は好きだった。末永は立ち上がるとギヤマンの扉を開けて出ていった。

「伊藤君、何歳から将棋やってるの?」

高橋四段が話しかけてきた。

「五歳のときからです」

「お父さんに教わって?」

「ええ、はい」

「それだけ強くなるには、かなり将棋に打ち込んできたんだろうね。どこかの将棋道場とか、行ってたの？」

「いいえ」

「学校の将棋部とか？」

「いいえ……」

「でも、きみの格好、すごいね……それ、ヅラじゃないよね」

づらという言葉は神田明神でも聞いた。印達の頭を見ているから、たぶん髪型に関係しているのだろう。髷を結って月代を剃っているのは印達しかいない。

「あっ、ごめん。変なこと聞いて。これ、どうぞ。一緒に食べよう」

高橋は口の覆いを取ると、透明な紙を剥がして中身を口に入れた。カリッコリッという音がする。見たことがない食べ物だ。印達も口に入れておそるおそる噛んでみた。カリッという音が響き口中に醤油の味が広がった。

「美味しいですね、これ」

「名物、いけだ屋の草加せんべい。僕の地元だ」

すぐに半分になり、あっという間に食べ終わる。高橋は笑顔でもう一枚、追加してくれた。それもすぐに食べ終わる。

「こんな美味しいもの、初めて食べました」

「喜んでもらえてうれしいよ」

高橋は白い器のなかの黒い水を口にする。末永が座っていた場所にも、同じ白い器があり黒い水が入っていた。ときどき、今まで嗅いだことのない強い匂いが漂ってくる。

ギヤマンの扉が開いて末永が帰ってきた。手に白い袋を提げている。入口で手を消毒した後、腰掛けに座って口の覆いを取った。

「どうぞ、末永さんも」

高橋が言う。

「ありがたい。一枚いただくとするか」末永は草加せんべいを口に入れる。カリッコリッという軽快な音。「伊藤君、タラコとシャケのお握りだ。これがチキンナゲットとカットフルーツ。高橋さんも、チキンナゲットどうぞ」

「ありがとうございます。いただきます」

高橋はさっそく手を伸ばす。

「高橋さん、何飲む?」

と末永が聞く。

「そうですね、じゃウーロン茶にしようかな」

「店長、ウーロン茶二つ」

印達の目の前に三角の食べ物がある。透明な紙に包まれているが、握り飯だということはすぐにわかった。末永の前にも同じものがある。末永は透明な紙を器用に剥がした。

「あの……」印達は目を上げて聞いた。「これ、いかほどになるんですか」

「残念ながらイカは入っていないよ。タラコとシャケだ」

末永はおにぎりをかじると言った。

「いや、あの、お代のことなんですが……」

「お代……ああ、代金のことね」モグモグ。「そんなこと、気にしなくていいよ。みんな好きなものを持ち寄って食べているんだから」

「初めての方に、それでは申し訳ありません」

印達は腰の巾着を開けてなかから寛永通宝を四枚取り出し、将棋盤横に置いた。末永の口の動きが止まった。高橋も目を落としている。寛永通宝は一枚一文。四枚で四文。うどん一杯、豆腐一丁が買える。

二人とも何も言わない。少ないのかもしれないと思った印達は、寛永通宝を巾着に戻すと二朱判金《にしゅばんきん》を一枚取り出した。これならさすがに足りるはず。米が一斗買える。旅籠《はたご》へ三泊できる。

末永は手を伸ばすと二朱判金を指でつまんだ。裏表をひっくり返して丹念に見つめている。やがて掌に載せると何回か上下させた。

「ウーロン茶、お待たせ」

店長がそばに来たが二人とも無言。

異様な気配を察したようで、店長も立ったまま動かない。

「店長……これ、本物のような気がするんだけどね」

「古銭ですね……伊藤君のもの？」

「はい」

「どうしてこんなもの、持ってるの？」

「父の形見です」

古銭という言葉を聞いてとっさに出た。

「お父さんの形見……だったらしまっておきなさい。今日はここの利用料金、無料にしておくから」

「はい……ありがとうございます」

店長は木枠のなかに戻っていった。

「きみのお父さん、亡くなってしまったんだ」

末永が聞いてきた。

「はい、母も……」

「お母さんまで……だから働こうと思ったわけか」

「あっ、はい。今は叔父の家にいます」

こういうウソを言うと後で困ったことにならないかと思ったが、話の成り行きでしかたなかった。末永も高橋も、何回かうなずいたが何も言わない。印達は末永の真似をして、おにぎりを覆っている透明な紙をはぎ取った。海苔が自然におにぎりに巻き付く。ひと口食べてみる。

「美味しいです、これ」

思わず叫んだ。なかに入っているのは鮭。末永はしゃけと言ったがこの味は紛れもない鮭。江戸ではめったに食べられない。利根川で捕れる鮭は初鰹に匹敵する値段。一度だけ食べたことがある。

たらこというのも珍味だった。これは食べたことがなかったが、噂では聞いたことがあった。北国で捕れる鱈という魚の卵。こういう食べ物を恵んでくれるということは、末永はかなり裕福なのかもしれない。

ちきんなげっとと呼ばれるものと、かっとふるーつというものも口にしてみた。ちきんなげっとはたぶん鶏肉。かっとふるーつは黄色と薄緑色と橙色《だいだいいろ》の果実だった。橙色の果実だけは食べたことがあった。これはたぶん蜜柑……わからない言葉が出てきたら、今度から全部カタカナで覚えようと思った。

「美味しそうに食べるね」

末永が笑顔で言うので、

「はい」

印達も笑顔で答えた。高橋も隣で笑っている。

3　十月三日（土）

食べ終わると、今度は末永と高橋で指し始めた。印達は近くの腰掛けに座って観戦。お互いに笑ったり話したり真剣な顔になったりしながら指し進める。中盤までは互角だったが、末永の緩手を境に高橋が勝勢になっていた。

そのとき松下が近づいてきた。

「伊藤君、やろうか」

「はい、お願いします」

奥のほうにある席につく。松下は将棋盤横にある箱に触って言う。

「これ、使ったことあるよね」

「あっ……いいえ、ありません」

四角い箱の表面にはギヤマンが張ってあり、左右に黒い針が二本ずつある。赤い大小の針も見えた。見慣れぬ文字が輪のように並んでいた。

「ないんだ……対局時計というんだけど、これはアナログ式。僕は一時間後にまた指導対局が入っているから、持ち時間はお互い20分。それでいい？」

よくわからないが、いいと言うしかない。

「きみが先手でいいから。自分で一手指したら、必ずここを押して。押さないと時間を損するからね。20分過ぎたら時間切れで負け」
松下は穏やかな口調で、箱の上にあるふたつの黒い突起のうち、印達に近いほうの突起を指で示した。ニジュップンというのがどれくらいの長さなのかわからない。しかし二人とも等しい時間を与えられていることは理解できた。お願いしますと挨拶を交わすと、松下はポンと黒い突起を押した。

（第3局1図　☗5八金右まで）

☗印達　持駒　なし

☖松下　持駒　なし

印達☗7六歩、松下☖3四歩。以下☗2六歩☖4四歩☗2五歩☖3三角☗4八銀☖3二銀☗5六歩☖4二銀☗6八玉☖8四歩☗7八銀☖8五歩☗7七銀☖3二金☗7八玉☖6二銀☗5八金右（1図）となった。

印達の矢倉に対して松下は雁木。途中から印達は奇妙な既視感にとらわれた。この局面は見覚えがある。ここで松下が☖5四歩と指せば、大橋宗銀との番勝負が始まってから約一ヶ月後の宝永六年十一月十三日、印達の右香落ちで指した局面と同じになる。印達の脳裏に、宗銀の角張った顎と暗い光をたたえた目が蘇った。しかし松下は☖5四歩とはしなかった。

1図以下△5二金☗7九角△7四歩☗3六歩△6四歩☗6六歩△6三銀☗6七金△7三桂☗9六歩△9四歩☗1六歩△1四歩☗3七銀△8一飛☗4六銀△6二玉※☗3五歩△8六歩☗同歩△6五歩☗同歩△同桂☗6六銀△6四歩☗5五歩△8六飛☗8七歩△8一飛☗3八飛（2図）となった。

（第3局2図　☗3八飛まで）

末永や高橋と迫ってくるものが違う。隙を見せれば襲いかかってくる獣のような獰猛さを感じる。

松下の雁木を見て驚いた。末永の雁木と同じ。銀は4三と6三の地点にいて、間を一マス空けている。雁木はこのほうが囲いとして優れているということか……。

△6二玉と右に囲うのも初めて見た。なるほどと思った。これなら先手の攻めている場所と反対側に玉がいるので、後手も強い戦いができそうだ。※☗3五歩と仕掛けた瞬間に△8六歩から反撃も鋭い。歩の入手が可能になっているので、攻め幅が広がっている。2図以下△4五歩☗同銀△3五歩☗同角△

7二玉☗2六角※☖9五歩☗同歩☖9七歩☗同香☖9八歩（3図）となった。

箱のなかの赤い長針がぐんぐん回る。それにつれて黒い長針が少しずつ動く。印達が黒い突起を押すと松下のほうの針が動き、松下が黒い突起を押すと印達の側の針が動く。そういう仕組みになっているのがわかった。時を正確に計る道具のようだ。

（第3局3図　☖9八歩まで）

☖松下　持駒　なし

☗印達　持駒　歩五

いつの間にか空いている腰掛けに子供たちがいた。三人ともさっきまで松下の指導対局を受けていた子供たちだった。

印達がやや優勢だと思うが、相手も攻めてきているので甘い手は指せない。※☖9五歩〜☖9七歩〜☖9八歩は鋭い攻め。この歩成を受けるには☗8八玉しかないが以下☖9九歩成☗同玉☖8七飛成で竜を作られると先手不利。

ここは強く踏み込むしかない。印達は☗9四歩と勝負に出た。相手の玉に近い位置でと金を作るためである。以下☖9九歩成☗9三歩成☖8九と☗9二歩（4図）となった。

松下の手が止まった。今までは印達が指すと、ほとんど間を置かずに松下が指した。手を止めたのは初めてだった。

松下のと金は印達の玉の近くにいるが、印達に焦りはなかった。先に桂を取られたがまだ自玉は寄る形ではない。次の▲9一歩成が間に合うと、△同飛なら飛車が攻めに使えなくなり縦に逃げれば▲8六香から飛車を狙える。

（第3局4図　▲9二歩まで）

▲印達　持駒　歩四

△松下　持駒　桂

この局面は印達がいいはず。対局時計を見た。黒い長針は上のほうに来ていた。赤い短針とぶつかりそうな位置にいる。松下の長針は赤い短針とぶつかっていた。

4図以下※△5四桂（松下渾身の勝負手）▲5四同銀（歩で取れるところを銀で取る柔軟な一手）△同銀左▲同歩△6六角▲同金△7七銀▲6七玉△6六銀成▲同玉△5七銀▲5六玉△5四銀（詰めろ逃れの詰めろ）▲8三銀△6一玉▲8四角（詰めろ逃れの詰めろ）（投了図）となった。

松下の※△5四桂を見たとき印達は思わず、あっと叫んだ。完全に見落としていた手。▲9一歩成は

☖6六桂が王手になるので間に合わない。また☗5四同歩は☖6六角☗同金☖7七銀☗6七玉☖8七飛成と進んで、局面は混沌としてくる。

印達は上目遣いに松下を見た。穏やかだった松下の目つきは一変していた。身体を前に傾けて盤面を見つめている。太い眉の間に皺が寄っていた。盤に穴が開くような強い視線だった。

（第3局投了図　☗8四角まで）

☖松下　持駒　金歩

☗印達　持駒　銀桂歩四

すさまじい鬼気を感じた。だが恐れは感じなかった。印達は江戸で宗銀と戦うとき、鬼気はいつも眼前にあった。印達は鬼気を押し返した。☗5四同銀なら行けそうだ。

結果的にこれが決め手になった。☗8四角は☗7二銀打の詰めろになっていて、同時に☖6六金の詰めろを防いでいる攻防の角。☖6六金☗同角☖同銀成☗同玉ならまだ続くが、先手玉に有効な攻めはないはず。

松下は目を見開き、微動だにしない。周りはしんとしている。何組か対局している人もいるらしく、駒音がかすかに聞こえてくる。やがて松下は、

「負けました」

と短く言って頭を下げた。

ありがとうございましたと挨拶を交わす。対局時計がかすかな音を立てた。見ると松下の黒い長針が天を指していて、赤い小さな針が下を向いていた。

印達は、ふうっと短く息を吐いた。松下の序盤の駒組みは見習うべきところがある。中盤の反撃のタイミングや強気な指し手は、すぐ後ろに魔物が迫っているようで印達は気を抜けなかった。終盤も際どい勝負。今回は逃げきれたが次はわからない。ギリギリの勝負だった。

「きみ、まさか奨励会にいるとか？」

目を上げると松下は聞いてきた。

この質問は末永からもされたことがある。

「いいえ、違います」

「元奨でもない」

モトショウというのは何のことだろう。

「はい」

「幾つ？」

「十四歳です」

「そうか……プロじゃないのはわかってるよ。十四歳でプロになっていれば、超有名になっているだろうからな」

末永も高橋も、すぐそばにいるが何も言わない。三人の子供たちも黙っている。他の二人も沈黙。松下は続けた。

「小学生のとき大会とか出たことない？　たとえば小学生名人戦とか」

「出たことはありません」

「プロになろうと思わなかったの？」

印達は黙った。

「誰に将棋を習ったの？」

「父です。もう亡くなりましたが」

「お父さんは将棋のプロ？」

プロとは何か。風呂なら知っている。湯屋《ゆうや》のことを上方では風呂屋と呼んでいる。しかしこれとは関係ないだろう。

「いいえ」

「尋常な強さじゃない。将棋の技量もすごいけど、精神的にも鍛えられている。ここのところ」

松下は9筋を指さす。「おれの☖9五歩〜☖9七歩〜☖9八歩の攻めにも動じないし、逆に☗9四歩と攻め込んでくる。これ、すごいよ」

周りにいる何人かがうなずいているが、何も言わない。松下は続ける。

「きみの名前は知られているんじゃないかな。下の名前は何というの？」

「印達です」

「いんたつ?」

「はい」

印達は字を教えた。

「伊藤印達……」

松下は宙をにらむような仕草をすると、ちょっと待ってと言い、半纏のような衣類の内側に手を入れて茶色い木札を取り出した。神田明神で二人の女たちが持っていたものと似ている。

松下は木札を指で何回か突く。

「やっぱりそうだ。こういう名前を付けるということは、きみのお父さん、かなりの将棋好きだったようだね」

松下はそう言って、ふふっと笑った。

「父が将棋好きだと、どうしてわかるんですか」

「聞いてないの、お父さんから?」

「何をですか」

「印達という名前の由来」

松下は木札を印達に見せた。

文字がたくさん書いてあった。神田明神で見た木札には印達と女の精密な絵が描いてあったが、ここにあるのは文字だけ。横書きだった。

小さな文字だった。宗印、大橋宗桂、印達、正徳元年、御城将棋、大橋宗銀……という文字が次々に印達の目に飛び込んできた。


元禄十一年（1698年）、伊藤家の二代宗印の嫡男として生まれる。当時の名人は大橋家の五代大橋宗桂（四世名人）である。

宝永六年（1709年）十月二十二日の御城将棋に初出勤し、大橋分家の三代大橋宗与（後の六世名人）と右香車落ちで対戦し勝利した。翌宝永七年（1710年）十一月三日の御城将棋では再び宗与と対戦。同じ手合いであったが敗れている。

大橋家の養子、大橋宗銀との『印達・宗銀五十七番勝負』は宝永六年（1709年）十月十日に始まり、十一月十二日の十二番で宗銀を半香に指し込み、十一月二十五日の二十五番で定香に指し込む。その後十二月十一日の三十五番で角香交に指し込むなど、一進一退を繰り返しながら印達が優勢に進める。宝永八年（1711年）二月二十八日に五十七局目が行われ、印達が勝利する。ここまでの成績は印達の三十六勝二十一敗。

この番勝負は時には連日、あるいは同日に二番指されることもあり、かなり過酷なものであった。現存する棋譜は五十五局であり、二局の脱落があったと解されている。次期名人争いが背景にあるとされているが、対局に至った詳しい背景や具体的な対局場所などはほとんど記録を欠く。

正徳元年（1711年）十一月二十一日、印達は御城将棋に出勤し大橋宗銀と平手戦を行った。五十七番勝負で棋力の差を見せつけていた印達が勝利する。これが印達と宗銀の最後の対局となった。

両家の威信をかけた勝負に精も根も尽きたためか、その後印達は再起不能となり、正徳二年（1712年）九月に十五歳で夭逝。死因は明らかにされていない。翌正徳三年（1713年）、五代大橋宗桂の死を受けて大橋家を継いだばかりの宗銀も二十歳で死去した。宗銀の死因も明らかにされていない。


元禄十一年は印達が生まれた年。正徳元年は印達と平蔵が川べりでならず者たちに襲われた年。そして大橋宗銀はその十二日後に御城で対局する相手。宗銀は大橋本家の名人候補。ところどころに見知らぬ文字——対局時計にある文字と同じ——が書いてあるがそれ以外は理解できる。間違いなく自分のこと。

しかし……印達は正徳二年九月、十五歳で夭逝と書いてある。どういうことなのか。正徳元年の御城将棋から一年も経たずに自分は死んでいる……そして翌正徳三年、宗銀も二十歳の若さでこの世を去っている。

宗銀との対局は、二日連続で行われることもあった。一日に二局指すこともあった。対局が終わった後、疲れ切って立ち上がれないこともあった。

この木札には書かれてないが、印達に熱や咳が出たこともある。五十七局目の後、数日は高熱を発し臥せっていた。往診に来た医師には風疾《ふうしつ》だと言われた。風疾は誰でもかかるもの。こじらせて死亡する場合もあるが、たいていは煎じ薬を飲んで養生していれば間もなく快復する。印達も次第に快復した。しかし快復してもすぐにまた風疾の症状が出た。それを何回か繰返していた。伊藤家と大橋家の話し合いが持たれて、印達と宗銀の番勝負は、その年の十一月にある御城将棋の日以降に再開することに決まった。体調不良で御城将棋を欠勤するわけにはいかないからである。

しかし死ぬとは思っていなかった。何かが原因で風疾が急に悪化したのか、あるいは別の病気にかかったのか。宗銀も間もなく死亡しているところをみると流行り病？　当時の宗銀は、特に健康を害しているようには見えなかった。

「だろう」と松下が笑顔で言う。「江戸時代の棋士と言えば、伊藤宗看や天野宗歩が有名だ。この将棋カフェも『宗歩』という名前をつけているくらいだからな。だが印達も宗銀も、長生きしていたらもっと有名になっていたとおれは思っている。あえてこういう名前を選んでつけたきみのお父さんて、なんかすごいと思うよ」

印達は木札を松下に返した。

笑おうと思ったが顔の筋肉が動かない。

「ホントだ、書いてある……」と周りにいる男のひとりが自分の木札を見て言う。「三百年前に、こんな悲しい出来事があったのか」

――三百年前？　とするとここは三百年後の江戸？

「もしかして、本物の伊藤印達が現代にタイムスリップしてきたりとか」

高橋が言うと、

「意外とそうかもよ」という声が上がった。「歳も同じくらいで着物に髷。松下さんに勝った。まさに……」

「伊藤君」と末永が聞いてきた。「今日、これから用事あるの？」

「あっ、いいえ……」

「じゃ、わしのところで晩飯でも食べていかないか」と言ってから松下のほうを向く。「松下君もどう？　久しぶりに」

4　十月三日（土）

三百年後の江戸……三百年後の江戸……という言葉が頭のなかで渦巻いている。三百年という気の遠くなるような時間を、印達は超えてきたということなのか……しかし時を超えるという話は江戸でも聞いたことがない。

ただ、そう言われれば納得できることもある。瞬時に詳細な絵が書けたり文字が出てきたりする木札や、疾走する巨大な駕籠、四角い巨大な建物、そして見慣れぬ衣服。これらは世の中が進歩したからだとも考えられる。そして神田明神が確かにあった。言葉も半分以上は理解できる。

子供たち三人は松下に挨拶すると帰っていった。高橋も帰った。松下は少し離れたところで、年配の人ふたりを相手に指し始めた。末永は外へ出ていき、すぐに戻ってきた。印達は末永と指し始めた。店内へ入ってきたお客さんが珍しそうに印達を見ている。新しいバイトの人？と店長に聞く人がいた。印達の勝利。二局目も印達の勝利。

「お待たせ」松下の声が聞こえた。「行きましょうか、末永先生」

松下はギヤマンの扉へ向かう。末永が後へ続く。印達は店長に、

「お世話になりました」

と挨拶すると二人の後からお店を出た。

外はすっかり暗くなっていたが、前方の大通りにはたくさんの人が歩いている。お店もたくさんあり、そこだけ昼間のように明るかった。

「わしの住んでるマンションは、ここから歩いて七、八分のところにある」末永は歩きながら言う。「遠慮しなくていいよ。何時ごろまで大丈夫なの？」

「えっ、はい……特には」

「叔父さんの家は、ここから遠いの？」

「いいえ、そんなには……」

「電車で来たの？」

「いいえ……」

「バス？」

「えっ……」

デンシャもバスもわからない。

「緊張しなくてもいいよ」松下が隣で言う。「末永先生は僕の恩師。中学のときに国語を教わっていたんだ。『宗歩』での指導対局の仕事を紹介してくれたのも末永先生。こうしてたまに先生のところへ遊びにいくんだ」

「勉強嫌いな生徒でな」

「嫌いだったわけじゃないですよ。伊藤君、誤解しないで。将棋が忙しくて、勉強する時間がなかなか取れなかっただけだから」

「言い訳だな」

「ちゃんと両立させてましたよ。真ん中くらいの成績はとっていたじゃないですか」

「そういうのは、両立と言わない」

大通りに出た。刀を差している人は誰もいない。小袖を着ている人もいない。まぶしい光のなかを印達は二人の後について歩いた。

入っていったのは十階以上もある巨大な屋敷だった。こんな大きな屋敷に……と思っていると、狭い箱に入るように言われた。こんなに狭い家……と思っていると箱はぐんと動いて上へ昇っていった……これは、いったい何なのだ……箱は突然止まって扉が開いた。

二人が降りたので、印達も後についていった。右側に夜景が見えた。木のてっぺんに登ったより高かった。少し足がすくむ。末永は突き当たりの部屋の前で立ち止まった。扉を開けると、末永と同じくらいの歳の女の人が目の前にいた。

「こんばんは。お久しぶりです」

と松下は言い、頭を下げた。

「こんばんは。伊藤と申します」

印達も頭を下げた。

「いらっしゃい。松下さん、お待ちしていましたよ。伊藤君も遠慮しないで」

小柄な人だった。口に覆いはしていない。温かみのある笑顔。末永のおかみさんだろうと思った。印達の小袖や髷を見ても何も言わない。

草履を脱いで板の間に上がった。鼻緒のない草履を履く。末永と松下が白い大きな焼き物の上で手を洗ってうがいをしたので、印達もそれにならった。

明るい部屋に案内され、四角い大きな卓の周りにある腰掛けを勧められた。おかみさんがすぐにお茶を煎れてきてくれた。二人とも口の覆いは外してある。

「どうぞ、粗茶ですが」

印達は背筋を伸ばす。

「あっ、はい……いただきます」

「まだ緊張しているのか」

末永が笑って言う。

おかみさんは末永の隣に座った。

「僕も何回か来てるけど、気楽にしていいよ。僕が言うのも変だけど」

と松下も言う。

印達は目の前のお茶を飲んだ。手と身体が温かくなった。

「それで伊藤君さ」と末永が口を開いた。「何て言うか、放っておけなくてね。なんか事情がありそうな気がしたんだ。余計なお世話かもしれないけど」

印達が答えに窮していると、

「僕もいろいろ聞きたかったんだ。十四歳であれだけ指せるというのは、ちょっとびっくりだよ。奨励会員でもないと言うし」

松下も言う。

「もう一度聞くけど」と末永。「時間、大丈夫だよね。遅くなるって、叔父さんに連絡しておいたほうがいいんじゃないのか」

「いいえ、連絡しなくても大丈夫です」

「そうか……じゃ、ご飯でも食べながらゆっくり話そう。康子、わしたちにはビールを。適当につまみも」

おかみさんは立ち上がると、お盆に何か載せて戻ってきた。

「伊藤君はご飯ができるまで、これをどうぞ」

えっ、ひよこ……と思ったが、すぐに違うことがわかった。ひよこの形をしているが何か別の食べ物らしい。

印達は手を伸ばしてひとつ、つまんだ。柔らかい。小さな目があるところを少しかじってみた。あっ、これは白餡。懐かしい味だった。江戸では白餡と黒餡があったが、今食べている白餡は濃厚で上品な味。

「すごく美味しいです」

「そう、喜んでもらえてよかった」

おかみさんはニコニコして印達を見ている。

「伊藤君、きみはホントに美味しそうに食べるね」

末永も笑って言う。印達は思わず頭を掻いた。

おかみさんは立ち上がると円筒形の容器二つと、お皿を持って戻ってきた。お皿には豆のようなものと小魚が見えた。二人は円筒形の容器を持つと、指で何かを引き抜くようなな動作をした。プシュッと音がして泡が出てきた。二人ともそれを口に持っていく。

「ふうー、美味しい」

松下が大きく息を吐いて言う。

「夕食前のビールほど美味いものはないな」

末永も言う。

それが酒類であることはすぐにわかった。印達はひとつ目のひよこを食べ終わり、二つ目に移っていた。末永と松下はお皿に手を伸ばす。カリッポリッという音がする。小魚は日干しして固くしてあるようだ。

「松下君、どうだ。『宗歩』は慣れたか」

末永が言う。

「はい、お陰様で。店長もいい人だし」

「指導対局希望の人も増えたな」

「今月から年配の方が二人増えました」

「棋力はどうなんだ」

「ひとりは初段くらいですね。学生時代は二段くらいあったらしいんですが、それ以来ずっと指してないんで、少し棋力が落ちたと言っていました。ときどき鋭い手を指してきますよ。もうひとりの方は二級くらいですね。二枚落ちでやっています」

「三人の子供たちはどうなんだ」

「順調に伸びていますよ。小五の市園は来年八月の奨励会試験、合格すると思います」

「ぜひ合格させたいな」

「はい。自分が受験するときより、なんか緊張しますよ」

話している間も二人は円筒形の容器を口に持っていき、豆や小魚をつまんだ。おかみさんが大きなお皿を卓の上に置いた。魚の切り身だった。小皿が三つ、末永と松下と印達の前に並べられる。箸も三膳。

「あなたから電話があったので、急いで魚幸で切ってもらったんですよ」

「これは脂が乗っていて旨そうだ」

と末永。

「すみません、奥さん。急なことで」

松下が頭をペコンと下げる。

そうか、『おかみさん』ではなく『奥さん』と言ったほうがいいのか。奥さんは三つの小皿に黒っぽい液体を注いだ。これは醤油だとわかる。

「いいえ、うれしいですよ。いつでもいらっしゃってください。この人と毎日顔を突き合わせてばかりだと、息が詰まってしまいますからね」

「それはわしのセリフだ」

三人で笑う。末永と松下は白身の魚に箸を伸ばす。どうぞ、と奥さんが言うので、印達も箸でつまんで醤油をつけてから口に入れた。鯛だとわかった。江戸で何回か食べたことがある。

「美味しい鯛ですね」

思わず声が弾む。

「伊藤君、食べ物にすごい感動するタイプなんだな」

と末永。四つあったひよこは、全部なくなっていた。もしかしたら、これは四人で一個ずつだったのかもしれない。そう思うと顔が火照った。

奥さんが円筒形の容器を二本持ってきて、また去っていく。台所がそばにあることがわかった。鍋やお茶碗や包丁が見える。手を少し動かすと水が出たり止まったりする器具がある。さっきうがいをした白い焼き物の上にも同じ器具があった。

「さて、伊藤君の話を聞かないとね」

と末永が言った。印達は箸をおいた。

「安心して。きみを問い詰めて根掘り葉掘り聞いたりとか、そういうんじゃないから。わしが聞きたいのはひとつだけだ。伊藤君がどうして働こうと思ったのかだ。ご両親が亡くなられたのは聞いた。叔父さんの家にいることも聞いた。しかし普通は、中学生で働いたりはしない」

気がついたら神田明神にいた。歩いていたらたまたま『宗歩』の看板を見つけた。働こうとは思っていなかった。将棋と言う文字があったのでお店に入った……という説明を考えたが、たぶん信用されないだろう。

「叔父さんに働けと言われたのか」

「いいえ」

「お小遣いがほしかったのかい。何か買いたいものがあったとか」

「……いいえ」

「他にお金が必要なことがあったのかい」

印達は黙ってうつむいた。

「お店でも言ったと思うけど、中学生はバイトできないんだ。何年生？」

印達は答えられなかった。

「十四歳と言うと、中学二年か三年だ。何月生まれ？」

「三月です」

「だったら中学三年……来年は受験じゃないか」

「着物は着替えられるからいいとして」と松下。「その髪型で学校へ行ってたの？　ヅラじゃないよね。髷をして通う学校って、聞いたことないけど」

印達は答えられずにまたうつむいた。

「バイトしたいということ、叔父さんに話したのか」

末永が聞いてくる。

「いいえ」

「『宗歩』に来ることは？」

「言っていません」

「どうして『宗歩』へ？」

「将棋が好きだったからです」

「バイトできなかったら、どうするつもりだったんだ？」

印達は顔を上げた。

「無料で泊まれるところはないでしょうか」

二人の目が動かなくなった。印達は続けた。

「叔父の家には帰りたくないのです。無料で泊まれるところがあったら、教えていただけませんか」

印達は二人の目を交互に見た。

寛永通宝も二朱判金も、この世界では使えないことがわかった。小判も同じだろう。

「家を出て来たのか……」

と末永。

「はい」

ウソはつきたくなかったが、実際に寝泊まりするところはない。

「叔父さんに黙って？」

「はい」

末永と松下は顔を見合わせた。

「そりゃ、泊まるだけなら、ここでも別にかまわないよ」と末永。「お金はいらない。しかし帰らないと叔父さんが心配するだろう」

「いいえ、心配しません」

「どうして」

「出ていきなさいと言われたからです」

「何か怒られること、したのかい」

印達は何も答えられずに末永を見つめた。

「しかし……やっぱり帰らないのはまずいよ。叔父さんから連絡は？」

印達は首を横に振る。

「スマホ、持ってないのか」

スマホが何なのかわからない。

「このままきみが帰らなければ、叔父さんは警察に捜索願を出すと思うんだ。大変なことになる」

ケイサツが何かわからなかったが、江戸ではこういうときに届け出るのは番屋。それと似たようなものかもしれない。

「お願いします」と印達は腰掛けから下りると板の間に座って頭を下げた。「無料で泊まれるところがあったら、教えていただけませんか。叔父のところへは、どうしても帰りたくないのです」

そのままの姿勢でいると、

「今日はここへ泊まっていい」と末永が言った。「しかし叔父さんに無断でというわけにはいかない。きみは十四歳なんだから。なんならわしが連絡してもいい。電話番号はわかるんだろう」

「連絡したくありません。声を聞きたくありません。少しの間だけ、お願いします。その間にどうするか考えますから」

印達はもう一度、両手を床について頭を下げた。

「みなさん、お腹空いたでしょう。ご飯にしましょう」

台所から奥さんの声が聞こえた。

それから一時《いっとき》の間に、印達は興奮と感謝と驚きと喜びのすべてを体験した。

最初は興奮の体験。夕食に『煮込みラーメン』というものが出た。みそ仕立ての熱々の汁に、野菜と肉と麺がたっぷり入った食べ物だった。麺はうどんと形状が似ているが味は違っていた。

卓の上に大きな鍋を置き、みんなでお椀に盛って食べた。あまりの美味しさと豪勢さに、印達は勧められるままに夢中で食べた。身体が熱くなり全身から汗が噴き出してきた。

ご飯もついていた。これは江戸の屋敷にいたときと同じ白米。手ぬぐいで汗を拭き、ギヤマンの器で水を飲み、また煮込みラーメンを食べた。

「美味しいです。最高に美味しいです」

と言って印達は食べ続けた。

何回もおかわりした。奥さんはあまり食べないで、笑顔で印達を見ている。末永と松下はまだビールと呼ばれるものを飲んでいる。二人の顔は赤くなっていた。

次に驚いた体験。途中で鈴が鳴るような音がして奥さんが立ち上がったときのこと。奥さんは壁際の板の上にある細長い器具を耳に押し当て、何かしゃべり始めた。独り言にしては変だなと思っていると間もなく、

「あなた、弟さんから。法事の件で」

と奥さんが言い、今度は末永が器具を持って耳に押し当てる。

「ああ、もしもし……うん、わかってる。迎えに来てくれるのか……そうだな。うん、うん、ありがたい。午前十一時に越谷駅東口で……うん、わかった。頼む」

末永は細長い器具を元に戻した。

「越谷駅まで迎えに来てくれるようだ」

「よかったじゃないですか」

どうも、独り言ではないようだ。あんな小さな器具のなかに人がいるわけないから、別の場所にいる誰かと話していたのだろう。すごい器具があるものだ。そして次は感謝。食事が終わって印達がお茶を飲んでいるとき、末永が印達に聞いてきた。

「きみが持っている四角いお金、もう一度見せてくれないかな」

印達は、はいと言って腰にある巾着から、二朱判金を取り出して卓の上に置いた。末永はそれを手にする。

「お父さんの形見だったよね」

「そうです」

「見た感じ、本物みたいだ。松下君、どう思う?」

「古銭のことは、よくわからないですが……本物ならどれくらいの価値があるか、調べてみましょうか」

松下は半纏のような衣類から木札を取り出し、指先で表面を叩き始めた。この木札でいろいろなことができるらしい。

「二朱か……二朱と言ってもいろいろあるみたいですね」木札と卓の上の二朱判金を交互に眺める。二朱判金の裏も見ている。「ああ、これかな。元禄二朱判金」

松下は木札を印達に見せる。

「ええ、間違いないです」

「お父さんの形見だから、まず本物だろうな」松下は指を上下させた。「通常の買取価格は……おお、安くても五万円。状態のいいものは五十万円する」

「そんなにするのか」末永が驚いた顔で松下の木札をのぞき込む。「ホントだ。五万円から五十万円と書いてある……伊藤君」

「はい」

「こんなこと言うと失礼かもしれないけど、これ、買い取ってもらったらどうかな。お父さんの形見だから、手放すの、抵抗あるだろうけど」

「買い取ってもらうというのは……」

「現代のお金に交換してもらうことさ。もちろん、ここにいるだけならお金はかからないが、電車やバスに乗ればかかる。食べたりするときにもな。自由になるお金は持っていたほうがいい。まあ、伊藤君もそう思ってバイトを探していたわけだろうから」

「あの……この寛永通宝はいかほどになりますか」

印達は巾着から四枚取り出して卓の上に置いた。これは自分のお金。

「ああ、それね」と松下。「ちょっと待って」寛永通宝の表と裏を交互に見ながら再び木札を指でたたき、「うん、これかな。新寛永で正字背文《せいじはいぶん》……どう、伊藤君」

「ええ、それです」

いろいろな種類の寛永通宝が並んでいた。印達が見たことのないものもある。後の世に作られたものかもしれない。

「だとすると……一円から五百円か。これは四枚合わせても高くて二千円。形見だったら持っていたほうがいいかもな」

「わかりました。そうします」

「じゃ、明日わしと買取店に行ってみよう。わしがメールで鑑定を依頼しておく。ちょっとこれ、写真を撮らせてくれ」

末永は木札を二朱判金に近づけると指で表面を押した。カシャという音がする。二朱判金を裏返してまた同じことをした。再びカシャ。そう言えば、神田明神で若い女が木札を構えたときも同じ音がした。

「よし、これでいい。松下君、それ何というお店?」

「池袋にある『福太郎』というお店です。でも売却するときに、身分証明書が必要になるみたいですよ。まあ、当然でしょうね。伊藤君は未成年だから売却できない。末永先生の持ち物だということにしたほうがいいと思いますよ」

「わかった。それでいいか、伊藤君」

「はい、お任せします」

「残るは、その髪型と服装だな」

「髷は解いてもかまいません。でも月代が……」

印達は月代を指で撫でた。

「さかやきと言うのか、それ」

「はい……」

「髷を解くというのは?」

「こよりを切れば、髷は解けます。やってみましょうか」

髪結いへ行ってから三日経つので、解いて洗って結い直さなければならないと思っていたのだ。印達は髷の結び紐として使っているこよりを、指で強く引いた。ぷつんという音がして切れた。印達は両手で髪を背後に下ろした。

「そんなふうになるんだ……」

と松下。

「時代劇で見たことがあったが……」

と末永。

「ずいぶん長い髪ね。背中まであって」

と奥さん。

「キャップはどうかな」

と末永が言った。

「なるほど。さかやきが伸びてくるまで、キャップをかぶっているわけですね」

「グッドアイデアだろう」

「さすがは亀の甲より年の劫」

「あんまりうれしくない言いかただな」

三人は笑う。末永は部屋を出ていったがすぐに戻ってきた。

「被ってみなさい」

黒い兜頭巾のようなものだった。末永が印達の頭に被せてくれた。

「おお、似合うじゃん」

松下が叫ぶ。

「あらぁ、可愛い」

と奥さん。

「ぜんぜん違和感ないな」

末永が言うと奥さんが何か持ってきて卓の上に置いた。小型の鏡だった。印達は鏡を覗いた。

自分の顔が鮮明に映っている。

固い庇《ひさし》のような部分が目の上にあり、黒い布が頭全体を覆っている。月代は隠れて見えない。

奥さんはまた席を外しすぐに戻ってきた。

「これなんだけどねぇ」と奥さん。「主人が昔着たものを引っ張りだしてみたの。背丈はそう変わらないから、着られるんじゃないかねぇ」

　灰色の股引と、同色の袖のついた衣類だった。

「古いスウェットだが、今日はそれで我慢してくれ。明日、一緒に買いに行こう」

　印達は言われたとおり、隣の部屋で着替えてもどってきた。

「ぴったりじゃないか」

　と末永。

「おお、ホントだな」

　と松下。

「息子がいるというのは、こんな感じなのかしらねぇ」

　奥さんがしみじみと言う。

「何から何まで、ありがとうございます」

　印達は深々と頭を下げた。

「これで、よしと」松下は言う。「じゃ、末永先生、僕はこれで失礼します。伊藤君、ホントは将棋のことで、もっと聞きたいことがあったんだけど、遅くなってしまったから今度にするよ。『宗歩』へ行くのは来週の土曜日になると思う。そのときまた指したり話したりしよう」

「はい、お願いします。今日はありがとうございました」

　松下を玄関まで見送ると、三人でまた元の部屋に戻った。

「伊藤君」と末永が言った。「遠慮はいらないよ。わしらは、いつまでいてもらってもいい。ただ、何と言えばいいかな、学校もあるだろうし、叔父さんも心配しているだろうから、引き止めることはできない。それだけはわかってくれ」

自分のウソのせいで、末永も奥さんも余計な心配をしているようだ。心苦しかったが他にいい方法は思いつかなかった。末永は続ける。

「繰り返すようだけど、帰ってこいと叔父さんに言われたら、きみは帰るしかない。わしらがいくら頑張っても、保護者じゃないから引き止めることはできないんだ。着物と髷で街中《まちなか》を歩いていたんだ。警察に捜索願が出ればすぐに目撃者が現れる。『宗歩』に行ったことも突き止められるだろう。ただ、もしそうなっても、わしが叔父さんに掛け合ってやるよ。きみがつらい思いをせずに暮らせるよう、叔父さんと話し合ってみる」

印達は涙があふれそうになった。

なんて優しい人たちなんだろう。たまたま行った将棋カフェで、将棋を指しただけの間柄。おにぎりとチキンナゲットとカットフルーツをごちそうになり、夕食も食べさせてもらえて寝泊まりもさせてくれる。

「何だか、かぐや姫を見ている気がするわ。いきなり天から授かった子供」

「あれは女の子だろう。言うなら桃太郎だ」

二人は笑う。印達も笑った。

かぐや姫が出てくる竹取物語も桃太郎の話も、印達は知っている。

「ここには、お二人だけなんですか」

「そうよ。子供ができる予定で３ＬＤＫのマンションを買ったんだけどねぇ、肝心の子供が生まれないまま、三十年も経ってしまって……」

その日は最後にもう一つ、感動することが待っていた。湯屋《ゆうや》だった。家のなかに小さな湯屋があったのだ。お風呂というらしい。どうやら江戸時代の上方の呼称が、現代に引き継がれたようだ。

「これが追い炊きスイッチ。これがシャワー切替レバー。ここにバスタオルと下着を置いておきますからね」

湯舟には温かい湯が張ってあった。

印達は湯舟のなかに身を沈めると目を閉じた。

父母の顔が蘇ったが、すぐに平蔵の顔に変わった。平蔵はどうしているだろう。無事に切り抜けただろうか……。

5　十月四日（日）―五日（月）

目が覚めた。

昨日の記憶が蘇った。

天井を見つめた。昨日はまだ続いているようだ。

朝ご飯を食べた後、末永と一緒にマンションを出た。出るときに奥さんから白い『マスク』なるものを渡された。末永の口を覆っているものと同じ。印達はお礼を言ってマスクをした。少し息苦しい。

昨日借りたスウェットを着てキャップを被り、足には薄手の足袋のようなものと、固くて紐があるスニーカーと呼ばれるものを履いた。少し歩いたところにある巨大な建物のなかで、末永が必要なものを買ってくれた。

末永曰く。綿パン、トレーナー、シャツ、ニット、ライトダウンジャケット、スニーカー、靴下、ベルト、下着、腕時計、ショルダーバッグ、財布。周りには食べ物や玩具や家具などを売っているお店もあった。

書店で末永に勧められた棋書を三冊買った。末永も棋書は何冊か持っているが印達には易しすぎるから、自分に合ったものを買ったほうがいいと言われた。大きな紙の袋を三つ提げて帰ってきた。これだけのものを買うとかなりの出費になったはず。二朱判金が売れたら、必ずお返ししようと印達は思った。でも足りるだろうか。足りなければもう一枚の二朱判金も売ろう。

腕時計というのは腕に巻き付ける小型の器具。黒い二本の針があるが、もう一本きわめて細い針があり、それが刻々と動いている。

間違いなく時を計測する機械。周りの文字は読めなかったが、対局時計にあった文字と同じだ。印達についての記述が木札のなかにあったが、そこにもこれと同じ文字があったのを思い出した。

文字盤右側に四角い枠があり、そこに4とある。どういうことか電車のなかで末永に聞いてみた。それは日付だと言われた。今日は10月4日。だから4だという。

末永の腕時計も見せてもらった。形も大きさも少し違うが、やっぱり文字盤右側に4という数字があった。今日は何日か忘れてしまうことがあるからな。これがあると便利なんだと末永は笑って言った。

話を聞いているうちに、それらの文字が数字であることが理解できた。読みかたは江戸時代にあった二種類の読み方のうちの一つ。いち、に、さん……。ひ、ふ、みは時計では使われていないようだ。

マンションに帰るとさっそく着替えた。黒の綿パンと白いシャツとグレーのニット。お昼ご飯を食べるとすぐにまた末永と出かけた。今度は二朱判金の売却。電車というものすごく巨大な乗り物に乗った。人が大勢乗り降りする。だが印達はもう驚かなかった。ここは三百年後の世界。

話はついているようだった。末永が黒い布を開いて二朱判金を見せると、相手は奇妙な形の眼鏡で観察し、寸法と重さを計った。

「元禄の二朱判金に間違いありませんね。非常にいい状態です。これほどいい状態のものは初めて拝見しました」

「我が家の家宝ですので」

「いいんですか、そんな大切なものを」

「はい」

末永はうなずくと男が差し出した書類に何かを書き入れ、財布から四角い薄い板を取り出して相手の男に差し出した。男は白い紙包みを末永に手渡した。

「お確かめください」

末永は四角い紙を数え始めた。お金だということはわかった。

「伊藤君、四十五万円になった。いい値で売れたよ」

お店を出ると末永は白い紙包みを印達に手渡した。

「このお金で、今日買っていただいたものの代金に足りますか」

「三枚で足りる。しかしお金はいらないよ。自分で持っていなさい」

印達が三枚差し出しても、末永は受け取らなかった。

マンションに帰ると、四十四万円は白い紙包みに入れたまま箪笥《たんす》に入れ、一万円だけ財布に入れた。居間でお茶を飲んだ後、末永と一緒に『宗歩』へ行った。

印達の格好を見て店長も奥さんも目を丸くしたが、すぐに笑顔になった。末永の顔を見て事情を察したようだ。

「悪いね、伊藤君。今日は千円です」

千円は高校生以下の利用料。飲み物がひとつ無料で付く。一万円を店長に手渡すと九枚の四角い紙をもらった。印達の噂はもう広まっているようで、中年の男が指したいと言ってきた。二段だと言う。平手で指したが七十手に満たない短手数で印達が勝った。

年配の女性とも一局指した。三級なので二枚落ち。女性はときどき顔を上げて印達を見る。目が合うとにこっとする。江戸では女性は将棋を指さないので印達はドキドキした。印達の勝ち。昨日と合わせると七連勝。楽しくてしかたなかった。

翌日も印達は朝起きると顔を洗って歯を磨き、末永と奥さんと三人で卓を囲んで朝ご飯を食べた。食後、末永は新聞と呼ばれるものを読み、奥さんはお皿洗いと洗濯。

褌《ふんどし》はもう使わなかった。小袖や帯と一緒に洗って箪笥にしまってある。腰にぴったり張り付くブリーフと呼ばれるものを身につけた。男はみんなこういうものを穿くようだ。

印達は与えられた部屋で、買ってきた棋書を夢中になって読んだ。詰将棋の本も面白かったが、戦術書は特に面白かった。印達が知らない戦法や囲いがいくつもあった。昨日末永と松下が使っていた囲いは『ツノ銀雁木』と呼ばれるもので、印達が江戸で使っていたものは『二枚銀雁木』。前者のほうが今の主流らしい。高橋四段が使った『ゴキゲン中飛車』という戦法も載っていた。

お昼ご飯の後は、末永と一緒に『宗歩』。今日は八番指し八勝。『宗歩』で強豪と呼ばれる人とは一通り全部当たった、と店長から言われた。『宗歩』という屋号の由来になった天野宗歩についても店長から聞いた。

天野宗歩は印達より百五十年近く後に活躍した幕末の天才棋士。世襲制だった名人には推挙されなかったが、実力十三段とも言われ、後に棋聖の称号が贈られた。令和のタイトル戦のひとつである「ヒューリック杯棋聖戦」の名前は、天野宗歩の功績を称えて創設されたものである。

みんな印達と指したがった。

——おれが勝って名を上げてやる。

と言っている人が多かったが、その割にはみんな親切にしてくれた。チョコレートやおせんべいを分けてくれる。

子供たちも印達と指したがった。彼らには印達兄さんと呼ばれた。週に二回、学校が終わるとその足で『宗歩』へ来るのだと言う。土曜日には松下に指導対局をしてもらっている。二段の子が二人。三段の子が一人。

夕食前に末永と一緒に帰宅した。奥さんを交えた三人でいろんなことを話しながら夕ご飯を食べて、その後は昨日と同じように『テレビ』と言われるものを観た。居ながらにしてこの世界のすべてがわかるような、素晴らしいものだった。

テレビで印達は様々なことを学んだ。まずここが江戸ではなく『東京』と呼ばれていること。

電車やバスだけでなく、飛行機と呼ばれるものがあり、何百人もの人を乗せて空を飛ぶことも知った。神田明神から見えた雲に突き刺さるような尖った建物が『東京スカイツリー』というものであることも知った。

末永と奥さんの住んでいるところは『マンション』と呼ばれていて、三百人以上の人たちが住んでいることも知った。巨大な駕籠にも一度、奥さんに乗せてもらった。自動車というもので、足で漕いでいるのではなく『エンジン』で動いていると言われた。意味がわからなかったが、簡単な操作で走ったり曲がったり止まったりできるようだ。

江戸城は皇居とよばれるようになり、今は天皇の住まいになっていることも知った。武士はいなくなり、身分制度もない。小学校、中学校、高校、大学というものがあり、学問の世界は江戸時代より厳しいことも知った。

今まで木札だと思っていたものは実は『スマートフォン』。略して『スマホ』。遠くにいる人と会話や手紙のやりとりが即座にできる。何かを調べたいときにも使える。

会話も覚えた。テレビにはたくさんの人々が出てきた。年配の男女も若い男女も出てきた。印達は若い男女の話しかたを自然に覚えた。

お金の種類と数え方も覚えた。数字や時の数え方も自然に覚えた。近くの『コンビニ』と呼ばれるお店で、飲み物や食べ物を買う方法も覚えた。

多くの人がマスクをしている理由もわかった。今年の二月頃から新型コロナという感染症が流行り多くの人が感染した。亡くなった人もいる。予防のために手洗いとうがいとマスクが推奨されている。お店の入口に置かれているアルコールジェルにも、習慣的に手が伸びるようになった。

『宗歩』の常連から教わったこともある。何より興味深かったのは、将棋が日本中に広まっていて『プロ』と呼ばれる人たちがいることだった。プロになればお金をもらって将棋を指せる。江戸時代の将棋の家元よりもっと広範囲に、たくさんの将棋指しがいる。

どうしたらこういう世界に入ることができるのか、後で松下に詳しく聞いてみようと思った。奨励会という存在も、元奨という言葉も彼らから教わった。

『宗歩』の本棚で将棋の歴史について書かれた本を見つけた。印達が生まれる前の時代から約四百年後の今日までのことが、順を追って書かれていた。印達が生まれる百年ほど前、大橋宗桂と本因坊算砂は、時の将軍家康から俸禄を頂戴し、宗桂は将棋の家元、算砂は囲碁の家元になった。これは父から聞いて知っている。そして印達が敬愛する初代伊藤宗看。三世名人になった人である。伊藤家はここから始まる。

間違いなくこれは歴史書。承応三年（1654年）、万治二年（1659年）、寛文二年（1662年）という記述があり、括弧内が西暦表示であることもわかった。西暦を見れば何年前の出来事か、頭のなかの算盤ですぐに計算できる。

マンションの壁に貼ってある暦によれば、現在は令和二年。2020年。印達が死んだのは

1712年。確かに三百余年の時が経過している。

印達と宗銀が死んだ後のことも本には書いてあった。それによると印達の弟の印寿は三代伊藤宗看となり、七世名人になっている。その下にも弟がいて名前を宗寿という。宗寿のことは印達は知らない。印達が死んだ後に生まれた弟ということになる。宗寿は大橋本家に入って八代大橋宗桂になり、その下の弟の看恕は七段。さらにその下の弟看寿は亡くなってから贈名人を受けている。印達亡き後、伊藤家から錚々たる将棋指しが出たことになる。

不意に寂しさが襲ってきた。弟の印寿は当時六歳。五歳から父に将棋の手ほどきを受けていたが、あまり熱心ではなかった。近所の子供たちと棒切れを振り回して遊んでいる時間のほうが多かった。そんな印寿が後に三代伊藤宗看、そして七世名人になる……信じられないし信じたくなかった。印達が生きていれば、印達が名人になれたはず。自分は何の功績も残せないまま死ぬのか。

部屋の南側にはギヤマンを張った戸があって遠くまで見渡せる。昼間見た四角く細長い建物が、闇のなかに光の塊のように浮かんでいた。道路は光の帯のようだった。それと交差するように暗い川が流れている。末永が夕食後に言った言葉を印達は思い出した。

「明日、将棋道場に行ってみないか」

「将棋道場？」

「都内のアマ強豪が集まる道場だ。新宿にある」

6　十月六日（火）

ビル入口の看板には『新宿将棋道場ヘラクレス』とあった。

「ヘラクレスって、どういう意味ですか」

と印達が聞くと、

「さあ、どういう意味なんだろうな」

と言って末永は笑った。

午後二時過ぎだったが、室内には三十人ほどの人たちがいた。『宗歩』より広い。年配の人が多かったが、若い人も何人かいた。将棋道場というのは『宗歩』とシステムが少し違うからと言って、電車のなかで末永から簡単な説明を受けた。

末永と印達は席料を支払って待った。ここでもほとんどの人がマスクをしている。数分後に対局相手が決まった。印達の相手は目黒康之五段。三十歳過ぎのネクタイを締めた人だった。

目黒は印達の対局カードを見ると、

「おっ、五段なんだ」

と聞いて来た。

「はい」

「若いのにすごいね。どこで認定してもらったの。ウォーズ？　連盟？」

「父に認定してもらいました」

目黒は大げさに肩をすくめると、

「じゃ、やろうか。持ち時間はお互いに20分でいい？」

「はい」

目黒は右側にある対局時計を操作してから元の位置に戻した。

『宗歩』で松下と指したときに使った対局時計とは違って、長針も短針もない。白っぽい横長の画面に、20:00という表示が二ヶ所にあるだけ。しかしこれが互いの持ち時間を表していることはすぐに理解できた。

「僕も五段だから、振り駒だね」

目黒は歩を五枚手にすると無造作に盤面に転がした。歩が四枚。と金が一枚。

目黒の先手である。お願いしますと挨拶を交わすと目黒は☗7六歩と突いた。印達は☖5四歩。以下☗2六歩☖3四歩☗2五歩☖5二飛となった。印達は高橋四段が使った『ゴキゲン中飛車』をさっそく使ってみることにした。

「ゴキ中ですかぁ」

目黒康之はへらへらと笑って☗4八銀。

以下☖5五歩☗6八玉☖3三角☗3六歩☖4二銀※①☗3七銀☖5三銀☗4六銀☖4四銀☗7八玉☖6二玉☗6八銀☖7二玉☗9六歩☖9四歩☗7七銀☖8二玉☗6六銀☖7二金☗5八

金右△5一飛☗3七桂△3二金☗1六歩△6二銀☗2九飛△6四歩※②☗4五桂（1図）となった。

印達のゴキゲン中飛車に対して目黒は※①☗3七銀とした。これはゴキゲン中飛車対策として、プロの間で最も多く採用されている『超速☗3七銀戦法』である。しかし印達はこの戦法を知らなかった。江戸でも指したことはないし、印達が買った棋書のなかにもなかった。

（第4局1図　☗4五桂まで）

☗目黒　持駒　なし

△印達　持駒　なし

ただこの☗3七銀が破壊力を秘めた一手であることは感じ取れた。この後どうくるか警戒したほうがよさそうだ。しばらくは受け身になりながら指し進めてみようと印達は判断した。※②☗4五桂は仕掛けの手。

「目黒さん、久しぶりじゃないですか」

カウンターのほうから声が上がる。

目黒は顔を上げた。

「よぉ、中村さん」

「最近お顔を見せてくれないから、心配していたんですよ」

「このところ、ネットでずっと指しているんだけど、大会が近いからこういう場で感覚を戻しておかないとな」
「飛燕杯ですね。僕も出ますよ」
「それは楽しみだな。あと10分で終わらせるから、待っててくれ」

（第4局2図　△6六桂まで）

▲目黒　持駒　歩

中村と呼ばれた男は目黒より五歳くらい若い感じ。茶髪にピアス。左手をポケットに突っ込んで、あちこちの人に右手を上げて挨拶している。

末永の姿が部屋の隅のほうに見えた。同じくらいの年齢の人と指している。ここは人を食ったような顔をしている人が多い気がする。

1図以下△4二角▲5五銀左△同銀▲同角△3三桂▲同桂成△同金▲8八角※△6五歩▲2四歩△同歩▲4五桂△3二金▲3三銀△6六桂（2図）となった。

目黒の手が止まった。薄笑いが消えた。前屈みになって盤面を見つめている。※△6五歩が△6六桂を狙っていたことに気がついたのだろう。

この☖6六桂は厳しい一着のはず。☗同歩は角の利きが止まるから☖3三金として銀を取れる。☗同角なら☖同歩☗3二銀成☖6七歩成で相手の陣形を乱せる。印達は対局時計を見た。残り時間は目黒が15分32秒。印達が16分40秒。

「きみ、ひょっとして奨励会にいる人？」

顔を上げて聞いてくる。

「いいえ」

「ふうん……プロなわけないしね」

「ヒエンハイって、何ですか」

「知らないの？」

「はい」

「アマチュア棋戦のひとつさ。今月十八日に都の予選があるんだ」

「勝つとどうなるんですか」

「全国大会が来年一月にある」

「そこで勝つとどうなるんですか」

「優勝すればアマ飛燕になる。僕は去年、都の予選でベスト4に入っている。さっきの人は中村さんと言うんだけど、三年前に都予選で優勝して、全国大会でベスト8まで勝ち進んでいるんだ。あれ見てみな」

目黒は右手の壁を指さした。

中村和敏五段という名前が入った賞状が懸けてあった。

「すごいんですね」

「東京都じゃ彼に敵う人はいないよ。それはそうと……困ったな」


（第４局投了図　☖３八飛成まで）

☗目黒　持駒　角銀歩二

☖印達　持駒　金銀歩二

目黒は対局時計を確認すると、また盤面を睨んだ。

「こう行くしかないか」

目黒はつぶやくと☗６六同歩とした。

よし、と印達は思った。これで戦いやすくなった。

印達☖３三金。以下☗６五歩☖４四金☗５六桂☖５四飛☗４四桂☖同歩☗４三金☖３一角☗３二金☖７四飛（好手）☗３一金☖６六歩☗５五銀☖７六飛☗７七歩☖６七銀☗同金☖同歩成☗同玉☖３六飛☗９七角☖４五歩☗６一銀☖７一金☗５二銀成☖６三桂（決め手）☗６二成銀☖７五桂打☗７八玉☖３八飛成まで目黒投了（投了図）

「ありがとうございました」

目黒は駒台に手を置いて言った。

ありがとうございました、と印達も頭を下げた。

「ホントにあれから10分ですね」

印達が対局時計を見て言うと、目黒は天を仰いでふうっと息を吐いた。

白いマスクが大きく膨らむ。

「きみ……強いね。この☖6六桂にはしびれたよ」目黒は2図に盤面を戻して言う。「この手は六手前の☖6五歩の時点で狙っていたわけだね」

「はい。攻めに転じる手を探していました」

「☗6六同歩と僕はしたけど、☗同角のほうがよかったかな」

「そう思います。☗同角なら☖同歩☗3二銀成☖6七歩成で形は乱れますが、まだ難しい将棋だったと思います」

「そうか……☗6六同歩とした十数手後の☖7四飛も好手だった。それからはなんか、坂道を転げ落ちるように悪くなっていった気がするよ」

投了図では☗6八銀など駒を使う合駒なら詰まないが☖6七銀☗8八玉☖6八銀不成から詰めろは続く形。また後手玉に詰みはないので投了はやむを得ないところだ。

初めて指したゴキゲン中飛車だが、うまく指せた気がする。途中、相手の悪手もあったが感覚はつかめた。

「中村さん」と目黒は言ってカウンターのほうを見る。「予定変更だ。僕じゃなくて、この伊藤君と指してくれないか。福島さん、いいですよね」

カウンターのなかにいる中年の男は、指でOKを出した。

福島さんという人が席主なのは、対局カードを書くときに確認してある。

「いいですけど」中村がこっちを向いて言う。「急用ですか」

「いや、観戦させてもらうよ」

目黒は二枚の対局カードを印達に手渡した。印達はそれをカウンターまで持って行く。

「目黒さん、負けちゃったんですか。駒落ちでしょ？」

目黒は黙って肩をすくめる。

「えっ、ウソでしょう」

席主は印達の対局カードに○、目黒の対局カードに×をつけると印達と中村の対局カードを重ねた。中村と印達は奥のほうにある席に着いた。

「強いんだね、きみ。ここは初めて？」

「はい」

「だよね。きみみたいな子がいたら、僕の耳にも届いているはずだからね。いつもはどこで指してるの？」

「『宗歩』です」

「『宗歩』……神田の将棋カフェ」

「そうです」

「ずいぶんユルいところで指してるんだね」

目黒と同じくヘラヘラした笑い。

ユルいという言葉は、テレビで聞いてわかっている。

「元奨もいますよ」

「へぇ、そうなんだ。僕は中村和敏。五段です。よろしくね。壁に賞状があるから、もうわかってるだろうけど」

「伊藤印達、五段です。こちらこそ、よろしくお願いします」

「伊藤印達……」中村は対局カードを見ると続けた。「どこかで見たような……ちょっとゴメンね」

中村は上着のポケットからスマホを取り出すと、タップを何回か繰り返した。

「やっぱりそうだ。すごい名前なんだね」

「父が名付け親です」

「ひょっとして、きみのお父さんの名前、伊藤宗印とか?」

「あっ、よくご存じですね」

中村は手を叩いて笑い出した。

「最高だよ。きみって、面白い子だね」

周りで指している人たちからも、笑い声が上がる。
「じゃ僕も、江戸の天才棋士に一手、ご指南いただくとしますか」
よろしくお願いしますという挨拶の後に振り駒。印達が先手。
印達は▲7六歩とした。中村は△8四歩。以下▲2六歩△8五歩▲2五歩△3二金▲7七角△3四歩▲6八銀△7七角成▲同銀△2二銀（1図）のように進んだ。

（第5局1図　△2二銀まで）

△中村　持駒　角

▲印達　持駒　角

角換わりの将棋になった。戦術書によれば、これは今のプロが最も多く指している戦型だと言う。印達も江戸で角換わりは指したことがある。激しい展開が多く、勝ちやすく負けやすい。

いつの間にか観戦者が増えている。目黒の他にも四人いる。印達の背後にも人の気配があった。印達は盤面をにらんだ。中村はこの後どんな指し手を見せてくるか。

1図以下▲4八銀△3三銀▲3六歩△6二銀▲4六歩△6四歩▲3七桂△4二玉▲4七銀△6三銀▲7八金△7四歩▲6八玉△7三桂▲2九飛△8一

飛▲4八金△6二金▲9六歩△9四歩▲1六歩△1四歩▲5六銀△5四銀▲6六歩△4四歩▲4五歩△同歩▲同銀△5五銀▲2四歩△同歩▲2五歩△4七歩▲3八金※△6五歩（2図）となった。

後手の中村が、先手の印達と同型に組んでいるところに興味を持った。江戸では先後同型というのは珍しい。一手多く指せる先手が有利になると思われているからだ。

※△6五歩は初めて見た手。代わりに△2五歩▲同桂△2四銀の進行なら経験がある。△6五歩の狙いは玉頭からの攻めを狙っているのだろうか。

△5五銀が中央で良い働きをしているので△6五歩は厳しい一着だ。▲6五同歩と受けに回るのは△同桂でかえって後手の攻めが早くなりそうだ。適当な受けも見えない。ここは攻め合いの手順を考えたほうがよさそうだ。

「福島さん、コーヒーお願いできますか」

中村が盤面を見つめたまま言う。間もなく店長が白い器を持ってきた。焦げたような独特の香りが

（第5局2図　△6五歩まで）

▲印達　持駒　角

△中村　持駒　角歩

漂ってくる。『宗歩』で末永と高橋が飲んでいた黒い水と同じ匂い。これがコーヒーと呼ばれる飲み物だったのか。
中村はマスクを外してひと口飲んでから、盤面に視線を戻す。印達も盤面を見つめ直した。
残り時間は中村12分36秒。印達13分55秒。

（第5局3図　☗5六銀打まで）

☗印達　持駒　角歩二

中村☖　持駒　角歩三

印達は☗2四歩と攻め込んでいった。中村は☖2二歩。以下☗3五歩☖8六歩☗同歩☖6六歩☗3四歩（疑問手。自然に見えるが6筋の歩が切れたので☗6三歩と叩くべきだった。ここから少し中村が良くなる）☖6五桂※①☗3三歩成☖同桂☗2三歩成☖同歩☗4三歩☖5二玉※②☗5六銀打（3図）
印達が少し苦しい局面。※①☗3三歩成で銀得しているのに自信が持てない。相手の桂2枚がよく働き、6筋の拠点があるからだ。このまま☖4五桂と銀を取られてから☖6七銀と打ち込まれたら、一気に先手玉が寄ってしまう。
6七を固めながら☖5五銀を狙うのは※②☗5六銀打しかない。これで後手に厳しい攻めがなければいいが……中村は、二、三度軽くうなずいてから△7七桂成とした。

よし。印達は小さくうなずいた。これは疑問手。ここは△5七桂成▲同玉△4五桂と桂を捨てて印達の玉を危険地帯に呼び込むのが正しい手順。印達は▲同玉とした。これで優勢になった。

中村は不意に手を止めた。今までは茶髪を掻きあげたり鼻の頭を掻いたりしていた中村だったが、身体を前に傾けたまま動かなくなった。さっきまでのヘラヘラした笑いは消えている。

残り時間は中村が3分08秒。印達9分25秒。中村はもう一度コーヒーを飲むと△4五桂とした。以下▲5五銀△6七銀▲同金△同歩成▲同玉△8六飛▲6四桂△6三玉▲4一角△7三玉▲7四角成△同玉▲7五銀（王手飛車）△7三玉▲7四銀打△8二玉▲8六銀△6六歩▲同銀△6五歩▲8三歩△9三玉▲7五銀右△3七桂成▲同金△5五桂▲7七玉まで。

中村投了（投了図）

「負けました」

と中村が言い、ありがとうございましたという挨拶を交わした。

（第５局投了図　▲７七玉まで）

▲印達　持駒　飛桂歩四

△中村　持駒　角角金銀歩二

中村の残り時間がちょうど0になった。中村は盤面を見つめたまま動かない。周りもしんとしている。印達も勝負の余韻に浸っていた。

投了図は先手玉に詰みはなく後手玉に☗8五桂からの詰めろが掛かっていて、先手が一手勝ちの局面である。激しい将棋で途中は自信がなかったが、なんとか均衡を崩すことなく持ちこたえることができた。

やがて中村はコーヒーを飲むと顔を上げた。

「きみ……失礼だけど歳は？」

「十四歳です」

「いつから将棋を始めたの？」

「五歳のときからです」

「小学生名人戦とか、出たことは？」

「一度もありません」

「プロでもないし、奨励会員でもない……」

「はい」

「名前が伊藤印達くん」

「そうです」

「そしてお父さんが伊藤宗印」

「はい」

中村は首を振ると力なく笑った。

「ここ、教えてくれないか」中村は3図の局面まで戻した。「この☗5六銀打に対して僕は☖7七桂成とした。しかし☗同玉とされてみると後が続かないことに気がついた。どうすればよかったのかな」

「☖5七桂成のほうが厳しかったと思います」

印達はそう言うと、☖5七桂成☗同玉☖4五桂とした局面まで進めた。

「なるほど……」

「自玉が危険地帯に呼び込まれるので、このほうが怖かったです」

「そういうことか……しかし僕はすでに銀損していたからな。ここで桂を捨てる手順は思いつかなかったよ。もうひとつ、ここも教えてくれないか」

中村は3図以下☖8六飛となった局面まで進めた。

「この飛車の走りは見えていたの？」

「走らせるように仕向けました」

「仕向けた……待望の飛車走りだと思ったんだけど、☗4一角と打ったための罠だったというわけか……しかし信じられないな。じっと我慢するところは我慢するし、攻め込んでくるときは一気呵成に来る。巧妙な罠も仕掛けてくる。ホントに十四歳だよね」

「はい」

中村は大きくため息をついた。

「伊藤君、まだいる?」

「ええ、はい。五時くらいまで指す予定です」

「観戦させてもらっていいかな」

「はい、どうぞ」

「僕も観戦させてもらうよ」

目黒も言う。印達は二枚の対局カードをカウンターに持って行く。

それから二時間、印達は四人と対局した。四段が二人、三段が二人。四人とも印達の二回の対局を見ていたようで、印達が踏み込むと防戦一方になり早々に投了した。印達の対局カードには〇がきれいに六個並んだ。末永は三勝三敗。

「末永さん、伊藤君、また来てください」

ドアのところで席主の福島が笑顔で声をかけてきた。

7　十月七日（水）—八日（木）—九日（金）

目覚めた瞬間、ふと思った。

これが夢でないなら、この世界へ来てすでに五日。御城将棋に印達は出勤したと書いてあるから、今日を入れてあと八日しかない。いや、戻るのはもっと早いかもしれない。だとしたら……末永と奥さんの役に立ちたい。

見たところ、奥さんの仕事は大変だった。朝早く起きて洗濯をする。洗濯機という夢のような機械があるのはわかったが、干したりする作業は江戸時代とほとんど変わっていない。印達はピンチハンガーという道具に吊された洗濯物を、ベランダの物干し竿まで持って行くのを手伝った。

料理は作れなかったが、食べ終わったお皿を洗うのを手伝った。井戸から水をくみ上げることもなく指一本で水が出たり止まったりするので、まったく苦にならなかった。洗い終えたお皿はよく水を切ってから食器棚にしまった。

掃除も手伝った。掃除機という、これも便利な機械があるのがわかったが、それを使ってもやはり手間と時間がかかった。これも奥さんに使い方を教わって、居間と自分の部屋を掃除した。

一番喜ばれたのは買い物に同行することだった。午後には末永と印達は『宗歩』に行ってしまうので、奥さんと午前中に近所のお店へ車で行った。スーパーマーケットと呼ばれるお店だった。

野菜や果物や肉や魚を買うと、けっこう重い荷物になる。米を買ったり水のペットボトルも買ったりすると、車まで運ぶのに奥さんだけでは難しい。車からマンションに運び入れるのも大変だった。重い物は印達が持った。奥さんに同行することで、買い物の仕方も物の値段もわかるようになった。買い物は楽しかった。

マスクのある生活にも慣れてきた。初めは息苦しくて、つけたり外したりするのが面倒だったが、大切な習慣のひとつだと理解してからは苦ではなくなった。みんながマスクをしている光景にも違和感はなくなった。

夕食後は、ひとりで近所のコンビニへ行った。珍しいものを見つけると買って食べてみた。ピザパン、フライドチキン、タピオカ、チョコレート。なかでもハーゲンダッツのバニラアイスは最高だった。

江戸にいたころ一度だけ金平糖《こんぺいとう》という南蛮のお菓子を食べたことがあった。そのときの美味しさは忘れられない。しかしハーゲンダッツはその何倍も美味だった。

食べながら父と母のことを思い出した。自分がどうして三百年後の世界にいるのかは依然としてわからなかったが、印達がここにいるということは、正徳の時代にはいないということ。

今ごろは大騒ぎになっているはず。父母も弟子たちも心配しているだろう。しかし、と印達は考え直した。印達は正徳元年十一月二十一日の御城将棋に出勤しているのだ。そして宗銀に勝っているのだ。

——ご心配かけて申し訳ございません、父上、母上。御城将棋には必ず出勤しますから、もうしばらくお待ちください。

印達は心のなかで呟いた。しかしこの御城将棋に出勤した後、印達は一年足らずで死んでいる。この事実が――たぶん事実なのだろう――よく呑み込めなかった。はるか遠くにある他人事。そんな感じだ。

どんなきっかけで戻るかはわからないが、戻ることは間違いない。それまではこの令和の世界で、末永と奥さんのお手伝いをしながら、新しい将棋の技を吸収する。それが自分の務めだと心に決めた。

新宿の『ヘラクレス』には、あれ以来行っていない。どうも雰囲気が合わないなと末永は言い、翌日からまた一緒に『宗歩』へ行った。印達の連勝は相変わらず続いている。金曜日の時点で四十二連勝。

『宗歩』の壁に掛かっている人物画は、絵ではなく写真だと教わった。世襲制ではなく実力制になってからの名人の写真だと言う。実力制初代名人は木村義雄、第二代名人塚田正夫、第三代名人大山康晴……そしてもっとも新しい名人は第十五代、渡辺明。（令和二年八月末日現在）

天野宗歩という幕末の棋士については、年表が壁に貼ってあった。生まれたのは１８１６年。印達より百年以上も後の棋士。江戸ではもっとも有名な棋士のようだ。家元である大橋家との確執があり、残念ながら名人には推挙されずに四十四歳で生涯を終えている。

印達はその年表の前でしばらく立ち尽くしていた。印達の生まれる前も、そして死んだ後も、長い長い将棋の歴史があったのだ。数多くの将棋指しが現れては消え、消えてはまた現れるという歴史を繰り返してきたのだ。

自分の年表を作ったらどうなるのだろう、と印達は考えた。五歳で将棋を覚えてから順調に棋力を伸ばし、十四歳の今は父から五段を許されている。同門のなかでは印達に平手で勝てる弟子はすでにいない。

天野宗歩十四歳のところを年表でたどってみた。まだ三段。生まれてから十四歳までの記述は、たった五行しかなかった。


夕食後、三人でテレビを観ているときに、またハーゲンダッツのアイスクリームが食べたくなった。印達はひとりでいつものコンビニへ出かけた。

反対方向から歩いてくる少女に目がいった。セーラー服を着て黒いリュックを背負っている。どこかで見たことあるなと思っていると、相手も印達を見ている。

「どうも……」

立ち止まると、小さな声で少女は言った。

マスクの上にある目がキラキラしている。

「どうも」

と印達も返した。

「ハーゲンダッツさんだよね」

言いかたが面白かったので印達は笑った。少女も笑った。

「これからコンビニへ行くの？」

「うん、そう。きみは？」

「バイトが終わって帰るところ」

少女はコンビニでバイトしている子だった。

レジでよく顔を合わせたので印達は覚えていた。ショートボブの小柄な子。

「高校？」

と少女が聞いてきた。

「えっ……うん」

「あのコンビニに来るようになったの、最近だよね」

「少し前に引っ越してきたから」

「そうなんだ」

「僕は伊藤っていうんだ」

「私は樋口」

「知ってるよ。レジで、きみのネームプレート見たから」

樋口は笑って、

「今日もハーゲンダッツ？」

「そう」

「ふふっ、じゃね」

と言って少女は手を上げた。

「じゃ」

と印達も手を上げた。

テレビで覚えた会話はけっこう役に立つみたいだ。ハーゲンダッツのバニラアイスを三つ買うと、印達はマンションに帰った。末永と奥さんは居間でテレビを観ていた。

「おお、アイスクリームか」

「ありがとうね」

三人でソファに座り、アイスクリームを食べながらテレビを見た。

刑事ドラマが二人とも好きだった。殺される人がいて、犯人がいて、警察がいてバタバタと動き回って、独特の謎解きがある。

仕組みがわかってくると印達も好きになった。今の時代はすごく平和に見えるが、やはり人殺しはあると末永は言っていた。

「ホントに助かるわ、伊藤君がいてくれて」

アイスクリームを食べながら奥さんが言った。

「僕のほうこそ、お世話になりっぱなしで……」

『わたし』というのをやめて、『僕』にしていた。テレビを見ていると、若い男はほとんど『僕』か『おれ』を使っている。

「さっき松下君から電話があったよ。明日二時くらいに『宗歩』に来るけど、夜にまたここで話したいらしいんだ。『ヘラクレス』でのことは簡単に話しておいたよ」

「松下さんは、普段は何をしているんですか」

「居酒屋のバイトだ」

「居酒屋……」

「まあ、けっこう大変みたいだ」

居酒屋というのは、テレビで見て知っていた。江戸の茶屋みたいなもの。

将棋の話をしたいと言っていたが、また叔父の話になるような気がした。あれから一週間経っているが、叔父のことは末永から何も言われない。捜索願の話もない。印達も切り出せないまま今になっている。

ホテルと呼ばれるものがあるのをテレビで知った。江戸時代の旅籠と同じ。お金を払えば泊めてくれるようだ。ここにいられなくなったらホテルに行くしかない。長い期間、泊まるわけではない。御城将棋の日までは明日から数えて六日。四十四万円あれば足りることはわかっている。

風呂に入り二人にお休みなさいと挨拶すると、印達は自室に引き上げた。布団を敷いて横になった。六畳ほどの畳の部屋。小さな文机と座布団と箪笥。南側には透明なギヤマンを張った窓がある。その内側に障子があった。

小袖と帯と褌は自分で洗って箪笥にしまってある。ここでは不要のもの。しかし捨てられなかった。これを捨ててしまったら、自分がいなくなってしまう気がした。

——自分は一年経たずに、本当に死んでしまうのだろうか。

確かに江戸ではこの一年くらい、体調が悪い日が多かった。そのため宗銀との番勝負は五十七番でひとまず打ち切られ、印達の快復を待って再開されることになっていた。

宗銀との番勝負が始まったときは十番という取り決めだった。しかし途中、家元三家で話し合いがもたれ、百番に変更になった。宗銀も印達もまだ若い。若いうちはどっちがどこまで伸びるかわからない。百番は指す必要がある。それを見て、どっちが名人にふさわしいかどうか決める。父からはそう聞いている。

宝永六年十月十日から約一年半の間に、五十七戦して印達が三十六勝二十一敗と勝ち越しているが、まだ先は長い。逆転される可能性はある。だがスマホで見た歴史では、それ以降は対局がない。印達は御城将棋の後に再起不能になり、それから一年も経たずに死んでいるのだ。

「ハーゲンダッツさんだよね」

という声が蘇った。

8　十月十日（土）

洗濯物を干し居間と自室にクリーナーをかけたあと、今日はトイレ掃除をした。このトイレと言われるものが、信じられないくらい快適だった。どこの家にも、同じようなものがあると奥さんは言った。

床をぞうきんで拭き、便器のなかをそれ用のブラシで洗うとピカピカになった。三百年前の江戸に戻ったら、これだけは夢に見るだろうなと思った。

印達は苦笑した。父母のことや自分が死ぬことより、トイレの心配をしている自分が可笑しかった。お昼ご飯の後は、末永と一緒に『宗歩』へ行った。いつもよりお客さんが多かった。印達が顔を見せると、みんな笑顔で迎えてくれた。

印達も笑顔を返した。店長も奥さんも愛想がいい。松下が来るのは午後二時くらい。ちょうど高橋四段がいたので、指さずに話し始めた。末永は常連と対局。高橋はまた草加せんべいを持ってきてくれた。

「四日前に、『ヘラクレス』という新宿の将棋道場へ末永さんと行ってきました」

と言って印達は草加せんべいをかじる。

醤油の味が口中に広がる。

「僕も二、三回行ったことがあるよ。あそこは強豪揃いだ。成績は？」

「六連勝して帰ってきました。ええと……中村和敏五段と指しました」

「中村和敏五段……知ってるよ。メチャクチャ強い人だよ。アマ飛燕杯の都予選で、何年か前に優勝した人だから」

「壁に賞状が掛けてありました」

「その人にも勝った？」

「はい」

「マジか……」

「目黒康之五段とも指しました。アマ飛燕杯の都予選では、ベスト4に入ったことがあると言っていました」

「ふぇー、僕じゃ相手にならないはずだ」

「でも、何と言うか、『ヘラクレス』で将棋を指している人は、みんな人を食ったような顔をしていました」

「あそこは天狗が多いからなぁ」

「中村さんも目黒さんも、今年の飛燕杯に出ると言っていました」

「アマの大会はけっこうあるよ。伊藤君の力なら、いいところまで行くというか、優勝まであるんじゃないの」

　そのときドアが開いて松下が姿を現した。

印達は手を上げた。松下はつかつかと歩み寄ってきて、

「五時まで指導対局が入っているから、そのあと話そうか」

と笑顔で聞いてきた。

「指すんじゃなくて？」

「予定変更だ」

「わかりました」

対局をやめて話そうというからには、将棋の話だけでは済みそうにない。胸が痛くなり身体が床下に沈んでいく気がした。

――あっ、この症状。

令和へ来てからは、まったくこの症状に襲われることはなかったのに……印達はトイレへ行った。すぐに快復すればいいが……このまま快復しなければ、末永にお願いして家で休ませてもらうしかない。

便器に座って目を閉じた。心を空にして深呼吸を繰り返す。印達が自分で発見したその場の対処法。これでよくなるときもあるし、ならないときもある。

鼻からゆっくり息を吸い、口からゆっくり吐く。その繰り返し。頭から将棋を抜く。父母のことも忘れる。末永も松下も『宗歩』の人たちのことも消し去る……。

いきなり咳が出た。一度出るとなかなか止まらない。咽喉の奥からこみあげてくるような咳。

抑えようとしても抑えられない。七回、八回、九回……最後に身体のなかの空気を全部絞り出すような咳が出ると、やっと収まった。

身体が少しだるい。そのまま待った。今までの経験では、咳がすぐに収まればやがてだるさもなくなる。さらに五分ほど待ったが咳は出なかった。

トイレから出ると二局指した。何も考えずに直感だけで指した。真っすぐの道ならそのままブラブラ歩いていき、曲がり角があれば曲がり、木があれば見上げ、花が咲いていればちょっとだけ立ち止まって眺める。そういう指し方。だるさが徐々に引いていく。

二連勝。二人とも顔なじみ。末永と同じくらいの歳。印達が勝つとニコニコした。自分が勝ったときのようにうれしそうな顔をする。

五時少し前になったので、印達は対局を入れないで待っていた。あれから胸が痛くなることはない。咳もこみあげてこない。末永も間もなく対局が終わり、二人で話していると松下がやって来た。

「行きましょうか」

ということで、末永と三人で外へ出た。

「これから、わしの家でいろいろ話そう」

歩いているときに末永が言う。

笑顔がないので、印達はまた不安になった。叔父のところへ帰りなさい。ここへはもう置いてあげられない。そう言われたらホテル。覚悟している。

奥さんが待っていてくれた。うがいと手洗いをするとお茶を煎れてくれた。ショートケーキも一緒に出してくれた。これはコンビニで食べたことがある。イチゴと呼ばれる赤くて甘い木の実が載っている。

「髪、けっこう伸びてきたな」

と松下が言った。家のなかではキャップを外している。自分でもときどき鏡に映してみるが、月代は短い毛に覆われていた。

「長髪がいいのか」

「いいえ、こだわってはいません」

「だったら、床屋へ行って丸坊主にしてもらえばキャップは必要なくなるよ。一ヶ月もすれば、これくらいは伸びる」

松下は自分の髪に触って言った。

「わかりました。そうします」

床屋というのはわかる。街を歩いていると、ときどき見かける。丸坊主になったあと江戸に戻ったとしても、何も問題ない。頭を丸めて御城将棋の場に臨んでも、礼を失することにはならない。

「末永先生と『ヘラクレス』へ行ってきたんだって？」

「はい」

「強い人と指して勝ったって末永先生から聞いたけど、どういう人？」

「六人と指しましたが、目黒五段と中村五段が特に強かったです。目黒五段は飛燕杯の都予選でベスト4に入った人です。中村さんは同じく飛燕杯の都予選で優勝し、全国大会でベスト8まで勝ち進んだことがあると言っていました」

「どんな対局だった？」

「目黒さんとの対局では、僕はゴキゲン中飛車を使いました。『宗歩』で初日、高橋さんが使った戦法です。面白い戦法だったので、いつか使いたいと思っていたのです。中盤で優勢になり、そのまま押し切りました」

「中村さんとは？」

「角換わりです。中盤に僕がちょっと苦しくなりましたが、中村さんの緩手に救われて逆転しました」

「アマの強豪に勝ったわけか。さすがだな」

「でも……目黒さんも中村さんも、相手を見下すというか、人を食った顔をしているというか、そんな雰囲気がありました」

「まあ、気持ちはわかるけどな。でも天狗になったら、その人は終わりだ。それ以上は強くならない」

うん、うんと言って末永はうなずく。

「ところで、叔父さんのことなんだけど」

とうとう来た、と印達は思った。

「あれから、何も連絡はない？」

「僕はスマホを持っていないので、連絡は来ません」

「警察の人が訪ねてきたりは？」

印達が末永と奥さんを見ると、

「来たことはありませんよ」

と奥さんが答えた。

「わしもこっそり店長に聞いてみたんだが、『宗歩』にも来てないそうだ」

と末永。

「そうなんですか……なんか変ですね。伊藤君が『宗歩』へ来てから、もう一週間経ちますよね。警察に捜索願が出されていれば、伊藤君が『宗歩』へ行ったこと、すぐに突き止められると思うんだけどな。叔父さん、捜索願を出してないんじゃないですかね」

「そんなこと、あり得るのかな」と末永。「伊藤君は中学生だからな。いくら叔父さんとケンカしたからと言って、家に帰らなければ警察に届け出るだろう」

「普通はそうですよね」

末永が腕を組むと松下も腕を組んだ。

印達の心に罪の意識がまた湧いてきた。叔父そのものがいない。警察に捜索願が出ることはない……しかしこのことは言えない。

「伊藤君はどうなの、叔父さんのところへ帰りたくならない？」

と松下が聞いてきた。

「ぜんぜんなりません」

「ここにいたい？」

「はい」と言って印達は末永と奥さんを見た。「ご迷惑でなければ」

「迷惑だなんて、ぜんぜん思っていないよ」と末永。「むしろ、ずっとここにいてもらいたいくらいだ」

「本当にそうよ。伊藤君がいてくれるお陰で、掃除もお皿洗いも洗濯物干しもやってもらえるし、買い物も大助かり。もちろん、それが理由じゃないのよ」

奥さんも言う。印達は口をきゅっと結んで目をしばたたいた。

「伊藤君は、叔父さんの家から学校へ通っていたの？」

松下が言う。印達は首を横に振った。

「行ってなかったの？」

「はい」

「不登校か……しかし、このまま学校にも行かないで、『宗歩』で将棋ばっか指しているわけにもいかないぞ。そこ、どう考えているの?」

「学校には行かなければなりませんか」

「普通は行くよ。おれだって、高校まではちゃんと行った」

印達はうつむいた。

「たださ」と松下は続けた。「現実問題として、伊藤君がここから学校に通うわけにはいかないと思うんだ。学校へ行けば、叔父さんに連絡がいって、今度は確実に叔父さんのところに戻らなければならなくなる。それ、嫌だろう」

「絶対に嫌です」

「だったら、どうする?」

「高校へ行かないで、働いている人もいると聞きました」

「いるけどね。おれは賛成しない。おれは高校を卒業しているけど、それまでやってきたことと言えば将棋だけ。将棋以外は何も知らないでずっと生きてきたんだ。この際だから言っておくけど、おれは今、週に五日、居酒屋でバイトしているんだ。その収入が月に十四万円くらい。週に一回、『宗歩』で指導対局をしているけど、この収入が月に三万円程度。合計で十七万円。ここから税金とか引かれると、手元には十四万円くらいしか残らない。身体を壊したら終わりさ。きみがこのまま働いても、同じくらいの収入にしかならない。そしてこの生活はずっと続くんだよ。十年も二十年も三十年も……」

末永と奥さんの顔をちらっと見た。二人ともじっと印達を見つめている。

気持ちはありがたいが、そこまで考えてもらう必要はない。六日後には、印達はもう令和にはいないのだ。もっと早くいなくなってしまうかもしれない……。

「もちろん」と松下は続けた。「だから今のうちに叔父さんのところへ帰れ。そう言うつもりじゃない。バイトしたりする以外に、別の道があることをきみに一言、伝えたかったんだ。だから今日、ここへ来たんだ」

9　十月十日（土）

私は夕ご飯を作り始めますからね、と奥さんは言って台所へ向かった。

印達は一枚の用紙を手渡された。末永にも渡っている。『第23回峻王杯概要』とある。将棋のアマチュア棋戦に関するものだということがわかった。
★対局は12月12日と13日に東京で行われる。場所は月島にある「ホテル利休」
★申込みは10月19日から11月19日まで。
★資格はアマ四段以上。

★AブロックとBブロックに分かれ、それぞれ12月12日に5回戦が行われ、翌13日に準決勝と決勝が行われる。
★128名の参加者定員。
★持ち時間20分切れ負け。
★準決勝と決勝は持ち時間30分。それを使い切ると一手30秒以内。
★参加費2000円。
★この棋戦で優勝すると、奨励会三段リーグに編入する試験を受けられる。またベスト4に入れば、参加の権利を得たプロ棋戦に出場できる。そこでプロを相手に相当の活躍をすれば、棋士編入試験を受験することができる。

読み終わると末永と印達は目を上げた。

「これから申込みをして間に合う、最短のアマ棋戦がこれなんだけど、末永先生は参加されたことはありますか」

「峻王杯はない。あるのは飛燕杯と無双杯だけだ。どちらも都予選の二回戦で負けた」

「私はアマ棋戦には参加したことがありません」松下はそう言ってから印達のほうに向き直った。「調べてみたんだが、この棋戦は全国からアマ強豪が集まってくるので有名だ。都道府県単位の予選がなくて二日間で決着するというのも魅力的だ。去年は現アマ飛燕、現アマ峻王、元アマ無双が参加している。元奨も何人か参加する。アマ棋戦のなかでは最もハイレベルだと言われている」

アマ棋戦の名前は『宗歩』の常連から聞いて知っていた。ただ、ここまで正確な資料は読んだことがなかった。

「伊藤君、いや、もう印達と呼んだ方がいいかな」

「はい、印達でお願いします」

「この峻王杯に、出場してみないか」

印達は唾を飲み込んだ。

「腕試しとか、そういうレベルの話じゃない。おまえの将来のことを考えると、おれはこれしかないと思ったんだ」

「プロになったほうがいいと……」

「もっと強い意味で言っているんだ。なんか、おまえを見ているとさ、世間のことが何もわかっていない。いや、おれだって世間知らずだが、それ以上にずれてる。丁髷で着物を着て将棋を指しに来たり、昔のお金とか出したり。亡くなったお父さんから、プロになれとは言われなかったのか」

「はい……」

「でも、厳しく教えられただろう」

「はい」

「だよな。遊びで、それだけ強くなるわけないからな。しかしそれなら、お父さんはどうしてプロになれと言わなかったのかな」

印達は答えられなかった。突きつめていくと、自分の言い訳がどんどん崩れていく気がした。

しかし松下は、そこには深入りしてこなかった。

「居酒屋のバイトは、はっきり言って面白くないよ。しかしやらなければ生きていけないから、仕方なくやっているんだ。印達はやりたいか」

「いいえ」

「コンビニのバイトもある。工場で短期間働いたり、工事現場の仕事もある。おまえはそういうの、やりたいか」

印達は黙って首を横に振った。

「じゃ、これからがんがん勉強して、一流大学、一流企業という道を歩むか」

印達はまた首を横に振った。

それがどういう人生なのかは、テレビを見て知っていた。

「誤解するな。バイトがダメとか、一流大学がいいとか言っているんじゃない。おまえから将棋を取ったら、何も残らないんじゃないかと言っているんだ」

印達は五歳のときから将棋を指している。将棋に強くなることが印達には課せられていた。

それ以外は何もしていない。というより、許されていなかった。

「将棋のプロになれば生活は安定する。将棋が強ければ、基本的に他の能力はほとんど要求されないんだ。プロ野球や相撲やサッカーと同じだ。もちろん、いろんなことを知っている棋士はいる。国家資格を持っている棋士もいるからな。しかし知識は、プロになってからでも習得できる。将棋のプロになるときには、ひとまず必要ない。こういう世界が今のおまえに一番あっているんじゃないかと思っているんだ……おまえ自身は、どう思っているんだ？」

「将棋のプロのことは『宗歩』の常連さんから聞いて、ある程度のことは理解していました。僕も、詳しく聞きたいと思っていました」

そう思ったのは間違いない。

「プロの世界があることは、知っていたわけだな」

「はい。奨励会がどういうところかもわかりました」

「プロになりたいか」

「はい、なりたいです」

ずっとこの令和にいられるなら、絶対にプロになりたい。

「そうか、なりたいか……」松下はそう言うと末永に視線を向けた。「ということなんですが、どうですか、末永先生。元中学校教師として、印達はプロ棋士を目指すべきなのでしょうか」

「何、そこまで言っておいて、わしに振るのか」

「僕が歩んできた道を、先生はよくご存じじゃないですか。勉強ができるということと将棋が強いということは、根本的に違うんですよ。勉強ができれば、世の中のあらゆる分野で活躍できます。しかし将棋が強くても将棋の分野でしか活躍できません。プロになれなければ、僕みたいにバイトで食いつないでいくしかないですから」

「じゃなぜ伊藤君に、いや印達にプロになるよう勧めたんだ」

「いや、勧めたわけじゃ……」

「印達から将棋を取ったら何も残らない。そう言っただろう」

「それは、そうですけど……」

「最後に責任逃れをするような言い方をするな」

末永の顔が布袋様から仁王様みたいになる。しかし松下がうつむいて小さくなると、すぐにまた布袋様にもどった。

「なあ、印達」

「はい」

「わしは松下君が中学三年のときの担任だった。そのころの彼は、すでに奨励会の1級だった。夏休み明けの進路面談のときには、高校へ行かないでそのまま将棋の道へ進みたいと彼は言っていたんだ。しかしわしは高校へ行くことを勧めた。学歴とか、勉強が大切だとかそういう理由じゃない。学校という環境がすごく大切なものだと思っていたからなんだ。できれば大学にも行ったほうがいいとも言った。子供のときから二十代にかけて、学校という環境はベストだとわしは思っている。もちろん学校にはいろんな問題がある。行ったって意味ないという人もいる。だが、わしはそういうデメリットも含めて、やっぱり行ったほうがいいと思っている。こういうことを念頭に置くと、まず学校へ行くことを基本に考えるべきだ。印達は今、不登校だったな。すぐ学校へ行けとは言わない。しかし学校へ行くことを前提にして、すべてのことを考えたほうがいい。学校へ行きながらでも将棋のプロになれる。今はほとんどの棋士は高校へ行っている。大学へ進学する棋士も多い。わしが親なら、いや、親でなくてもそう説得する」

松下は途中からしきりにうなずいている。印達も八歳から十二歳のときまで、近所の手習いへ通って読み書き算盤を教わった。手習いには同じ年の子供もいる。年上も年下もいる。そのなかに混じって学問をすることは刺激があって楽しかった。

「末永先生の言われるとおりだ」うなずきながら松下は言う。「高校卒業後のおれのことも簡単に言っておくよ。三段リーグ入りしたのは十九歳のときだ。半数以上の人は二十歳を超えていたが、実際に対局してみて自分のほうが強いと思った。しかし結果はこの通りだ。二十六歳という年齢制限まで、あっという間だった。おれより強いと思った人で、やはり四段になれなかった人も何人か知っている。どうしてプロになれなかったのか自分でもよくわからない。努力が足りなかったとは思わない。様々な棋書を読んで勉強した。研究会にも出た。詰将棋も必死で解いた。やれることは全部やった。気持ちの上で負けていたとも思わない。プロになるかさもなくば死だ。そう思って対局していた。しかしプロになれなかった……」

「決死の覚悟をしている人が、三段リーグに集まっているということですね」

「そうなんだ、三段リーグは、というより奨励会とはそういうところなんだ。奨励会に入会しても、四人のうち三人は脱落する」

印達がうなずくと松下は続けた。

「この峻王杯で優勝できれば、大きく道が開けるぞ。ふたつの選択肢がある。奨励会三段リーグに編入する試験を受けるか、または参加の権利を得たプロ棋戦でプロを相手に相当の活躍をして、棋士編入試験を受けるかだ。おれの判断では、間違いなく奨励会三段リーグの編入試験を受けたほうがいい。この編入試験は年に二回ある。直近だと来年の二月と三月だ。合格すれば四月からの三段リーグに編入できる。申込み締め切りは十二月末だから峻王杯で優勝してからでも間に合う。ちなみに三段リーグ編入試験の内容だが、奨励会二段八人と対戦して六勝すれば合格だ。合格した後は年齢に関係なく最長で四期、リーグ戦を戦える。まあ、十五勝三敗か十四勝四敗ならプロになれるだろう。詳しく言えばもう一点だけ必要なことがある。師匠を探すことだ。奨励会に入会するには、師匠になってくれる棋士の推薦が必要になるんだ。しかしそこはおれに任せろ……もうひとつだけ付け加えておく。おれは高校へ行ったが、行かなくてそのまま将棋に打ち込んでいればプロになれたとは思っていない。高校でおれはいろんなことを経験した。高校へ行ってよかったと思っているよ」

夕食はカレーライスというものが出された。その色を見て驚いたが匂いはいい。どんな味なんだろう……と思ってスプーンで少しだけ口に入れてみたが、これがすさまじく美味しかった。煮込みラーメンと同じくらい、いやそれ以上に美味しかった。麺類は江戸にもあったがカレーに似た食べ物はない。咳の発作の後はたいてい食欲がなくなるのだが、今日は大丈夫のようだ。あれから熱も出ない。

末永と松下はビールを飲みながら、豆類や肉を肴に飲んでいる。奥さんと印達だけがカレーライス。末永が松下に聞いた。

「四段以上という既定のことなんだが、自己申告でいいのか。わしが以前申し込んだアマ棋戦では、そうだったが」

「ええ、問題ありません。将棋連盟で免状をもらう必要はありません」

「住所はどうしようか」と末永は印達を見て言う。「出場オーケーになれば、主催者側からその旨の葉書が来るようになっている。だろう、松下君」

「ええ、峻王杯もそうです」

「ここの住所でいいか。叔父さんの住所にすることもできるが、どうする？」

ここの住所でお願いしますと言ったつもりだったが、口のなかにカレーがあるのでうまく発音できなかった。二人は笑いながらビールを飲み肴をつまんだ。口のなかのカレーを飲み込むと印達は聞いた。

「松下さんは、峻王杯に出場しないんですか」

「実はな……出場しようと思っているんだ」

「やったぁ、ホントですか」

飛び上がるほどうれしかった。末永も奥さんも喜んだ。

「印達ひとりじゃ、危なっかしいだろう。将棋の話じゃない。事務的なことだ。そばにいてサポートしてやるよ」

「ありがとうございます。心強いです」

「一回戦や二回戦で負けるなよ。サポートのしようがなくなるからな」

「はい、絶対に勝ち残ります」

「奨励会時代のおれの知り合いも何人か来ると思う。アマの強豪も、もちろん来る。独特の雰囲気があると聞いている。実力も必要だが雰囲気に呑まれないことも必要だ。体調も運も関係してくる。大会まではあと二ヶ月あるから、よく準備しておこう。その辺も、おれが教えるから」

お願いします。そう言ってから、あと六日なんだという思いがよぎった。守れもしない約束をして、いったい自分はどういうつもりなんだろう。

「明日から印達がやることを言っておく。頭に入れておくんだ。その前に聞いておく。棋書は何か持っているか」

「末永さんに買っていただいたものがあります」

印達は部屋に行って三冊持ってきた。詰将棋の本が一冊。他の二冊は戦術書である。

「この三冊はおれも読んだことがある。いい本だ。しかしプロを目指すならこれだけじゃ足りない」

松下はそう言うと、プロの対局集を読むこと。プロ同士の対局を中継で観ること。中継のときに解説の棋士がしゃべる手筋や手順を、自分なりに分析して良しあしを判断してみること。この三点を言った。

「対局集はたくさんある。全部は読めないからおれの判断で言う。『羽生善治名局集』がいいと思う。この辺の知識は、おまえは疎いところがあるから念のため言うと、過去に七冠を制覇した棋士だ。攻めも守りも駆け引きも、どれをとっても超一流だ」

羽生善治という棋士の名前は『宗歩』で何回か耳にした。

「もうひとつ、対局中継を観ることだが……」

松下がそう言うと、末永が後を受けた。

「明日一緒に、近くの携帯ショップに行ってスマホを契約してこよう。将棋の対局中継はわしもたまに観ている」

スマホで何ができるかは、この一週間で理解できた。

しかし使えるかどうかはわからない。

「わしたちもカレー食べるか」

末永が言う。

「そうですね、いただきます」

と松下。奥さんが二人分のカレーライスを持ってきた。

印達はお代わりをした。

10　十月十一日（日）―十二日（月）

翌朝、末永と近くの携帯ショップへ行って、スマートフォンを契約してもらった。印達は身分を証明するものがないので、末永名義だと言う。ただし印達が勝手に使っても問題ないらしい。

しかしこの操作が何とも難しくて困った。一時間ほど末永に特訓してもらって、やっと電話をかけられるようになった。末永と奥さんと松下と『宗歩』の電話番号を登録してもらった。

メールは無理。説明を聞いているうちに頭が痛くなった。しかし将棋の対局中継は観なければならない。これだけは必死に操作を覚えた。こういうことを、令和の人々はいとも簡単にやってのけている。信じられなかった。

昼ご飯の後は、末永と書店に行って『羽生善治名局集』を買ってきた。現代将棋の技がこのなかに凝縮されていると思うと心が躍った。将棋の駒と盤は末永のものを貸してくれると言う。

その日は『宗歩』へ行かずに、将棋の中継を観たり、スマホの操作を教わったり、『羽生善治名局集』にある棋譜をいくつか、実際に盤上で再現したりして過ごした。

対局中継は四段と八段の対戦だった。平手戦。プロ同士の対戦は、全部平手戦だと松下が教えてくれた。お互いに持ち時間が四時間。通しで観ることはできなかったが、プロがどのレベルにあるかはよく理解できた。一手の読みの深さが『宗歩』で対局した人たちとは違っていた。解説は男性棋士と女性棋士の二人だった。男性棋士が主に局面を解説していた。この解説も非常に参考になった。印達の読みにない手順を指摘してくる場合もあった。形勢判断もしてくれる。

結果は四段が勝った。プロになったばかりなのにすごいと思っていると、四段がプロの棋戦で優勝することもあると末永が教えてくれた。ということはつまり、奨励会三段リーグというものは、相当レベルが高いということになる。

夕食後はいつものように、居間でテレビを観ながら末永と奥さんの三人でいろいろなことを話した。二人とも話しているときは楽しそうにしている。印達の父母の話と叔父の話は、いっさいなかった。

松下が以前言っていた『身分証明書』という言葉を思い出した。かなり重要なものらしい。スマホを契約するときにちらっと見えたが、末永の写真が入った小さな板だった。自分の名前や住所が本物だということを証明するもののようだ。

末永に言えば、もらえるものなのだろうか。だが何となく言いにくい。言うと、父母が死んだことや叔父の家から逃げ出してきたことが、嘘だとバレてしまう気がした。

翌日は末永と『宗歩』へ行き、七局指して七連勝。途中で末永が、松下と印達は十二月にある『峻王杯』に出場する予定だと言うと、周りにいるみんなが、

「それはいいいな」

「応援してるよ」

「アマのトップクラスが出場するそうじゃないか」

「伊藤君なら、いいとこ行くんじゃないの」

「優勝したりして」

「あり得るよ」

なんていう言葉が飛び交った。アマ棋戦の優勝者というのは、どれくらい強いのだろうか。あの中村五段でも全国大会ではベスト8止まり。

大きな壁が目の前にある気がした。この壁にぶつかってみたい。しかし……印達は腕時計を見た。12という数字がある。10月12日。令和にいられるのはどんなに長くても今日を入れてあと三日。四日目には御城将棋がある。

いつもの時間に帰り、いつもの時間に夕食を食べソファに座ってテレビを観た後、印達はコ

ンビニへ向かった。

信号待ちをしていると、向かい側の歩道に樋口の姿が見えた。この前と同じセーラー服とリュック。樋口も印達に気づいたようだ。

横断歩道の真ん中で少しだけ立ち止まり、一緒に駅まで歩いた。樋口はこの近くのS高校へ通っていて、バイトが終わったので三駅先の自宅まで帰るのだと言った。

「コーヒー飲んでいこうか」

と樋口が言う。

「うん、いいよ」

コーヒーがどういうものかは『ヘラクレス』で知った。そのあとテレビでも見た。多くの人が飲んでいるかなり人気のある飲み物。しかし飲んだことはなかった。

駅ナカのドトールに入った。夜なのにけっこう混んでいる。コンビニにいるときの樋口は硬い顔をしていたが、今は笑顔でキラキラした目をしている。ブレンドコーヒーを二つトレーに載せて席に着いた。

樋口はミルクとシュガーを入れた。印達も同じようにした。樋口が口に運んだので、印達も思い切って飲んでみた……うわっ、苦い……恐ろしく苦い。慌てて水を飲む。

「伊藤君、高校どこ？」

「僕は……」

「いいじゃん、教えてくれても。私だって教えたんだから」

「行ってないんだ」

「不登校？」

「うん……」

樋口はコーヒーを飲んだ。

印達は飲まない。

「わたしも勉強は好きじゃないけど、学校へ行かないと友達いないしなぁ……」

樋口のキラキラした目がよく動く。周りはスマホをやっている人がほとんど。

「コンビニのバイトって、難しいの？」

「ぜんぜん。やりたいの？」

「まあ、すぐってわけじゃないけど」

「最初の一週間くらいは、いろいろめんどいこと覚えないといけないけど、それを過ぎれば自然に体が動くよ」

「学校へ行ってなくても、雇ってもらえるのかな」

「と思うよ。フリーターもいるし……店長に話してやろうか」

「ああ、うん、ちょっと考えてから……」

意味のない質問をしているなと気がついたら、言葉が続かなくなった。

「下の名前、教えて」

「いんたつ、というんだ」

「いんたつ……どういう字、書くの」

印達はテーブルに指で字を書いた。

「すごい堅い名前」

「親父は、古臭い人間だから」

「学校行かなくて、怒られない？」

「両親は死んだから……今は、知り合いの家にいるんだ」

樋口はコーヒーカップをソーサーに戻すと、

「私の下の名前は双葉」

と言った。

「ふたば……」

樋口は印達と同じようにテーブルに文字を書いた。初めて見る名前だった。しかし漢字を見たとたんに、いい名前だなと思った。

「ねぇ、印達」

「うん……」

「コーヒー、嫌いなの？」

「あっ、いや、そんなことないよ」

印達は慌ててコーヒーカップを手にして半分ほど飲む。苦さにじっと耐えていたが、我慢できなくなり水を一気に飲んだ。

「印達って、面白い。顔が正直」

「気持ちが顔に出るってこと？」

「そう。学校いかなくて、毎日、何やってるの。ゲームとか？」

「そんなことしてないよ……まあ、将棋かな」

「将棋？」

「家でやったり、外で指したり」

「将棋もゲームじゃん」

「知ってるの、将棋」

「うん、ときどきやる。私、けっこう強いよ」

「そうなんだ、僕も強いよ」

「マジで……よし、明後日、バイトの後でやろうか」

「どこで？」

「ここで」

「ここで……？」

「将棋盤と駒、持ってる?」

「うん、家にあるけど……」

「じゃ、持ってきなよ」

「わかった」

また会える。そう思うと身体のなかが熱くなった。

でも、明後日まで令和にいられるだろうか。

「明日から中間試験だよ。学校、早く終わるからいいけど……赤点取ったりすると、追試だからなあ」

双葉は次から次へと話題を変えてくる。

「苦手な科目とか、あるの?」

「暗記物はヤダ。特に英語。社会もヤダ。世の中の仕組みとか、いろいろ教科書に書いてあるじゃん。でも、さっぱりわかんないし」

「わからないことがあったら、勉強するしかないと思うけど」

「ふーん、印達って、そういうタイプなんだ」

「まあね」

「わたしはヤダ。マンガ本とかラノベとか読んでいたほうがいい」

マンガ本がどういうものかはテレビで知った。ラノベというのは知らない。

「そうだ、印達。スマホの番号、教えて」

印達がスマホを取り出したままもたもたしていると、

「貸して」

双葉は印達のスマホを何回かタップする。

「私のスマホ番号、登録しておいたから」

双葉が立ち上がったので印達も立ち上がった。

駅の改札口まで一緒に歩いていった。

「じゃ、明後日。八時半にドトール前」

「了解」

「将棋盤と駒、忘れないで」

「オーケー」

双葉と別れて歩き出すと着信があった。末永からだった。

「どうした、印達」

と言う声を聞いてはっとした。

「すみません、末永さん。駅ナカのドトールで、コーヒー飲んでて……」

自分の口調がおかしい。

双葉と話しているときの口調が、そのまま続いているようだ。

11　十月十二日（月）―十三日（火）

屋敷にいるときは周りには父母と弟子ばかり。そして弟の印寿。母の他は女と言えば下女数人。若い女と話したことはほとんどなかった。

なのに、けっこう話せた……と思う。それも三百年後の若い女と。たまたま双葉が話しやすい相手だったのかもしれないが、テレビで覚えた言葉が意外とすらすら出てくるのには自分でも驚いた。

「駅ナカのドトールなんて、どうして行く気になったんだい」

帰ると末永に聞かれた。

「コーヒーが飲みたくなって……」

「遅くなるときは、わしの携帯に連絡をしなさい」

「はい、今度からそうします」

末永は笑顔でうなずいた。奥さんも隣で笑顔をみせている。肝心のハーゲンダッツは買ってくるのを忘れた。印達は布団に横になると、スマホを取り出して電話のアイコンをタップした。

樋口双葉という名前が登録されていた。これで五件目。どんなふうにしたら登録できるのか印達にはわからなかったが、この名前をタップすると相手に電話がかかるのだということは理解できた。

しかし……このままでいいのだろうか。末永と奥さん、それに松下に何の挨拶もしないで、ある日気がついてみたら江戸に戻っていた。こんなことになったら申し訳ない。

双葉とは明後日、ドトールで将棋をする約束をした。その日は印達が、この世界にいられる最後の日。御城将棋の前日。そんなギリギリの日の夜まで、印達は令和の世界にいられるのだろうか。もう一度、双葉に会えるのだろうか……画面にある樋口双葉という文字を、印達はじっと見つめた。


翌日は朝食の後、少しすると末永は法事に出かけていった。

玄関まで奥さんと見送った後は掃除の手伝い。それから奥さんと買い物。帰ってから奥さんが作ってくれたカレーライスを食べると、印達はひとりで『宗歩』へ向かった。着いて驚いた。中村和敏と目黒康之が来ていたのだ。

「よぉ、印達先生」中村は手を挙げると椅子から立ち上がった。ピアスと笑顔。「あれから『ヘラクレス』へ来てくれないから、どうしたのかと思っちゃったよ」

「あっ、すみません」

印達は苦笑して頭を下げた。

何となく雰囲気が合わないからとは言えない。

「この前言ったと思うけど、僕たち今度の日曜日に飛燕杯の都予選に出場するんです」と目黒。

「なので今日は、伊藤君に胸を借りるつもりで来ました。お手合わせ、お願いできますか」

丁寧に頭を下げる。

二人とも横柄な態度は消えている。

「こちらこそ、よろしくお願いします」

（第６局１図　▲９八香まで）

△印達　持駒　なし

▲目黒　持駒　なし

印達も頭を下げて近くのテーブルに腰を下ろした。

最初は目黒五段が相手。中村五段はそばで観戦。

「この前と同じ持ち時間20分切れ負け。これでいいかな」

と目黒が言う。印達は、はいと答えた。

振り駒の結果は目黒が先手。印達は対局時計を自分の右側に置いた。対局時計を将棋盤の右に置くか左に置くか決めるのは後手番の権利。中村は目黒の隣の席に座っている。常連が数人、周りにいた。

駒を並べ終わり、お願いしますという挨拶を交わすと目黒は▲７六歩と突いた。印達は△３四歩。以下▲２六歩△４四歩▲４八銀△３二銀▲６八玉△４二飛▲７八玉△６二玉▲５六歩△７二銀▲５八金右△7一玉▲5七銀△9四歩▲9六歩△5二金左▲7七角△4三銀▲2五歩△3三角▲8八玉△6四歩▲6六歩△7四歩▲6七金△7三桂▲9八香（1図）となった。

印達は四間飛車美濃囲い。目黒の▲9八香は『穴熊』という囲いをするための一手。穴熊は江戸では見たことのない囲い。普段は囲いに参加しにくい桂や香までが玉を守り、まったく王手の掛からない形になる。

『宗歩』でも対穴熊戦は四番あった。いずれも印達の勝ちだったが、それは棋力の差のせいであり、囲いとしては相当に堅いものだと感じていた。穴熊に組ませないようにする指し方もあるようだが、印達はあえて組ませるほうを選んだ。

勝つことよりも学ぶことが大切。目黒の穴熊に、自分の指し手がどの程度通用するか判断したかった。

1図以下△4五歩▲9九玉△4四銀▲3六歩△6三金▲8八銀△8四歩▲7八金△8二玉▲1六歩△1四歩▲6八銀△8三銀▲7九銀右△7二金▲6八角△2二飛▲3七桂△5四歩※▲2六飛（2図）となった。

（第6局2図　▲2六飛まで）

△印達　持駒　なし

▲目黒　持駒　なし

目黒の穴熊は松尾流穴熊。印達の銀冠もかなり堅い囲いだが、この局面はどうも印達が指しにくい気がする。

目黒に右銀まで囲いにつなげられてしまった。これは普通の穴熊よりさらに堅く、囲いを崩すのは大変そうだ。※▲2六飛も落ち着いている。印達が動いてくるのを待ちかまえているようだ。

（第6局3図　△9五歩まで）

△印達　持駒　飛角歩三

▲目黒　持駒　角銀歩二

この駒組みでは振り飛車は自信がない。いったいどこで間違えたのだろうか……しかし駒損しているわけではない。激しい展開を避けながら大駒を抑え込んでいければ、なんとかしのぎ切れるのではないか。残り時間は目黒14分19秒。印達15分23秒。

2図以下△5五歩▲同歩△同銀▲2四歩△同歩▲3五歩△6五歩▲4五桂△4四角▲8六角△6六歩▲6八金引△5三歩▲5六歩△6四銀▲4六飛△3五角▲3六飛△7五歩▲3五飛△同歩▲7五角△同銀▲同歩※△9五歩（3図）となった。

印達の駒得になっているが、右桂が捌けて自玉の堅い目黒が優勢の局面。この辺り、目黒は指し慣れているようだ。あまり時間を使わずに指してくる。やっぱり穴熊は堅い。しかしどこかで攻めに転じないと勝ち目がなくなる。

印達の脳裏にふと父宗印の顔が蘇った。この穴熊囲いを印達の創意工夫だと言って見せたら何と言うだろう。宗銀の顔も蘇った。来る二十一日の御城将棋で、この穴熊囲いをやってみせたら宗銀はどう思うか。息が止まるほど驚くのではないだろうか……。

いや、と印達は考え直した。これは３００年後の囲い。印達の死後の将棋指しが、工夫に工夫を重ねてやっとたどりついた強固な囲い。それを３００年前に使うのは禁じ手のような気もする……。

いらっしゃいませ、ありがとうございますという店長の声が、ひどく遠く聞こえる。印達はギヤマンの器にあるウーロン茶を飲んだ。勝ち筋が見えているわけではないが、ここはやってみるしかない。※☖９五歩は印達が攻め合いに出た勝負手。残り時間は目黒12分35秒。印達11分19秒。

3図以下☗６四歩☖同金☗５三桂成☖９六歩☗６三歩☖８五桂（この時に印達は本譜の勝ち筋が見えた。目黒はまだ気がついていない）☗６二歩成☖同金☗同成桂☖同飛☗５三銀※☖９七桂打！（４図）となった。

目黒の手が初めて止まった。目黒はコーヒーを一口飲んでから対局時計に視線を移し、また盤上に視線を戻した。目黒と印達のところだけ、ぽっかり穴が開いたように静まり返っている。

「マジか……」

目黒は低く呟いた。眉間に皺が寄り、その皺がさらに深くなった。

「そんな手が……」

（第6局4図　☖9七桂打まで）

☗目黒　持駒　角金歩

☖印達　持駒　飛角歩歩

目黒の身体が固まっている。

好機到来だ、と印達は心のなかで叫んだ。逆転したはずだ。ずっと苦しい局面が続いていたが、4図の※☖9七桂打は次に☖8九桂成☗同玉☖9七桂打☗同銀☖同桂不成☗同香☖9八銀以下の詰めろになっている。

まさかあの堅い穴熊に金銀が残ったままで詰めろが掛かるとは……穴熊は端が急所に間違いない。やはりどんな囲いにも急所はあるんだ。しかしまだ決着はついていない。残り時間は少ない。最後まで油断してはいけない。目黒の残り時間4分39秒。印達の残り時間6分46秒。

やがて目黒は握りしめた拳を開くと☗7七金上と

した。印達は△8九桂成。以下▲同玉△9七桂打▲同香△7七桂不成▲同金△9七歩成▲6二銀不成（受けも利かないため形作り）△8八と▲同銀△6九飛▲7九金△6七角まで100手で目黒投了（投了図）残り時間は目黒が0分8秒。印達4分12秒。

投了図以下▲同金△9八銀▲7八玉△6七飛成で先手玉が詰んでいる。

（第6局投了図　△6七角まで）

△印達　持駒　金銀香歩六

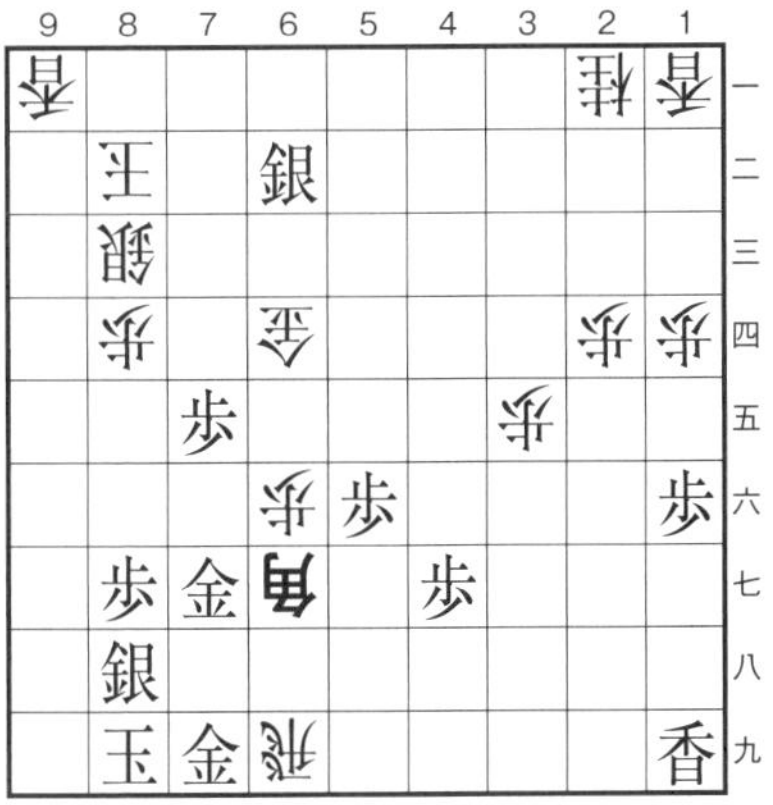

▲目黒　持駒　飛角桂桂桂歩二

この将棋は勉強になることが多かった。気がつかないうちに作戦負け。駒得でも対穴熊戦では容易ではない。そして穴熊は端が急所。3図で△9五歩と攻め合いにいって正解だった。

また今回は▲7九銀型の穴熊なので△9七桂打が詰めろになった。これが▲7九金型では詰めろにならない。金銀の違いも大きく出た一局だった。

「負けました」

目黒は駒台に手を置くと言った。ありがとうございました、と挨拶を交わす。いつの間にか観戦者は五人になっていた。目黒の隣で観戦していた中村は一言、

「お見事」

と言った。

「居飛車穴熊は僕の得意戦法なんだ」と目黒は言う。「穴熊に組めたときは、勝ちだと思ったんだけどな。端からこんなに鮮やかに決められたの、初めてだよ」

「穴熊に対する端攻めは、僕も今日、初めて試してみました」

「☖9五歩は鋭い踏み込みだったね」

目黒は3図の局面を再現すると言った。

「成功するかどうか自信はありませんでしたが、どこかで攻めに転じないと勝ち目がないと思ったんです」

「極めつけはこの☖8五桂だな」目黒は3図から駒を進めて続けた。「指されたときは意図がわからなかったよ。でも☖9七桂打とされてわかった。『ヘラクレス』で一度対戦したから、きみの読みの深さはわかっていたよ。それを今日は再び実感した。いい経験をさせてもらったよ」

「こちらこそ、ありがとうございます。穴熊の威力を実感しました」

「伊藤君は、穴熊はやらないの」

「まだやったことはありません」

「そうなんだ……アマ棋戦では、穴熊をやる人はけっこう多いよ」

目黒はそう言うと、笑顔になった。

「目黒さん、覚えてますか。萩野です」背後から声が挙がる。「おれ、三年前の無双杯で目黒さんと対戦したことあるんだけど」

萩野博人四段。『宗歩』の四十代の常連。会社を経営していると言っていた。印達も二回対戦したことがある。

「萩野さんですか……ええと、はい記憶にあります。確か相矢倉だったような」

「そうです、覚えていてくれましたか」

「中盤まで苦戦したので、よく覚えていますよ。ここにいらっしゃったんですね」

「まあ、気楽に指せるからね」

「よし、次は僕の番だ」

中村は強い視線を印達に投げてきた。今度は目黒が中村の隣の席で観戦。周りの観戦者はそのまま残っている。振り駒の結果、中村の先手番。

お願いしますと挨拶を交わした。印達はボタンを押した。中村は☗７六歩と突いて対局時計のボタンを押す。印達は☖３四歩。以下☗６六歩☖８四歩☗５八金右☖８五歩☗７七角☖６二銀☗６七金☖４二銀☗４八銀☖５四歩☗５六歩☖３二金☗５七銀☖４一玉☗６八玉☖５二金☗７八玉☖７四歩☗２六歩☖６四歩☗２五歩☖３三銀☗３六歩☖４四歩☗８八玉☖４三金右☗９八香（１図）となった。

今回は意図的に穴熊に組ませたわけではない。中村も初めから穴熊に組もうとは、たぶん思っていなかったはず。しかし結果的に組まれてしまった。二十二手目の△6四歩が穴熊を誘発させたと言える。この歩突きが早すぎたために△6四銀からの斜め棒銀を消してしまった。そのために中村は流れとして穴熊を選んだのだ。

もう穴熊を阻止する手立てはない。印達の駒組みはまだ囲いも完成してない。攻めの態勢もできていないが、じっと我慢して攻めの機会を待つしかない。

（第7局1図　▲9八香まで）

△印達　持駒　なし

▲中村　持駒　なし

1図以下△3一角▲9九玉△6二銀▲8八銀△4二角▲7八金△3一玉▲4六銀△2二玉▲6八角△9四歩▲7七金寄△9五歩▲3五歩△同歩▲2四歩△同銀▲3五銀△同銀▲同角△3四歩▲6八角△7三桂▲2四歩△同歩▲同角△同角▲同飛△2三歩▲2八飛△3九角▲3八飛△5七角成▲5一角△8四銀▲1五角成△8六歩▲同歩△8五歩▲同歩△同桂▲8七金寄△9七桂成▲同銀△9六歩▲8八銀△8六歩▲同金※△8五銀と進み、2図のようになった。

辛抱強く指し続けた甲斐があった。2図では印達のほうがややいい。※△8五銀に対して▲8五同金は△同飛が馬取りになって厳しいはず。穴熊は端だけでなく縦の攻めにも弱点があるようだ。
『ヘラクレス』では最初ヘラヘラした笑いを浮かべていたが、印達が勝ってからはそんな表情は見せない。印達から積極的に学ぼうという意志を感じる。

（第7局2図　△8五銀まで）

▲中村　持駒　銀桂歩四

△印達　持駒　歩

中村の隣では目黒が真剣な表情で盤面を見つめている。目黒の目は中村の穴熊に注がれている。印達が穴熊をどう攻略するか、興味津々のようだ。観戦者はいつの間にか増えていた。中村の背後に四人。印達の背後にも人の気配を感じる。

優勢とは言ってもここから勝ちきるのは難しい。印達は対局時計を見た。残り時間は中村11分52秒。印達9分43秒。

2図以下▲8七歩△8六銀▲同歩△8五歩▲7三銀△8一飛▲8二銀打△6一飛▲8五歩△5六馬▲2四歩△同歩▲2三歩△同金▲2五歩△1四歩▲5九馬△2五歩▲6八馬△3三金右▲3七桂△8七歩▲同金△6七金▲7九馬△8六歩▲同金△9七歩

成▲同香△同香成▲同銀△7七香▲同桂△同金▲8九香（3図）となった。

形勢は印達の勝勢。中村の持ち駒は桂と香と歩が四枚。印達の玉に迫る有効な手はないはずだ。このまま押し切れる。印達は再び対局時計を見た。残り時間は中村10分13秒。印達4分2秒。

印達の脳裏にかすかな不安がよぎった。どんなに早く指しても一手2秒はかかる。相手の駒を取って指せば3秒。一分間に20手。4分で80手。計算上は十分に間に合うはずだ。しかし攻める側は手を作り出していかなければならない。守りよりも時間を使う。一手に10秒、20秒とかけると……印達の予感は、果たして現実のものとなった。


（第7局3図　▲8九香まで）

△印達　持駒　桂歩二

▲中村　持駒　桂香歩四

3図以下△9四桂▲2五桂△8六桂▲同銀△6六馬▲6七歩△7六馬▲9八歩△8六馬▲同香△8七歩▲8九香△8八銀▲同香△同歩成▲同馬△8七香▲同馬△同金▲8九銀△7九金▲3三桂成△同金▲8八金△7七角▲同金△同金▲2三歩△同金▲8八香△8七歩▲2四歩△同金▲6六角△8八歩成▲同飛△8七桂▲同飛△同金▲4四角△3三桂▲7八角△3九飛▲6九桂△7八金上▲同銀※△8九金打

（4図）となった。
やっぱり時間を使ってしまった。しかし※△8九金打で詰み筋に入っている。それは中村にも見えているはず。投了してもおかしくない。だが中村は表情も変えずに指し続けている。印達は残り時間を確認した。中村は5分16秒。印達0分12秒。

（第7局4図　△8九金打まで）

▲中村　持駒　金桂桂歩四

△印達　持駒　角香歩四

緑色のランプが点灯しビーという音が鳴った。まだ指すんですか……と思ったが指し続けるしかなかった。4図以下▲8九同銀△同金▲同玉△6九飛成▲8八玉となったところで印達の残り時間が0になった。166手で印達の時間切れ。（終了図）

終了図以下は△7九角▲8七玉△6七竜▲7七金△7五桂▲9六玉△9四香▲9五桂△8七銀▲同金△同竜で詰みとなる。

印達は呆然として声も出なかった。周りもしんとしている。将棋の内容は印達の完勝だった。穴熊をうまく攻略できている。しかし負けた……。

切れ負けとはこういうことだったのか……印達が江戸で指してきた将棋には、この切れ負けという制度はなかった。持ち時間という仕組みそのものがなかった。考えようと思えば半日でも考えることができた。

すさまじい粘りといえば粘りだ。しかしそれは最善手を指すという考えから外れ、詰みまでの手順が長いほうを選んでいる。無駄な王手もしている。本譜で言えば3図以降の指し手☗3三桂成とその6手後の☗2三歩、そしてその4手後の☗2四歩など。この手では印達の玉を詰ますことはできない。迫ることもできない。

（第7局終了図　☗8八玉まで）

☗中村　持駒　金金金桂桂歩四

△印達　持駒　角銀桂香歩四

理由はひとつしかない。それによって印達に時間を使わせること。印達の残り時間を減らすこと。数手先に詰みが見えていても、時間がなくなれば負けになる……切れ負けの将棋では、こういう展開に持って行くのもひとつの技ということか。

印達は膝の上に両手を置くと、

「負けました」

と言って頭を下げた。

「ありがとうございました」

という挨拶を交わす。

周りがざわめいたが、誰も何も言わない。

「悪かったね、伊藤君」と中村は言った。「将棋はきみの勝ちだ。ただアマ棋戦ともなると自分より強い人と当たる。僕なりの勝ち方を模索していたんだ」

負けは負け。理由は印達の時間の使い方が悪かったから。

「ここへ来る前に」と隣で目黒が言う。「二人で話し合ったんだ。今度の飛燕杯には、僕たちより強いアマ強豪が間違いなく出場する。彼らと戦って勝つためには、棋力以外のところで何か工夫しないとダメなんだ。アマ棋戦を何回か経験したからわかる。どうすれば勝てるか、今日は伊藤君を相手に『守りを固める』方法で試してみようと思ったんだ。穴熊を選んだのはそのためさ。伊藤君に勝つことができれば、格上の強豪にも通用するはずだからね」

「僕のほうこそ、お礼を言います」と印達。「今の僕の戦い方では、アマ棋戦は勝ち抜けない。そのことがよくわかりました。他にも秘訣があるんですか」

「秘訣と言えるかどうかわからないけど、初戦から自分の得意戦法に絞る方法がいいと個人的には思っている。細かい変化まで頭に入っているから時間が節約できる」

「伊藤君は、どういう戦法が得意なの？」

隣にいる中村が聞いてきた。

「特にありません。居飛車も振り飛車も指します」

「アマ棋戦には出ないの？」

「十二月にある峻王杯に出る予定です」

「おお、そりゃ楽しみだな。峻王杯はアマ棋戦のなかでも、最も多くの強豪が集まると言われている大会だ。僕と目黒は、仕事の都合で出られないけど」

場の雰囲気が少し和んだ。

「いいとこ行くんじゃないの、伊藤君なら」

目黒も言う。

「優勝もあり得るよ」と中村。「それに名前が、すごいインパクトあるよね。その名前で勝ち進んだら、一気に有名になるんじゃないのかな」

周りの人が笑う。中村は続けた。

「飛燕杯まであと五日。明日も手合わせしてもらえないかな」

「いいですよ。僕のほうこそ、お願いします」

こんな展開になったのも何かの縁。役に立つことがあれば何でもやろうと思った。

「あの……」と印達は続けた。「中村さんと目黒さんは、飛燕杯で優勝したら、三段リーグの編入試験を受けるんですか」

「僕は受けないよ」と中村。「僕は今スタイリストの仕事しているんだけど、仕事としてはこっちのほうが面白いし、収入もいいからね。将棋は気晴らしさ」

「僕もプロになるつもりはない」と目黒。「もっとも、今の力じゃなれないとは思うけど。僕のオヤジが会計士の仕事をしていて、今はそこで働いているんだ。将棋は好きだからやってる。強い人と指せれば楽しい。伊藤君は、プロを目指すの？」

「はい、なりたいと思っています」

「きみなら、なれるんじゃないかな。ねえ、中村さん」

中村は笑顔で大きくうなずく。

「明日は何時ごろ来ればいい？」

「僕は午後二時から六時くらいまでいます」

「じゃ、四時くらいにまた二人で来るよ。今日はありがとう。皆さん、明日またよろしくお願いします」

中村と目黒は、丁寧に頭を下げると『宗歩』を出ていった。

12　十月十三日（火）

今日はこれで帰ります、と店長に言って印達は『宗歩』を出た。

床屋さんへ行って丸坊主にすることにした。御城将棋にもその頭で出勤できる。先客がいたが十分ほど待つと印達の番が来た。キャップを取った印達を見て店主は驚いたが、丸坊主にしてくださいと言うと笑顔になった。

「長さはどうしますか」

と聞かれたので、

「伸びてきたところくらいの長さで」

と答えた。テレビでも街中でも丸坊主はよく見かける。店主は印達の頭頂部の髪を指で挟むと、また聞いてきた。

「お客さん、ひょっとしてここは剃っていたんですか」

「はい、近くの将棋カフェ『宗歩』でバイトしていたもので」

「あっ、知ってますよ。なるほどねぇ」

鏡のなかの店主は歯を見せて笑った。

ガーガーと音がする器具で、印達の髪はあっと言う間に刈られていった。器具が額から後頭部へ何回か往復すると、もう丸坊主になっていた。

刈り残しを少し整えて終わりだった。座ってから十分くらいしか経っていない。将棋で言えば少し長考したくらい。大きな鏡に映る自分の顔を見て、印達は思わず吹き出しそうになった。お寺の小僧さんみたいだ。首の辺りがスースーした。

キャップを被りなおし、お金を払うと外へ出た。髪を刈ってもらっている間に、ふと思いついたことがある。床屋から出て一度、『宗歩』の方向へ戻ってから、記憶にある方向へと歩いていった。十日前の自分が蘇ってきた。髷を結い小袖を着て、この道を歩いてきたのだ。

車道を車が轟音を立てて通過していく。巨大な駕籠だ、とあのとき印達は思った。駕籠者がいないのにどうして走るんだろう。なかにいる人が足を動かしているのだろうか。そんなことも考えていた。しかし、もうすっかり慣れた。末永の奥さんが運転する車に、印達は何回も乗っている。

信号を渡ると神田明神の鳥居が右側に見えてきた。呆然としてこの鳥居をくぐったときの自分がまた蘇った。あれからずいぶん時間が経っているのに、こうして鳥居の前に立つと、あの瞬間の自分をありありと感じる。

明神カフェ、あま酒茶屋、冨久無線……あのとき印達が見た文字だ。カフェという文字の意味は、今は知っている。印達は鳥居をくぐった。

正面に朱塗りの大きな門が見えた。あのときは気がつかなかったが、左手に手水舎が見えた。手を清めて門に向かうと、途中の高札《こうさつ》に気がついた。高札……とは言わないかもしれないが、何と呼べばいいかわからなかった。

神田神社御由緒と大きな文字が右側にある。印達は立ち止まって読んでいった。天平二年という文字が見えた。その元号は知っている。徳川家康公という文字も見えた。もちろん知っている。

江戸時代を通じて……明治に入り……東京の守護神……明治天皇……江戸時代さながらの祭礼行列が……印達は読み終えると再び門を見上げた。やっぱり江戸は過ぎ去っているのだ。はるか昔に。

たくさんの人々がいる。あのときと同じだ。印達は白っぽい石畳を社殿に向かって歩いた。左手に三本の木が見えた。この手前あたりで、あのとき三人の女の子に声をかけられたのだ。女の子たちと写真を撮り、言葉を交わし、月代を撫でられた。頭部に女の子たちの手の感触が蘇ってきた。緑色の屋根の背後にそびえたつ尖塔が見えた。あれが東京スカイツリーだということも今は知っている。社殿に行き、百円玉を賽銭箱に投げ入れて、二礼二拍手一礼をした。

——末永さんと奥さんが、元気で長生きできますように。

目を開けてから、再び目を閉じた。

——松下さんが峻王杯で優勝できますように。

と祈ってから、今までありがとうございましたと言ってまた一礼した。

社殿の左手に回った。小さな社《やしろ》や鳥居が並んでいる。あのとき自分がどこから出てきたのか確認しようと思った。気がついたとき、確か灰色の太い柱が目の前にあったはず。そして土の地面。

江戸神社という扁額がかかった鳥居があった。左右には他の社があるが、境界には土の地面がある。そこにある柱も太くて灰色。

土の地面と灰色の太い柱……その他に何かなかったか……そうだ、木が数本。幹は細かった記憶がある。印達は江戸神社の両側を見た。左手の境界は土の地面になっていて、細い木が数本ある。建物の柱も灰色で太い……あのとき少し遠くに見えた赤い柱は……そうか、あれかもしれない。江戸神社の社殿正面にある朱塗りの四本の柱。

江戸神社は記憶にある。十日前にここに現れたときの記憶ではない。それよりもっと前の記憶。父母と弟の印寿と四人で参詣に来たときの記憶。神田明神にはたくさんの神社が集まっている。そのなかでも江戸神社はもっとも古い神社のひとつ。もともと江戸城内にあったが、江戸城拡張の際に神田明神の境内に遷座したと聞いている。

振り返ると、もう一度江戸神社の社殿を見上げた。陽の光は印達の頭上にあり、社殿の屋根がその光のなかにあった。

広い境内にもどった。石畳の上を歩く。三百年前に自分がここに来たときの記憶と、十日前に来たときの記憶と、そして今こうして目の前に広がる光景が入り交じって、時の流れのなかを浮遊している気がした。

右手に売店があったので入ってみた。売店の人は赤い袴に白い着物を着ていると女の子たちが言っていたのを思い出した。確かにそういう衣装だった。奥に食事をするところがあり、お土産も売っていた。右手に御守を売っているところがあった。

たくさんの種類がある。病気平癒、交通安全、合格祈願、縁結び、勝守……『勝守』は三人の女性が口にした御守。勝負運に恵まれるだけではなく、困難に打ち勝つという意味もあるようだ。これは松下に最適。白地に金色の帯を巻いた御守。

『勝守』をバッグに入れたとき、ふと思い直して同じものをもう一つ買った。これは自分のため。江戸に戻った後も勝ち続けられますように。

さらに見ていくと『厄除守』というものを見つけた。身体健全、厄除と書いてある。縁起の良いウロコ模様が縫い込まれている。これは末永と奥さんに最適。朱と紫を一個ずつ買った。

マンションに帰ると、奥さんが出てきて目を丸くした。

「あら……床屋さんへ行ったの？」

「はい」

印達はキャップを取った。

「似合うじゃないの」

と言いながら笑っている。印達も一緒になって笑った。

「お寺の小僧さんみたい」

自分でもそう思う。末永が帰ってきたら何て言われるだろう。松下や『宗歩』の常連さんたちも驚くだろう。いや、笑うだろう。

手を洗いうがいをしてから部屋に行き、スマホで将棋の対局中継を観たり、『羽生善治名局集』を読んだりして過ごした。午後五時ごろになって末永は帰ってきた。印達は立ち上がると、奥さんと玄関へ行った。

「お帰りなさい」

と奥さんが言い、印達も、

「お帰りなさい」

と笑顔で言った。

「おおっ……坊主にしたのか」

末永はマスクを取ると目を丸くした。

「はい、ちょうどいい機会だと思いまして」

「お寺の小僧さんみたいだな」

「奥さんにも同じことを言われました」

「『宗歩』へは行かなかったのか」

「今日は、早めに帰ってきました」

「そうか。ふう、疲れた」

「お茶、煎れましょうか」

と奥さん。

「うん、頼む」

末永はうがいと手洗いを済ませると、普段着に着替えてから居間へ入ってきた。

「どうでしたか、皆さん、お元気でしたか」

「様々だな」と末永はお茶を飲みながら答えた。「叔父や叔母と言っても、わしと五歳も違わない人もいれば、二十歳くらい離れている人もいるからな。幸雄さんは、腰が曲がって奥さんに手を引かれていたよ」

「あら、幸雄さんが……一昨年にお会いしたときは、まだすっすっとおひとりで歩いていらっしゃったと思いますが」

「幸雄さんも、もう八十だからな……あと数年の間に、五、六回くらいは親戚の法事があるだろうな。それが一段落すると、今度はわしたちの番だ」

「縁起でもないことを言わないでくださいよ」

「縁起も何もないだろう。人間、歳を取ればいずれ死ぬ。まあ、女のほうが男より十年は長生きするだろうから、後はよろしく頼むよ」

「何を言っているんですか」

印達は目を白黒させるだけで、何も言えなかった。

「引き出物は確か、食べ物だったはずだ」末永は紙袋から四角い箱を取り出した。青色の包みをはがす。「フルーツクーヘン。銀座千疋屋。有名なお店じゃないか。印達、食べようか」

印達の頬が自然に緩んだ。木の年輪を思わせる扇形をしたものだった。手にすると柔らかかった。末永と奥さんは笑顔で印達を見ている。印達は口に入れた。

「すごく美味しいです」

思わず歓声を上げた。フワッとして甘い。

「それはイチゴ&ミルクだ。こっちも食べてみるといい」

レモン&はちみつと書いてある。他にもメロン&ミルク、バナナ&チョコというのがあった。四種類ある。印達は笑顔でもうひとつ口に入れた。

「これも美味しいです」

何とも言えない味覚。フワッとしてもちもち感があって、噛むと口のなかでとろける感じがする。印達は勧められるままに四種類を全部食べた。残りは四つ。印達が顔を上げると、どうぞと奥さんが言う。さすがに我慢した。

「あの……差し上げたいものがあるんですが」

末永が、うんと言ってうなずいたので、印達は自分の部屋に行った。お守りを二つ持って戻ってくる。

「床屋さんの帰りに、神田明神に行ってきたんです。売店で買ってきました」

身体健全、厄除と書いてある御守。ウロコ模様が縫い込まれている。紫のお守りを末永に、朱のお守りを奥さんに手渡した。

「神田明神に……」

と末永が言って、ふっと黙った。奥さんもじっとお守りを見つめている。

「いつまでも健康でいてください」

二人とも無言。やがて、

「印達」

と末永が顔を上げて言った。

「はい」

「叔父さんのところへ帰るつもりなのか」

「いいえ」

「本当に？」

「はい」

末永と奥さんの目が、印達から離れない。

「そうか……ありがとう、印達」

末永の目に涙がたまっていた。

布袋様のようにいつも笑顔の末永に、涙はすごく不似合いだった。

「心の優しい子だねぇ」

奥さんの目にも涙がある。

「そんな、大げさなものじゃないですから……」

末永は御守を握りしめた。

「おまえのためにも、健康で長生きしないとな」

「ホントにそうね……こんなにうれしかったこと、初めてだわ」

奥さんは両手で拝むようにして御守を握りしめた。

松下にも御守を渡したかったが、四日後の土曜日でないと『宗歩』へ来ない。そのときには印達は江戸にいる……印達は部屋に戻ると『勝守』が入った紙包みに、松下和樹様と書いて枕元に置いた。こうしておけば、自分がいなくなっていたとしても、松下の手元に届くはず。

13　十月十四日（水）

目覚めると周囲を確認した。末永のマンションだった。まだ自分は三百年前の江戸には戻っていないようだ。しかし、今日が最後の日であることは間違いない。明日には御城将棋がある。枕元の紙袋を確認した。松下和樹様と書いたものがある。印達はそれをバッグのなかに入れると起き上がった。朝ご飯の後は奥さんの手伝いをした。皿洗い。居間と自分の部屋の掃除。ピンチハンガーをベランダにある物干し竿へ。そしてトイレ掃除。

余った時間は自分の部屋で『羽生善治名局集』を読んだ。読むたびに新しい発見をした。やっぱり七冠を制覇した棋士だ。局面だけ見ていると、どうしてこの局面でこの手が指されるのか理解できない。しかしその何手か先に答えが待っている。今の印達ではとても太刀打ちできない。

こういう棋士と対戦したいと思った。当時の江戸では、自分よりはるかに強いと思える相手は見当たらなかった。父宗印とは、すでに平手戦で五分に渡り合っている。宗銀戦も三十六勝二十一敗と勝ち越している。当時の名人は宗銀の養父である五代大橋宗桂だが、すでに七十歳を超えている。戦えば必ず勝てる、と印達は思っていた。

だがこの令和には羽生善治九段がいる。しかも彼からタイトルを奪った棋士もいる。江戸では名人位だけだったが、この令和ではその他に棋聖、王位、王座、竜王、王将、棋王、叡王のタイトルがあり、全棋士がこれらのタイトルを目指してしのぎを削っている。こういうなかに入って戦いたい。叶わぬ夢だが……。

お昼ご飯を食べて二時近くになると、いつものように末永と『宗歩』へ行った。キャップを被っていても髪を切ったのはわかる。みんなびっくりした顔で印達を見ている。印達はキャップを取って、坊主頭を見せて笑った。

「お寺の小僧さんだな、それ」

と常連の一人が言うと、

「いやぁ、いい雰囲気してるよ」

と別の常連が言い、

「高校野球の選手がよく丸坊主にしているけど、それとはぜんぜん感じが違うな。物静かなイメージがあるよ」

高橋翔太四段も言う。印達は笑って頭を掻いた。常連相手に指していると、四時を過ぎたころ中村と目黒が現れた。印達は軽く会釈した。二人は店長と何か話している。

時間制限のある対局については、あれから自分なりに対策を立ててみた。ひとつ目は自分が優勢、あるいは勝勢になったときのこと。勝つためには手を作っていかなければならない。このときのために、後半にかなり時間を残しておくことが大切。受けるよりも攻めるほうが時間を使う。

二つ目は劣勢あるいは敗勢になったときのこと。自玉の詰み筋が読めても、相手がそれを読んでいるとは限らない。詰みが確定する最後の一手まで粘って指し続けること。時間に追われると信じられない悪手が飛び出して、勝ちが転がり込んでくる場合がある。これはプロの対局中継を観ているときも感じたこと。

どんな局面でも一手十秒以内に指す。この方法で今日は指してみることにした。こうすれば一分で六手前後指せる。一二〇手前後の将棋になっても、印達自身は十分程度しか消費していない。終盤にかなりの時間を残せる。

もちろん結果的に緩手や悪手も出る。しかしそれは想定内。相手も同様に緩手や悪手を指してくるはず。そうした応酬のなかで、どういう場合に勝ち、どういう場合に負けるのかを体験的に学ぼうと思った。

これは自分のためというより、中村五段と目黒五段のため。二人とも印達と対戦したくて『宗歩』まで足を運んでくれたのだ。せいいっぱい尽くすのが礼儀。印達の対局が終わると、中村と目黒が近づいてきた。

「昨日はどうも」

　と中村が笑顔で挨拶してきた。

「今日もよろしくね、伊藤君」目黒も笑顔。「おっ、髪切った？」

「はい、昨日切りました」

　印達はキャップを取った。

「すごい……なんかこう、迫ってくるものがあるな。将棋に専念するために、煩悩を断ち切る決意をしたみたいな迫力があるよ」

「うん、うん、いい表現だよ、目黒さん」

　中村も相槌を打つ。

　最初は中村と二局指した。一局目は印達の先手番。後手番の中村は居飛車穴熊。印達は居飛車左美濃から銀冠へ。持久戦になった。これは印達も望んでいたこと。持久戦でも一手十秒以内に指せれば、時間切れで負けることはまずない。

　序盤は互角に進んだが、中盤のねじり合いになったとき、中村は印達のテンポのいい指し手につられたのか、ノータイムで悪手を指した。形勢が一気に印達に傾いた。

　中村は顔を真っ赤にしながら必死に挽回しようとするが、手が見えないらしく時間だけが過ぎていく。残り時間が0分23秒になったとき中村は投了した。印達の残り時間は10分29秒。

　中村はふうっと息を吐いてから、

「もう時間の使い方をマスターしたか……しかし、そんなふうに一定のテンポで最善手を指してくるアマなんて見たことないよ」

と言って苦笑した。実際には印達に緩手が二度あった。その緩手をとがめる手が中村にあれば、印達は苦しくなっていたはず。

二局目。先手番の中村は早繰り銀の急戦に出た。この早繰り銀に対して、印達はプロの対局中継で観た一手損角換わり右玉の戦法で応じた。中村もこの戦法は知っていたようだが、中盤から未知の局面に進んだ。残り時間が二分を切ったときに中村は悪手を指し、数手後に詰み。ここでも印達は、一手十秒以内という自分に課した規律を守り十一分以上残して勝利した。

「まいった」中村はうつむいて首を横に振った。「昨日より確実に強くなっている。その戦術は、自分で考えたの？」

「一定のテンポで指す方法のことですか」

「うん、そう」

「一手十秒以内に指すことを心掛けました」

「確かにそうなっていたな。どんな局面でも手を止めることなく指してきた。それで好手を指されたら相手はビビるよ。途中で戦意喪失するだろうな」

目黒は何も言わない。顔が青ざめている。目黒はスーツにネクタイ。そう言えば『ヘラクレス』で指したときもスーツにネクタイだった。

「その方法、使いたいけど、相手がビビるより先にこっちが自滅するだろうな。ありがとう、伊藤君。さあ、目黒さん。今度はあなたの番です」

目黒と中村は席を交替した。周りには五人ほどのギャラリーがいるが、誰もその場を去ろうとしない。駒を並べるとき、目黒の手が少し震えているのがわかった。二局指すことにして、最初は目黒が先手番。

目黒は☗７六歩と突いた。駒が指からなかなか離れないようだ。印達は☖３四歩。目黒は昨日と同じ居飛車穴熊に組んだ。印達は四間飛車美濃から銀冠。この戦型も昨日と同じ。印達は中村戦と同じように、一手十秒以内の指し手を続けた。

目黒もほとんど手を止めずに指してくる。一度は手の震えが収まった目黒だったが、中盤で悪手を指したとき、また震えだした。その悪手をとがめる手を印達が指したとき、目黒は投了した。穴熊はそっくりそのまま残っていた。いわゆる穴熊の姿焼き。戦意喪失したのは傍目にも明らかだった。

「ありがとうございました」

という挨拶を交わすと、すぐに二局目に移った。今度は印達が先手。目黒は早々に飛車を四間に振ってきた。今度は穴熊にせずに美濃囲い。印達は舟囲いから左の銀を４六に繰り出す斜め棒銀の戦法に出た。

印達は最初に自分に課した通り、一手十秒以内に指し続けた。目黒の手は震えていなかったが、代わりに顔が青くなっていた。中盤で印達に思わぬ悪手が出た。目黒は目を見開いた。十数秒考えてから目黒は指したが、それは印達の悪手をとがめる好手だった。

形勢が一挙に逆転した。今まで青白くなっていた目黒の顔に赤みが差した。しかし印達の心は乱れていなかった。これは想定内。一手十秒以内に指せば緩手や悪手は出る。そこからどう我慢して紛れを作っていくか。

紛れを作るとは盤面を複雑にすること。複雑になれば相手も必ず緩手や悪手を指す。そこでもう一度逆転することができる。目黒は残り三分となったとき悪手を指した。玉の逃げ道を誤ったのだ。目黒は残り時間が一分を切ったところで投了した。印達の残り時間は十二分以上あった。

印達の完璧な勝ち方に、末永を含む『宗歩』の常連は改めて驚いた。中村と目黒が、アマの大会で好成績を残していることはみんな知っていた。その二人に十分以上の時間を残して勝ちきったのだ。

「ありがとうございました。飛燕杯へ向けて、いい勉強ができたよ」

目黒は立ち上がると印達に頭を下げた。

「飛燕杯で優勝したら報告に来るから」と中村。「伊藤君も峻王杯、頑張って。プロになる日を心待ちにしているよ」

「こちらこそ、ありがとうございました」

印達も頭を下げた。

中村が優勝の報告に来る時には、もう印達は令和にはいない。

14　十月十四日（水）

「行ってきます。一時間くらいはかかると思います」

印達はそう言うと、末永のマンションを後にした。

まだ三百年前の江戸には戻っていない。しかし明日は朝から御城将棋がある。どんなに長くても今夜が最後。双葉と将棋を指し終えるまではここにいたい。

紙袋には折りたたみ式の将棋盤と駒袋がある。双葉にまた会えると思うと、足が宙に浮き上がるような感覚を覚えた。初めて知る感覚だった。不意に平蔵の顔が蘇った。

——おれがおまえの歳には、酒も女も知っていたぞ。

心臓がドクンと鳴った。しかしすぐ不安になった。平蔵は今どうしているだろう。印達が助かったのだから、平蔵もどこか別のところへ移動できたのではないか。それならいいのだが……平蔵は印達を助けるために、ならず者に体当たりしていったのだ。

——逃げろ、印達。

という言葉が今でも耳に残っている。印達はあと一年足らずの命。そんな印達を助けようとした平蔵が不憫でならなかった。無事に切り抜けられただろうか……。

令和に印達が来た理由は何なのか……理由があるかもしれないと考えたのは、今日が初めてだった。もちろん来ることを望んだわけではない。

時を超えるということは、普通はあり得ないこと。江戸にいるときにも聞いたことがない。なぜ自分にそれが起こったのか。しかもわずか十二日間。

駅から帰る人々の流れに逆らって歩いた。夜の通りは眩しいくらいに明るい。曲がり角にある居酒屋のなかが見えた。ほとんどの席が埋まっていた。みんな笑顔で楽しそうにしている。それは江戸でも同じ。お酒が入ると父も印達をあまり叱らない。目も穏やかになる。心にしみるような寂しさに襲われた。

四つ年上の宗銀の、角張った顎が目に浮かんだ。番勝負が始まった頃は、宗銀の顎はまだ細く尖っていた。しかし最近の宗銀は、身体が逞しくなり四角い顔立ちに変わった。あのときは宗銀の気持ちを顧みる余裕はなかったが、宗銀もまた重圧のなかに生きていたはずだ。

いや、重圧は印達以上だっただろう。四つも年下の印達に、宗銀は今まで大きく負け越している。大橋本家の威信に賭けても勝て。挽回しろ。そして名人になれ。そう言われ続けているはず。

帰りたいという気持ちと、帰りたくないという気持ちが交錯する。自分がどっちを望んでいるのかわからなくなった。しかし印達は間もなく江戸に戻る。戻りたくないと思っても戻る。そして一年も経たないうちに死んでいるのだ。

ドトールはすぐ目の前にあった。入口の看板横にセーラー服姿の双葉が立っていた。

「お待たせ」

印達は笑顔で言った。

「わたしも今来たばっか……あっ、印達」

双葉の目がクルクル動いた。

「じゃーん」

印達はキャップを取った。

「キャー、可愛い」

「昨日、切ってきたんだ」

「なんで、なんで」

「ロン毛、飽きたから」

「お寺の小僧さんみたい」

印達は笑った。みんな同じことを思うようだ。

ドトールに入り、ブレンドコーヒーを二つ受け取って席に着いた。

「中間試験、今日で終わったよ。英語はたぶん、赤点だな……めんどいな追試。印達はいいよ、学校がなくて」

目のキラキラが今日は少し鈍い。

「ツイシって?」

「同じテストを、もう一度やるの」

「だったら、簡単じゃないのかな。答えを丸暗記しておけばいいんだから」

「そんなの、できるわけないじゃん」

「えっ……なんで?」

「それができるくらいなら、赤点なんか取らないよ」

まあ、一理ある。しかし暗記していかないと、また同じ点数しか取れない気がする。そうしたらどうなるんだろう。ブレンドコーヒーを飲む前にぐっと緊張したが、意を決して飲んでみた……あまり苦くない。

「将棋、持ってきた?」

「うん、ほら」

印達は足元の紙袋を指さす。

「やろうか」

「やろう」

コーヒーカップをテーブルの隅に寄せると、印達は将棋盤をテーブルの上に置いた。駒袋を逆さにして、盤上に駒を広げる。

けっこう強いと双葉は言ったが、何段くらいあるのだろうか。それとも友達同士の対局で勝っ

ただけで、級位者かもしれない。そんなことを考えながら駒を並べていると、

「何やってんの」

　と双葉が聞いてきた。

「えっ……」

「王様とか、金とか銀とか、そんなところに置いて」

　見ると、双葉の陣には歩だけ並んでいる。それも一段目。双葉は続けた。

「印達は歩を全部裏返して、わたしと同じように並べて」

「『と金』にするということ？」

「そう……知らないの、はさみ将棋」

「はさみ将棋？」

「印達も、将棋が強いって言っただろう」

　歩だけでどうして勝ち負けが決まるのだろう。印達の歩は最初から『と金』になっているから、かなり有利な気がするが……しかし王将はいないし、どうやって勝負がつくのだろう。

「僕が知ってるのと少し違う。ルールを教えて」

　双葉はコーヒーを飲むと、歩を何回か動かして教えてくれた。印達は驚いた。三百年後の江戸には、こんな対戦のしかたがあるんだ……。

　歩以外の駒を駒袋に戻すと、双葉の先手で始まった。はさみ将棋は相手の歩を挟めば取れる。

隅に追い込んで身動きできなくしても取れる。しかし自分から挟まれにいったときは取られない。先に五枚以下になったほうが負け。

双葉は歩を斜めに配置する方法で攻めてきた。その利点はすぐにわかった。印達が歩を取ろうとすると逆に取られてしまう。かといってそのままでは、いずれ印達の『と金』が身動き取れなくなってしまう。

印達は挟まれないように『と金』を前に出したり自陣に引いたりした。しかし確実に追い詰められていった。双葉は身を乗り出し、じっと盤面に目を注ぐ。

印達は何手目かで『と金』を一枚取られた。そのあと数手で二枚目を取られた。双葉の歩は一枚も取れない。

「印達、おまえ弱いよ」

「うん……ごめん」

「学校行かないで、将棋やってるんだろう」

「まあ……」

「はい、これで終わり」

印達の『と金』が三枚同時に挟まれて終了した。

「もう一回、やろうか」

双葉が言う。

「いいよ」

一度負けて勝ち方がわかった。今度は印達の先手番。印達は双葉が一回目に取ったのと同じ作戦に出た。

「あっ、マネするな」

「いいじゃん」

「勝とうと思ってるな」

「そりゃ、そうさ。勝負なんだから」

周りにいる何人かがのぞき込んでくる。印達が自分から挟まれにいく方法を取ると、

「ずるいぞ」

と双葉は口をとがらせる。

「双葉も使ったじゃん」

「おまえ、容赦ないな。可愛くない」

「可愛くなくてもいいんだ。勝ったほうがうれしい」

印達は双葉の歩を一枚取った。

あと数手でごっそり取れる。双葉は手を止めると印達を睨んだ。

「もう、いい。わたしの負けだ」

「面白いんだね、はさみ将棋って」

「面白くないよ」

双葉は横を向いてコーヒーを飲んだ。しかしすぐに、

「今度は回り将棋だ」

「回り将棋？」

「これも知らないのか」

「うん……」

印達が首をかしげていると、双葉は概要を教えてくれた。

これも初めて聞いたルールだった。金を四枚、盤上で転がして、表が出た数だけ進むことができる。横に立ったら五。縦に立ったら十進めるというルールもある。

一番外側を一回りすると位がひとつ上がる。歩から香車へ。あるいは銀から角へ。四枚表が出ると五十。ひとつ位が上がる。裏が四枚出ると百。二つ位が上がる。

まったく進めないときもある。それは四枚の金のうち一枚でも盤外に出たとき。これを『しょんべん』と呼ぶ。逆に後退しなければならないときもある。これは振った四枚の金が二枚以上重なったとき。これは『うんち』。歩から始まる。香車、桂馬、銀、角、飛車と出世していき、最後は玉になる。

「行くぞ、印達」双葉は盤上に四枚の金を転がした。「よし、三だ」

双葉は自分の歩を三つ進めた。今度は印達の番。盤外に出ないように、しかし重ならないよ

うに……と祈って振った駒は、一つが盤外に転がり出た。

「いきなりしょんべんか」

双葉が笑って叫ぶ。双葉は慎重に四枚の金を振った。今度は二。印達は双葉の振り方を真似た。盤の端から斜めに振っていく。印達は一。次の双葉は表が二枚出たが他の二枚が重なった。

「うわっ、うんちだ」

双葉は自分の歩を二つ後退させた。

印達が次に振ると金が一枚横に立った。その他に表が二枚。

「よし、七だ」

これは面白い。『しょんべんだ』『うんちだ』と言うたびに周りの視線が集まるのを感じたが、気にしないで振り続けた。印達が全部裏を二回出し十五分後に王になった。双葉は角で止まっていた。

「おまえ、ぜんぜん容赦しないタイプなんだな」

「双葉はうんちが出すぎだ」

「おまえもうんち出せばいいのに」

「やだね」

双葉は頬を膨らませた。

「ケーキ、食べようか」

と印達は言った。

「おごり?」

「いいよ」

「やったぁ」

双葉のキラキラした目が復活した。二人でショーケースのなかのケーキを選んだ。双葉はティラミス。印達はレアチーズケーキ。印達は将棋盤と駒袋を紙袋に戻した。

「コーヒー、お代わりする?」

「おまえ、嫌いじゃなかったのか」

「あれから好きになったんだ」

「おごり?」

「うん」

「太っ腹」

双葉がカフェラテにしようと言ったので、印達も同じものにした。カップのなかに白い泡があった。さっそく飲んでみた。泡の下はコーヒーだった。

「これがカフェラテっていうんだ」

「初めてなのか」

「うん」

「気に入った？」

「最高」

泡は甘くコーヒーは苦い。絶妙な組み合わせ。

双葉と印達は顔を見合わせて笑った。

「印達」

「何？」

「バイトしてないのに、お金があるんだ」

「まあね」

「家がお金持ちとか？」

「でもないけど」

「あっ、親は死んじゃったんだっけ」

「うん」

双葉はティラミスを口に入れた。

「このティラミスは美味しい」

膨らんだ頬が印達の目の前にあった。

「このレアチーズも美味いよ」

コンビニで買ったレアチーズケーキより美味しい。

「スイーツ、好きなのか」

「最近、特にね」

「丸坊主って、似合ってるよ」

「サンキュー……でもさ」

「何？」

「ぜんぜん関係ない話なんだけど……」

「いいよ、何？」

「ええと……双葉はお父さんとお母さん、いるの？」

「一応、いるよ」

「一応？」

「親のこと、特に考えたことないし」

双葉はティラミスを口に入れる。印達もレアチーズケーキを口に入れた。

「兄弟とか、いないの？」

「弟がひとりいる」

「仲いいの？」

「ムカつくやつだよ。印達はどうなんだ」

「僕にも弟がいる。まあ、たまにケンカするけどね……」

こういうことを聞きたいわけじゃない。

しかし切り出せなかった。あっちこっちに話題を飛ばしたが、肝心のことを言えないまま十五分後にドトールを出た。改札口でお互いに手を振った。印達は双葉の後姿が雑踏のなかに見えなくなっても、しばらく立ち尽くしていた。

コンビニへ寄りハーゲンダッツを三つ買って帰った。三人でソファに座ってテレビを観ながら食べた。自分の部屋に引き上げたときは十時を回っていた。

窓際へ行って障子を細目に開けた。たくさんの小さな光が眼下に広がっていた。車の細いライトの帯がいくつも連なって川のように流れていた。ときどきポツン、ポツンと点のように浮かびあがるものがある。たぶん歩いている人。

何を考えて歩いているのだろうか。印達が遠く離れた窓の一角から見ていることを、その人は知らないだろう。どこへ向かっているのだろうか。仕事が終わって家に帰るのだろうか。誰かに会いに行くのだろうか。何か悲しいことがあって、目的もなく歩いているのだろうか。

あの人になりたい、と印達は思った。どんなことがあっても、あの人はこの令和にいられる。あの光のなかをどんなに歩こうが、この令和にとどまり続けるのだ。

——末永さん、奥さん、松下さん、『宗歩』のみなさん、ありがとうございました。

そうつぶやくと障子を閉めた。

箪笥のなかの小袖と帯と褌と巾着を紙袋に入れた。松下和樹様と書いた紙包みを枕元に置く。

ここには勝守が入っている。

少し考えてから箪笥にもどって四十四万円の入った封筒を取り出した。表面に『末永様。奥様。ありがとうございました』と書き、その上に財布とスマホを乗せ、その隣に松下宛の紙包みを置いた。

布団に横になった。自分がなぜ令和の世界へ来たか、その答えがやっとわかった。早世する印達を神仏が哀れみ、一炊の夢を見させてくれたのだ。楽しい十二日間だった。令和で出会ったすべての人を、決して忘れない。

——さよなら、双葉。

紙袋をしっかり胸に抱くと、印達は目を閉じた。

第二章　タイムパラドックス

1　十月十五日（木）

目を開いた。

朝だということはわかった。

しばらくそのままでいた。末永のマンションの一室……日にちを間違えているのか、あるいは目覚めたと勘違いしているだけで、まだ夢の中なのか。障子を見た。光の色からすると朝五つ少し前。腕時計を確認した。七時四十八分。

御城へ向けてすでに屋敷を出ているはずの時刻。印達は記憶をたどった。末永と一緒に服やバッグや腕時計を買いに行った日は十月四日。ということは、印達は十月三日にこの令和へ来たことになる。

印達と宗銀の御城将棋は、印達が平蔵と川べりを歩いていた日の十二日後。その日に実施されたことは、スマホにも本にも書いてあった。延期されたとは書かれていない。3+12=15。腕時計の四角の枠内にある数字も15。間違いなく今日だ。

このまま屋敷に帰らないで、いきなり御城に行ってしまう？　もちろんそれでもかまわない。いつでも宗銀の相手になってやる……しかし、どうもおかしい。

自分はあのとき川に飛び込んで死んでいるのか……そんなわけはない。印達は御城将棋に出勤しているのだから。とすると瀕死の重傷を負って昏睡状態に……だがそれにしてはできすぎている。

車やビルやスマホやテレビ。そして将棋も進化している。印達がまったく思いつかなかった新戦法が棋書にはあった。そんな斬新な戦法を、自分が昏睡状態のなかで作り上げたとは考えられない。やっぱりこれは現実……。

自分自身を見た。スウェットの上下を着ている。腕のなかにある紙袋。枕元には末永宛の封筒と松下宛の紙包み。そして財布とスマホ。印達は起き上がるとスマホと財布と松下宛の紙包みをショルダーバッグに入れ、それ以外は箪笥に戻した。

居間へ行くと末永と奥さんの笑顔があった。おはようございます、と印達が挨拶するとおはようと声が返ってきた。洗面所で顔を洗い歯を磨いた。

昨日と何も変わっていない……こうなるとはまったく予期していなかった。何かを見落としているのだろうか。自分の記憶そのものが間違っているのか。例えば自分は伊藤印達ではなく、そんなふうに思い込んでいるだけで、本当は令和の時代の人間……じゃ、自分は誰なのか。

江戸で過ごした幼い頃の記憶が印達のなかにはある。屋敷の様子も父母の顔も内弟子たちのことも、江戸の町も平蔵のことも記憶している。間違いなく自分は伊藤印達。

もしかして自分が二人になった……そういえば神田明神で目覚めたとき、小袖は濡れていなかった。川面に身を躍らせた瞬間に自分が二人になり、ひとりの印達は川に落ちたが助けられて御城将棋に出勤し、もうひとりの印達はこうして令和の世界へ来た……こう考えれば、印達が今日になっても江戸へ戻らない理由を説明できる。御城将棋に出勤した事実も同時に説明できる。しかし、こんな話は江戸では聞いたことがない。眩暈がして胸がドキドキしてきた。自分の身に大変なことが起こっている気がしてならない。

表面はニコニコ。しかし内心は混乱したまま朝ご飯を食べた。二人を心配させてはいけない。印達はいつもと同じように、午前中は居間と自分の部屋の掃除、トイレ掃除、洗濯物干しを手伝った。

お昼ご飯を食べているときに、印達のスマホに松下から電話があった。少し慌てたがどうにか習い覚えた方法で通話ができた。今日は午後五時くらいに『宗歩』に行けるから指そうと言われた。了解です、お願いします。と印達は答えた。

お昼ご飯の後、少し休んでから印達は末永と『宗歩』へ向かった。

「お陰様で、このところ新しいお客さんが増えましてね」

店長が笑顔で末永に言う。

「そりゃ、いいことじゃないか」

と末永も笑顔で答える。

「伊藤君のお陰かと思います」

「いやいや、伊藤君の強さと人柄に、わしのお陰だよ」

言ってないから」

「いやいや、伊藤君の強さと人柄に、みんなほれ込んでいるんですよ。末永さんのことは誰も言ってないから」

「じゃ、新宿の『ヘラクレス』へ行こうかな。あそこの席主にも、また是非来てくださいと言われてるから」

周りにいる数人の常連客が笑う。印達は末永を皮切りに三人の常連客と指した。ひとりは初段だったので印達の角落ち。他は平手。印達の三連勝。

将棋を指しているときの感覚が今までとは違う。今までは、ここはと思うときには盤面の奥まで読みが届いた。しかし今日は届かない。あるレベルを超えると、ふっと思考が押しもどされる。三人にはひとまず勝てたのだが……。

末永がコンビニで、ショートケーキとカットフルーツを買ってきてくれた。コーヒーを飲みながら二人で食べ始めた。コーヒーは今日も美味しく感じた。

子供たち三人が次々に姿を現した。最初に来たのは市園孝文三段。小学校五年生。数分して加山奈々二段と江波浩平二段がギヤマンのドアを開けた。三人は印達と末永の周りに集まってきた。

「こんにちは、印達兄さん……あっ、髪切っちゃったんですか」

市園が目を丸くして言う。市園とは印達も三回ほど対戦したことがあるが、細い攻めでもどうにかつなげてくる技術と粘りがある。

印達はキャップを取った。

「ひゃー」

三人は喚声を上げる。

「なんか、別の人みたい」

「お寺のお坊さんだぁ」

「なんか可愛い」

「煩悩を断ち切るために、坊主にしたんだ」

印達が言うと、

「煩悩?」

市園孝文がきょとんとした顔をする。大柄で印達とあまり背丈が変わらない。

「煩悩って知ってる。人間の欲望のことでしょ」

加山奈々が言う。ほっそりしたポニーテールの子。

「おお、すごいな」

「父さんに教わったの。人間の煩悩は百八つもあるんだって」

「よく知ってるな。人間は煩悩があるために苦しむ。だからそういうのを捨てて、将棋だけに専念したいんだ」

「将棋も煩悩じゃないんですか」

江波浩平が聞いてきた。印達は言葉に詰まった。末永は正面で、印達たちのやりとりをニコニコして聞いている。

「僕は将棋が強くなって」と江波は続けた。「奨励会に入りたいんです。そしてプロになってタイトルを取ってお金持ちになるんです。そういうのって煩悩とは違うんですか」

「うーん……煩悩かもな」

印達が言うと、三人は笑った。

「でも、印達兄さんはやっぱすごい」と市園。「『ヘラクレス』へ乗り込んでいって、中村和敏五段と目黒康之五段に勝ったという噂、聞きましたよ」

「中村さんには一昨日、一度負けたよ」

「一昨日も『ヘラクレス』へ行ったんですか」

「いや、二人がここへ来たんだ。昨日も来た」

三人は顔を見合わせる。三人とも昨日、一昨日のことは知らないようだ。

「どうだったんですか、結果は」

「一昨日は一局ずつ指して、中村さんに一敗。目黒さんに一勝。昨日は二局ずつ指して四連勝」

「わおっ、やっぱりな」と江波。「返り討ちにしたわけですね。中村和敏五段のこと、僕は知ってますよ。三年前、アマ飛燕杯の都予選で優勝した人ですよね」

江波は眼鏡をかけた小柄な男の子。

「そうなんだ」

と加山。

「おまえ、そんなことも知らないのか」

「興味ないから、アマの大会とか」

「将棋のいろんな情報は、頭にいれておいたほうがいいんだ」

「どうして?」

「当たり前だよ」

「印達兄さんは」と市園が静かな口調で聞いてきた。「今までどうして奨励会に入らなかったんですか。入会試験、絶対に合格したと思うんですけど」

「その気がなかったんだ。でも、十二月のアマ峻王杯に出場する。そこで優勝したら、奨励会三段リーグへ編入するための試験が受けられる」

「てことはプロを目指すんですね」

「うん」

「やったぁ、印達兄さんがプロになったら、僕は応援しますよ」

「わたしも応援する」

「僕も応援します。友達にも自慢します」

「おれも応援するよ」

常連のひとりが言うと、周りにいる数人が、おれもだおれもだと言ってうなずく。

「編入試験はいつあるんですか」

と市園が聞いてきた。

「来年の二月と三月かな。合格すれば四月からの三段リーグへ編入できる」

「僕は来年八月に奨励会6級の試験、受ける予定でいます。合格したら印達兄さんと奨励会へ一緒に通えますね」

「そうなるといいな」

「僕も来年受けます」

と言ってきたのは、江波浩平だった。印達は江波とも三回対戦したことがある。江波は序盤で形勢を悪くすることが多いため、いつも苦しい戦いを強いられる。

「私も受けます」

加山奈々が言った。江波とは違って序盤はそつなくこなすが、中盤から終盤にかけてのねじり合いに弱い。

そのとき、ギヤマンのドアの向こうに松下の姿が見えた。

2　十月十五日（木）

「おまえたちも来てたのか」

三人の子供たちを見て言う。

「はい、二十分くらい前に来ました……松下先生、今日はいらっしゃらない日じゃなかったんですか」

市園が言う。

「これから印達と特訓だ。峻王杯へ向けて、頑張らないといけないからな」

「松下先生は、印達兄さんがここで、アマの強豪と対戦したこと知ってますか」

と江波。

「昨日と一昨日のことなら、電話で簡単に聞いた。中村和敏五段と目黒康之五段と対戦したようだな。おまえたち観戦してたのか」

「いいえ、今、印達兄さんから聞きました。昨日は二人に四連勝だって」

「勝って兜の緒を締めよだ」

「何ですか、それ」

と市園。加山も、今度は知っているとは言わない。

印達は松下と顔を見合わせて笑った。印達が生まれる百年も前の言葉が、令和の時代にも生きているのがうれしかった。

「印達、始めるぞ」

松下が元気いい声を張り上げると、

「観戦させてください」

三人が口々に言う。

「おお、いいよ。じっくり観ていけ」

三人とも印達の後ろへ回った。

「対局前にちょっと聞かせてくれないか。中村戦と目黒戦について」

印達は一昨日の中村との対局の様子から話した。

「なるほど」話が終わると松下はうなずいた。「印達が勝勢だったが、詰みの途中で時間切れになったわけだな」

「はい」

「中村さんは、自玉の詰みをわかっていたと思うか」

「間違いなくわかっていました」

「その反省から、昨日は一手十秒以内で指すことを自分に課したわけか」

「はい。緩手や悪手を承知のうえで指しました」

「二十秒、三十秒と消費したことは？」

「一度もありませんでした」

「実際に、緩手や悪手が出ただろう」

「はい、何回か出ました。それをとがめる有効な手を相手が指したら、僕は負けていたと思います」

「よく一手十秒以内で指せたな。わかっていても普通はできない。おれもやろうとしたことがあるが実際にはできなかった。悪手が怖くて、けっきょくは時間を消費してしまった」

褒められてうれしかった。松下は続けた。

「早見え早指しというのは、アマ棋戦においては絶対的な武器になる。しかしそうは言っても、局面が複雑になれば一手十秒以内で指し続けることは難しい。実際にそういうことができたのなら、おれがその技術を教わりたいくらいだ」

早見えとは、時間をかけて読まなくても一瞬で良い手が見えることを言う。

印達はもちろん、幼いころからこの訓練をしていた。十秒将棋という名前はついていないが、早見えは絶対に必要なことだと父からも言われていた。

早見えとは、良い手が見えるというより、悪手を一瞬で除外する能力と言ったほうが正確だと印達は思っている。瞬間的に指し手を二つか三つに絞ること。そうすれば必然的に早く深く読める。

「目黒さんは居飛車穴熊が得意戦法だと言っていました。中村さんも穴熊を使っていました。アマ棋戦では穴熊をやる人が多いんですか」

「聞いた話では、けっこう多いらしい。『穴熊の暴力』という言葉、知っているか」

「棋書で見たことあります。穴熊は囲いが堅いので、他の囲いでは乱暴に見えるような駒損の攻めでも、成功してしまうということですよね」

「そうだ。しかし個人的には、おれは穴熊はやらない。囲いの駒を固定するから攻め駒も限定される。手を作るのが大変というか、どうしても攻めが細くなるんだ。ただ、中村さんたちが毎回のように同じ戦法で来たのは理解できる。一つの戦法を細かいところまで頭に入れておけば、考える時間が節約できるんだ。アマの大会では有利になる」

「目黒さんも、同じことを言っていました」

「印達は何が得意なんだ」

「特にありません」

「居飛車も振り飛車も指すのか」

「はい。相手の攻めや囲いに応じて変えます」

「受けて立つという意味か」

「それが最善の戦法だ、と父に教わりました」

相手十分に組ませて勝つ。それが名人というもの。父にはこう教わった。

松下の目が光った。

「それに」と印達は続けた「松下さんに推薦していただいた『羽生善治名局集』では、羽生九段はそういう指し方をしているように見えました」


（第8局1図　☗3五歩まで）

☗松下　持駒　角

☖印達　持駒　角

松下はかすかにほほ笑んだ。

「よし、これからおれと勝負だ。おれの先手。おれは自分の得意戦法で指す。みごと勝ちきってみろ。峻王杯本番と同じ20分切れ負けだ」

「はい」

印達は立ち上がった。松下と印達が空いている席に座ると、すぐに周りに人が集まってきた。松下の背後に二人。印達の背後にも二人。子供たちが三人。

今日はデジタルの対局時計を使おうと松下が言った。印達が後手番なので、対局時計を印達の右側に置いた。

「お願いします」

と挨拶をすると、印達は対局時計の黒いボタンを押した。松下は間髪を入れず▲2六歩と突いた。印達△8四歩。以下▲2五歩△8五歩▲7六歩△3二金▲7七角△3四歩▲6八銀△7七角成▲同銀△2二銀▲4八銀△3二銀▲7八金△6二銀▲3六歩△7四歩▲3七銀△7三銀▲4六銀△6四銀▲6八玉△9四歩※▲3五歩（1図）となった。

（第8局2図　▲6六角まで）

角換わり相早繰り銀の戦型になった。中村和敏五段と『ヘラクレス』で指した角換わりでは印達は腰掛け銀だった。令和へ来て初めて指す角換わり早繰り銀。プロの間でもよく指されている。一度使ってみたいと思っていたのだ。松下の※▲3五歩は仕掛けの手。今日の松下さんは積極的だ、と印達は思った。勢いに押されないようにしなければ。

1図以下△3五同歩▲同銀△8六歩▲同歩△8五歩▲3四歩△2二銀▲2四歩△同歩▲同飛△8六歩▲8八歩△2三歩▲2六飛△9五歩▲5八玉※△9六歩▲同歩△9八歩▲同香△8七角▲同歩△同歩成▲8三歩△同飛▲8四歩△同飛▲6六角（2図）

となった。

途中の※☖9六歩は、松下の勢いに刺激を受けて積極的に仕掛けた手である。2図の局面は印達の角損だが、☖8七とが金や銀と交換になりそうなので大きな駒損ではない。しかしここは重要な局面。対応を間違えると一気に不利になりそうだ。どうやって飛車取りを防ぐべきか。

印達は目を上げて松下を見た。笑みが消えている。引き締まっているというより、どこか暗い影が差している気がした。

印達の脳裏に、ふと大橋宗銀の顔が蘇った。印達が八連勝し、定角落ちにまで差し込んだとき、宗銀はまったく口をきかなかった。定角落ちとは四段差。現代のプロの対戦は勝っても負けても平手戦だが、江戸時代の番勝負は、勝てば勝つほど相手にハンデを与えていくという差し込み制が基本である。

相手に角を落とされるのは屈辱この上もない。顎が角張って大人びてきたと思っていたが、あれは頬がこけたせいかもしれないと印達は思い直した。目だけが異様に光っていた記憶がある。目の前の松下の顔はそれと似ている。

印達は一手十秒以内という自分に課した規則通りに、ここまで指していた。松下も印達と同じペースで指してくる。

松下の気迫が周りに伝播しているのか、誰も動かない。咳払いひとつない。対局している人たちの駒音と、店長や奥さんの声だけがときどき静けさを破る。
——御城将棋はどうなったんだろう……。
という疑問がふと湧いたが、すぐに消えた。
しかし盤面の奥に入っていこうとしたとき、また遠くに疑問の雲が湧いた。今度は消えなかった。雲は急速に広がった。

伊藤家の内弟子の誰かが、印達の代わりに指したのかもしれない。父が自ら指したとも考えられる。しかし歴史書には印達が指して勝利したと書いてある。そして印達はそれから一年も経たずに死んでいる……。

ふと我に返った。目の前には将棋盤がある。すっと何者かに押し戻された感覚。将棋盤の奥にある世界が消えて、将棋盤が薄っぺらい板のように浮かんでいる。奥へ入っていこうとしたができない。

対局時計を見た。いつの間にか二分が経過していた。

（第8局3図　▲1六歩まで）

印達は慌てて△8二飛と指した。勝手に手が動い

てしまった。悪手だ、と思ったときにはすでに指は駒から離れていた。以下▲8四角打△7三銀▲同角成△同桂▲8三歩△同飛▲8四銀△同飛▲同角△7八と▲7三角成△4二玉※▲1六歩（3図）となった。

△8二飛では△8五飛が最善だった。なぜ思い浮かばなかったのか。2図以下4手後の▲7三同角成～▲8四銀の手順に、どうして気がつかなかったのか……。

（第8局4図　△6九角まで）

▲松下　持駒　なし

△印達　持駒　金銀桂歩四

局面はハッキリ印達が苦しい。松下の※▲1六歩は冷静な手。印達の△1五角の狙いを消されてしまった。どう指せばいいんだろう。

印達の頭のなかには、すでに一手十秒以内という言葉はなかった。わかればすぐに指す。わからなかったら無意識に手を止める。この繰り返しのなかで時間を消費していった。

御城将棋のことはひとまず忘れるんだ。今、印達はここにいて、松下と将棋を指しているのだ。将棋に集中しよう……と思ったが、そう思えば思うほど、思考はふわふわと宙をさまよい、深みに入っていけない。
　印達の残り時間は二分を切った。松下の残り時間は六分以上ある。印達はこれから手を作っていって、詰みまでもっていかなければならない。印達は強引に指し手を一手十秒以内に戻した。緩手だろうが悪手だろうが、指さなければ負ける。

（第８局投了図　▲３一飛成まで）

　印達は△８八歩とした。指した途端にまた緩手だと気がついた。△３六歩で挟撃態勢を狙い、相手に手を渡せばまだ勝負の綾はあったのに……そう思うとますます混乱した。松下は▲３三桂。以下△同桂▲同歩成△同銀▲４五桂△４四銀打▲３三桂成△同銀▲６二銀△同金▲同馬△４一金▲８一飛△５五桂▲５一金△３一金引▲４一金△同金▲５一金△６九角（４図）となった。
　必死に粘ったが、二度の甘い手を挽回することはできなかった。勝ち筋が見えないまま残り一分を切った。印達は負けを覚悟した。４図以下▲５九玉△３一金▲５二金△３二玉▲５三馬△４二銀打▲３一飛成まで（投了図）。95手にて松下の勝ち。

投了図で☖同銀は☗３一馬☖同玉☗２一金☖同玉☗２三飛成以下詰み。☖同玉は☗４二馬☖同銀☗２一金☖３二玉☗３三歩☖同銀☗４一銀☖２一玉☗２三飛成以下ピッタリだ。印達は両手を膝の上に乗せると、

「負けました」

と言って頭を下げた。

「ありがとうございました」

という挨拶を交わす。

周りはしんとしている。印達は盤面を見つめたまま動けなかった。

「どうした、印達」

やがて松下は言った。印達は顔を上げた。

「一手十秒以内という自分に課した規則を、守ることができませんでした」

「どうして守れなかったと思う？」

「……わかりません」

「どうして負けたと思う？」

「途中で、手が見えなくなりました」

「どうして見えなくなったんだ？」

印達は答えられなかった。

松下は盤面を動かして2図に戻した。

「この☗6六角に対して☖8二飛は、おまえらしくない悪手だ。違うか」

「はい……」

「ノータイムで指した手じゃない。二分考えた手だ。ここから一気に形勢が変わった。おまえはその間、どういう手を考えていたんだ」

何も考えていなかった。はっと我に返ったときに無意識に指した手だった。

「別に責めているわけじゃない。参考にしたいんだ。誰だって悪手を指す。考えた末に悪手を指すことも、もちろんある。二分間に考えた内容を聞きたいんだ」

印達は答えられなかった。

「昨日、中村さんと目黒さんに勝ったわけだから、さすがは印達だと思ったよ。おれには想像もつかない手を考えていたかもしれないじゃないか」

そんなんじゃない。

「☖8二飛では☖8五飛が正解だと思うんだがどうだ。こうしておけば銀取りも残る。まだまだ難しい将棋だった」

松下の言うとおりだ。

印達はどう答えていいかわからなかった。

「今回はあえて、時間的なハンデをつけて指そうと思ったのか」

「いいえ……」

「ギャラリーが多くて気が散ったか」

「そういうわけじゃ……」

「わざと悪手を指して、おれの応手を見てみたかったのか」

「いいえ、違います」

「だよな。おまえはそんな将棋を指す人間じゃない。いつでも、誰に対しても、手を抜かずに全力で指す」

「はい……」

「だからこそ、この指し手の意味がわからないんだ。皮肉でも何でもない。おれの素直な疑問だ。二分の間にどういう指し手を考えていたんだ。教えてくれないか」

印達は松下の目を見た。言葉はきついが温かい目をしていた。しかし、いや、だからこそ印達は何も言えなかった。

「もうひとつある。ここだ」

松下は4図まで局面を進めた。

「この☖6九角では☖3一金打という手は考えなかったのか」

「考えましたが、☗4一金とされれば☖同金☗5一金☖3一金打となり、千日手になりますから別の手を指そうと思ったんです」

「千日手でもいいとは思わなかったのか」

「千日手でもいい？」

松下と印達はしばらくの間、お互いの目のなかをのぞき込んだ。

松下はふっと小さく息を吐くと上着のポケットからスマホを取り出した。画面を何回かタップした後に印達に見せる。『千日手』と書いてあり詳しい説明があった。

千日手の規定は印達の時代にもあった。大橋宗古二世名人が寛永13年（1636年）に定めた『将棋治式三箇条』のなかにある。しかしそれは「同じ手順を三度繰り返すと先に仕掛けた方が手を変更しなければならない」という規定だった。それ以上のことは決められていない。

しかしスマホに書いてある規定は違っていた。同じ局面が四度現れると千日手になり引き分け。先後を替えて指し直しとなっている……初めて知った。印達は顔を上げた。

「この局面では、印達はかなり苦しい。違うか」

「負けを覚悟していました」

「だよな。だったら千日手に持ち込むのがベストだ。もし指し直しになれば、おまえにとって超ラッキーだろう」

印達は目をしばたたく。松下は続けた。

「相手がそれを打開する手を講じてくれれば、それはそれでしかたない。しかし千日手打開は意外に難しいんだ」

印達は盤面に目を落とした。松下はさらに続ける。

「実際この局面では、打開するいい手順がおれには見つけられなかった。無理に打開しようとするとかえって形勢を損ねる。おまえが千日手を狙ってきたらどう打開しようか、おれも困っていたんだ」

「苦戦しているとき、千日手は戦術として使えるわけですね」

「そういうことだ。千日手なんて滅多にない。おれも奨励会時代に何度か経験があるだけだ。しかし頭にいれておいたほうがいい」

そう言うと松下はふっと表情を崩した。

「天才だってときには間違いや見落としがある。市園、こういうの、何て言ったかな」

「弘法も筆の誤り」

市園が人差指を立てて言う。

「猿も木から落ちる」

「河童の川流れ」

加山と江波が続けた。

「印達、これから末永先生のところで、峻王杯の必勝対策を練るぞ」

3　十月十五日（木）

末永と松下は缶ビールを飲み始めた。奥さんは台所で夕ご飯の支度をしている。

「すみません、先生。驚かせちゃって」松下が苦笑しながら言う。「どうして僕があんなにしつこく印達に問いただしたか、先生にはわかりますよね」

「そりゃ、わかる。なんとなく腑に落ちなかったんだろう。印達が急にペースを乱した上に指した手も悪手だったたから。しかしあそこで印達を追及しても、答えられないことは目に見えている。だからすっと通り過ぎると思っていた」

「そこは反省しています。だから途中で気がついて、天才だってときには間違いや見落としがあるなんて、苦し紛れの言い訳をしたんです。印達はあの子たちにとって、いい刺激になっていますからね。特に市園が変わりました。あいつは来年八月にある奨励会入会試験、たぶん合格できると思います。江波と加山もやる気になっています。ただ、あんな言い方で、彼らは納得したでしょうか」

「うまく誤魔化せたんじゃないかな。印達に対する彼らのイメージは、ぜんぜん変わっていないと思うよ」

「そうですか、それを聞いて安心しました」

末永も缶ビールをあおりピーナツをつまんだ。

「どうだ、印達。指し手の意味を執拗に聞かれてどう思った？」

末永が聞いてきた。

「答えようと思ったんですが、あのときはどうしても答えが見つかりませんでした」

「今はわかるということか」

印達は少し考えてから、いいえと答えた。

ふと会話が途切れた。今まで言葉が行き交っていた部屋がしんとなり、台所で奥さんが野菜を刻む音と、水道の水が流れ落ちる音が異様に大きく聞こえてきた。

「おまえ、叔父さんのことで、かなり思いつめているんじゃないのか」松下はビールを飲むと言った。「末永先生から聞いているが、今になっても叔父さんから連絡は来ない。警察が訪ねてきたりもないんだろう」

「ええ、はい……」

「学校のこともあるよな。中三だからこのままずっと不登校というわけにはいかない。来春には高校受験があるからな。そういうことが、ここへ来て気持ちに重くのしかかってきたんじゃないのか」

印達は黙ってうつむいた。何度も何度も、同じ問いにぶつかる。こういうときは、どう答えればいいのか。叔父なんかいません。父母が死んだのもウソです。今まで僕が言ってきたことはすべて作り話です。本当は三百年前の江戸から来ました。僕が歴史書にある伊藤印達本人で

す。もう江戸へ戻っているはずなのにまだ令和にいます……印達が口を開こうとしたとき、

「まあ、そう急ぐな」末永が言った。「食べながらゆっくり話そう。康子、できたか」

「はい、ちょうどできましたよ。今、持っていきますからね」

松下もすぐに気がついたようで頭を掻いた。松下と末永は、印達のことではこまめに連絡を取り合っている様子だ。

すき焼きと言われる料理だった。肉は牛肉だと言う。これには驚いた。印達は牛肉は食べたことがなかった。牛は農耕や運搬に使われるもので、食用にする習慣が江戸にはなかったからだ。しかし食べてみて、すごく美味しいと思った。カモなどの野鳥よりも柔らかく食べやすかった。牛肉と一緒にネギとキノコと豆腐と、白くて細い麵のようなものもあった。白滝だと奥さんが教えてくれた。

たくさん食べていいよと末永に言われたので、印達はうれしくなって夢中で食べた。ご飯もお代わりした。末永と松下はビールを飲み、ときどきすき焼きをつまむ。

しばらくの間、『宗歩』の話に花が咲いた。『宗歩』が開店したのは去年の六月。店長は末永の知り合いで、区役所に勤務していた。二人は秋葉原にある将棋道場に十年ほど前から通っている仲。

開店前に何人かで話し合ったと言う。数年前から将棋の『観る将』が爆発的に増加。きっかけとなったのは十四歳、中学二年生でプロになった藤井聡太四段。デビュー以来二十九連勝し

て一躍有名になった。令和二年八月末現在は八段。棋聖と王位のタイトルを獲得している。将棋好きにはもちろん、ふだん将棋を指さない人にも彼の活躍は注目されている。

何回か話し合いを続けた結果、この『観る将』にも楽しんでもらえる将棋サロンを作ろうということで意見が一致した。特に女性。将棋道場には女性はまず来ない。おじさんと子供だけしかいないので入りにくいらしい。

将棋は指さなくてもかまわない。超初心者にも店長がていねいに教える。飲んだり食べたりしながら指せる。当時、全国でもまだこういう試みはなかったらしい。なのでアピールの仕方を考えたという。

店内を江戸風にしようと提案したのは末永だった。従業員は着物姿。室内は長屋風。古民家カフェから思いついたと言う。お店の名前は幕末の天才棋士、天野宗歩にあやかって『宗歩』。利用料も将棋道場の席料と同程度。そしてSNSで積極的に発信する。

この試みは成功した。土、日となればほぼ満席。三、四人で来て、おしゃべりをしながら指したくなったら指す。あるいはお店で知り合った段位者に教えてもらう。女性の来店も増えた。

「しかし印達の登場は衝撃的だったな」と末永。「着物と髷で、いきなりお店に入ってきたんだからな」

印達は笑って頭を掻く。末永は続けた。

「店長も驚いていたな。バイト希望なのかとか、履歴書は持ってきたかとか、怖い顔をして聞いているんだ。わしが機転をきかせて話を引き取ったからよかったが、あのままだったら印達は逃げ出してしまったんじゃないか」

「あっ、はい……」

「店長は根は優しい男なんだが、顔がごついからな」

それを聞いた松下が声を立てて笑う。

「さらに驚いたのは印達の棋力だよ。五段だと聞いたときは冗談かと思ったよ。しかし本物だった。いや、予想以上だった。わしがあっさり負けて、高橋四段も負けて、そして松下君も負けた……松下君、あれ、気を抜いて指したわけじゃないだろう」

「もちろん全力でしたよ。高橋四段との対局、ちょっと見ましたからね。かなり力があるのはわかりました。しかし自分が負けるとは思っていませんでした。相手はまだ中学生くらいだし」

「だろうな。そんな歳で松下君に勝てるようなら、プロになっていてもおかしくないだろうからな。負けたときはどんな気持ちだった？」

「悔しさとかは、不思議になかったですね。爽やかとは言えませんが、呆気にとられたというか、狐につままれたというか、そんな気持ちでした……それと、何というか、印達は意外と面白いヤツだと思いましたよ。かなり食いしん坊だし」

印達は思わず顔が赤くなった。松下と初めてここへ来たときには、ひよこのお菓子を四つとも食べてしまったし、煮込みラーメンは何回もおかわりした。今日もすき焼きを夢中で食べている。

「印達」と松下が言う。「ぶっちゃけどうなんだ。叔父さんのところへ帰りたくなったんじゃないのか」

「いいえ、帰りたくありません」

「学校のことが心配になったのか。あるいは友達に会いたくなったとか」

「違います」

「ここにずっとお世話になっているから、心苦しくなったのか」

「それはありますが……」

「そんなこと、気にしなくていいんだよ」と末永が引き取る。「何回も言うけど、わしも家内も、印達がいるお陰で張り合いができたんだ。家事の手伝いをしてくれるのも、すごく助かっている」

「そうよ、印達」と奥さんも言う。「今まで三十五年間、主人と一緒に暮らしてきて特に寂しさは感じなかったんだけど、こうして印達がいるようになってからというもの、印達がいない生活は考えられないの。できれば叔父さんという方に会って、印達がここで生活できるように話し合いたいくらいなの」

「帰りたくないだろうけど、一度叔父さんのところへ戻ったらどうかな」と松下も言ってくる。

「もちろん、叔父さんの家でまた暮らせという意味じゃない。顔を出して、姿を消したことを詫びて、そして教科書とか衣類とか必要なものを全部持って、再び家を出てくるのさ。知り合いの家にしばらくの間お世話になることが決まったので、心配しないでくれとか言って。そこのところ、きちんとけりをつけておかないと、また今日みたいに気が散って、おまえらしくない将棋になる気がするんだ」

身体が床の下に沈み込んでいく。

顔から血の気が引いていくのが自分でもわかった。

「ひとりでうまく話せないようなら」と奥さんが言う。「主人と私が一緒に行くわよ。叔父さんとじっくり話したいのよ。今になっても警察から何の連絡もないというのは、叔父さんはおまえのことをまともに捜していないんじゃないかと思うの」

「簡単にいかないのはわかっている」と今度は末永。「おまえは未成年者だから、保護者である叔父さんが反対したら、わしらは引き下がるしかない。しかしこのままだと、どうにも落ち着かないんだ。印達も落ち着かないだろう」

「待ってください。ちょっと待ってください」

やっと声が出た。

印達は末永と奥さんの顔を交互に見て続けた。

「少し考えさせてください。どうするかは、もう少し待ってください。叔父に連絡すべきなのはわかっているんですが、今は顔を合わせたくないんです。叔父の顔を思い浮かべるだけで恐ろしくなって……」

　こんなウソはつきたくないが仕方ない。行くと言えば、住所は？　叔父の名前は？　ということになる。それだけは絶対に避けたい。

「松下さん」

　と印達は言った。

「何だ」

「お渡ししたいものがあります」

　印達は立ち上がって部屋に行き、すぐに戻ってきた。

「神田明神で買ってきました」

　松下は御守を手にすると、じっと見つめた。

「『勝守』か」

　松下は『勝守』を裏返してから表に戻し、掌に載せてじっと見た。

　やがて顔を上げると、

「ありがとう。うれしいよ」笑顔でうなずく。「しかしおれが峻王杯で優勝したら、おまえは優勝できないことになる。それでいいのか」

「僕も同じものを持っています」

　印達は左手を開いた。

「実はわしたちも、印達に御守を買ってもらったんだ。厄除守だ」

松下は末永と奥さんを見て何回もうなずく。

奥さんが冷蔵庫から缶ビールを出してきた。末永も松下も三缶目。印達と奥さんはすき焼きに箸を伸ばした。

「今日は峻王杯の必勝対策を考えてきたんだ」

松下はスマホを取り出し、何回かタップすると印達に見せた。局面図だった。居飛車対三間飛車。中盤である。

「どっちを持ちたい」

「居飛車側です」

「おれも居飛車側を持ちたい。評価値で言えば５００くらいは差があるだろうな。しかしここから勝ち切るのは難しいぞ。この局面図を使うんだよ。印達は居飛車側を持って勝ちに行く。おれは振り飛車側を持って凌ぐ」

いい訓練になる、とすぐにわかった。松下は続ける。

「逆もまたありだ。印達が劣勢側を持って、おれが優勢側を持つ。おれは勝ちに行く。印達は逆転して勝ちまで持っていけるか、やってみるんだ」

「いいですね、それ」

「だろう。こういう中盤の局面を、いくつかおれがピックアップしておく。それでやってみよう。アマの実力は、ここ数年かなりアップしている。アマ棋戦の優勝者はプロと戦っても勝てるくらいの力がある。ということはそれだけアマの棋戦で優勝することが難しくなっているということだ。おれは土曜日の五時以降なら空くが、来週からは日曜日の午後三時以降も『宗歩』に行くよ。どうだ、おまえも来れるか」

どう答えればいいのか。

いったい、自分はどうなってしまっているんだ。

「誤解するな、印達」松下は笑顔で続ける。「これは印達のためじゃない。おれ自身のためだ。おれはもう一度、プロにチャレンジしてみたいんだ」

松下は缶ビールを飲んでから続けた。

「おれは小学校六年生で、奨励会に入会した。最初は6級だった。高校三年、十七歳のときに初段になった。十九歳で三段。まあ、順調に進んだと思う。しかしここでつまずいた。二十六歳という年齢制限まであと七年もあると思っていたが、実際には七年しかなかった。三段リーグは十八戦して、上位二人が四段、つまりプロになれる。おれは十二勝六敗が最高だった。あっと言う間に七年……二十六歳最後のリーグ戦も、九勝九敗で終わった。呆然として、しばらくは何も手につかなかった」

松下は四缶目のプルリングを引いた。

泡が噴き出る。松下は慌てて缶を口に持っていった。

「明日からもう奨励会に籍がない。この事実が、なかなか理解できなかった。例会日には千駄ヶ谷にある将棋会館へ出かけていき、よおっ、と仲間に挨拶して対局を始める。その光景しか頭に浮かんでこないんだ。だが、やがてこの光景も薄れていった。居酒屋でバイトを始めて、来る日も来る日もいらっしゃいませ、ありがとうございましたと言ってお酒と料理を運ぶことを繰り返していると、頭のなかが空っぽになっていくんだ。空っぽというの、わかるか。現在も過去も未来も、そこにはないんだ。何も思い出さないし、悲しいとか楽しいとか、そんな感情もなくなってしまうんだ。文字通り空っぽだ。将棋は指さなかった。駒を思い出すだけで怖くてしかたなかった。五年くらいそんなふうになっていたかな……ある日、電車のなかで末永先生に偶然に会ったんだ。先生はおれのことを覚えていてくれて、声を掛けてきてくれた。末永先生は秋葉原にある将棋道場から帰る途中だと言って、飲みに誘ってくれた。久しぶりに『将棋』という言葉を聞いておれは混乱した。気持ちが乱れに乱れた。でも先生に声をかけられて、おれはものすごいうれしかったのを覚えている。奨励会を退会した後のおれは、ポツンとひとりで生きていたことに不意に気がついたんだ。おれは飲みながら中学校を卒業してからのことを先生に話した。途中から涙が止まらなくなっちゃったよ。それ以来おれはときどき先生と会って飲むようになった。『宗歩』を紹介してくれたのも、『宗歩』で指導対局の仕事をやれるようにしてくれたのも先生だ」

末永も三缶目を飲み干して四缶目を開けた。松下はさらに続ける。

「指導対局を始めて、おれはよかったと思っている。クールダウンできたと言うのかな、あのときのおれは全力で走っていたのに、いきなり走るのをやめて、そのままになっていたからな。心が焼けたままになっていたわけだ。指導対局をしながら、おれは自分の心をゆっくり冷ますことができた……しかしな、印達。おまえと出会って、もう一度走りたくなったんだ……おれは今、『宗歩』で二人の大人と二人の子供を教えているわけだが、今日おまえと子供たちが話しているのを見て、わかったんだ。おれを見る目と、ぜんぜん違うってことが」

印達は黙って松下を見つめている。松下は続けた。

「おれは元奨励会三段。指導料をもらって教えている。なので尊敬されていると今まで思っていたんだ。でも、ぜんぜん違っていた。おまえを見るときの三人の目は、光り輝いているんだ。あんなふうになりたい、と憧れている目だ。おれはあんな目で見られたことは一度もなかった。そのときはっきりわかったんだ。おれは元奨励会三段。つまり四段になれずに奨励会を去った落ちこぼれ。おれみたいにはなりたくないって、彼らは思っていたんだなと」

「そんなことないです。それは違います」

「慰めてくれなくていいんだ。いいきっかけになったんだ。おれは今三十四歳。一度脱落している。プロになる夢は捨てた。峻王杯も最初は、おまえの付き添いみたいな感覚しかなかった。だが今は違う。自分のために峻王杯に出場する。アマ棋戦はおれにとって初めての経験だ。自分がどこまで通用するかわからない。アマからプロになれたのは今まで四人しかいないという超難関だ。しかし道は残されている」

松下の顔は輝いていた。松下が三人の子供たちの前で、印達に指し手の意味をしつこく聞いた理由がようやく理解できた。印達の心の闇と、松下の心の闇が触れ合ったのだ。闇を持ちながら将棋を指す印達を見て、松下もまた自分の心の闇から抜け出そうと決意したのだ。

「もう一度、苦しみぬくのは目に見えているよ。せっかくクールダウンできたのに、また全力疾走しなければならないんだからな。これでプロになれなかったら、真っ赤に焼けたまま死んでしまうだろうな……しかしな、印達」

「はい」

「一度でも栄光を目指すと、人間はそれが忘れられないんだ。プロになれないまま奨励会を去っていった人を何人も知っているけど、なんかこう、すごい暗くて悲しいイメージがつきまとっている。でもそれは、片方に栄光があるからなんだ。一方に光り輝く世界があるからこそ、挫折した人間がことさら暗く見えるんだ。だから……いいんだよ、暗い世界があっても……おれに同情なんか、するな。同情したら……同情したら……おれはホントにこのまま、終わってしまうからな」

松下が帰ると、印達は末永と奥さんに挨拶して自室に引き上げた。腕時計を見た。十時半。居間は静かになっている。二人とも寝室に引き上げたのかもしれない。

松下の思いつめたような、少し影のある顔が蘇った。印達のことを気遣う、いつもの松下とは違っていた。今日の松下は何かを脱ぎ捨てたような、あるいは押し殺していた何かが一度に噴出したような上気した顔をしていた。

印達のことが引き金になったようだが、印達もまた松下の言葉に心を動かされた。印達にとって将棋とは何なのか、という疑問が湧いてきた。

こんな疑問を抱いたのは初めてだった。将棋を指すことはご飯を食べたり、道を歩いたりすることと同じ。将棋の家元に生まれた自分の命運。つらいときもあるがそれは当たり前で自然なこと。それ以外の気持ちはなかった。

しかし松下は、というより今の時代では、将棋は自分で選ぶもの。この道を進みたいと思えば進むし、違う道を歩きたいと思えばそうできる。

自分の生きる道を選ぶという考え。これを今日、松下から教わった。令和の時代ではその気持ちがとても大切なようだ。印達は令和で生きる自分を思い描いてみた。松下と峻王杯へ向けた必勝対策をし、十二月十二日と十三日にある峻王杯に出場して優勝する。

そして奨励会三段リーグの編入試験に合格し、四月から始まる三段リーグで上位二人に入りプロになって活躍する。タイトルも取る。もし自由に選べと言われたら自分はどっちを選ぶだろうか。この令和だろうか。それとも父母や内弟子たちや大橋宗銀が待っている江戸だろうか……スマホが振動している。双葉からだった。

「電話してみた」

小さな声。

「サンキュー」

印達も小声で言った。

「話しても大丈夫か」

「いいよ」

「印達と電話で話すの、初めてだな」

「うん、そうだね」

「何やってるんだ」

「畳に座って、将棋のこと考えていた」

「はさみ将棋？　回り将棋？」

「ちょっと違う将棋……双葉は何をやってるの」

「さっきまでトゥーンブラスト」

「何それ」

「パズルゲーム」

「パズルゲーム？」

ぜんぜん話が見えない。話題を変えようとすると、

「気になったから電話してみたんだ」

と双葉は言った。

「えっ、何が?」

「昨日会ったとき、何か言いたそうな顔していたからな」

「そうだったかな……」

「おまえ、顔が正直だからすぐわかる」

印達は笑った。双葉の笑い声も聞こえてきた。

「遠くへ行ってしまうかもしれないんだ」

思い切って言ってみた。

とっさに思いついた言葉。

「遠くって、どこ?」

「それがよくわからなくて……」

「わからない……なんで?」

「知り合いの家に住んでいること、言ったよね」

「覚えてるよ」

「あまり長くいられないしさ」

「出て行けと言われたのか」

「そんなんじゃないよ。とってもいい人たちさ。でも、やっぱり他人の家だし、いつかは出て行かないといけないから」

「行く当てはあるのか。親戚の家とか」

「いや、ない」

少しの沈黙。

「だからこの前、わたしに聞いたのか。コンビニのバイトのこと」

「ああ、うん……」

あのときは、そんな意図はなかったのに。

また少し沈黙が続いた。

「それって、バイト見つければいいって問題じゃないだろう」

「そうなんだけど」

三度目沈黙。これは長かった。

「死ぬなよ、印達」

低い声が聞こえた。

印達が黙っていると双葉は続けた。

「そういうときはさ、自分でも知らないうちにふと死にたくなるときがあるんだ。死神が友達みたいに目の前にいるって感じかな。そうなると、ちょっとヤバい」

一瞬、めまいがした。

双葉が目の前から消えたような気がした。

「今度の日曜日、一緒にランドへ行こうか」

「ランド?」

「そう、ディズニーランド」

「聞いたことあるよ」

「行ったことないのか」

「一度もない」

「だったらちょうどいいよ」

4　十月十六日（金）

ディズニーランドの1デーパスポート。十月十八日、日曜日の日付指定券。生徒証を持っていけば6900円。そんなふうに双葉に言われたが印達には生徒証がない。日付指定券の買いかたもわからないと言うと、印達の分も買っておくという。大人料金8200円は当日双葉に渡すことになった。封筒から財布に念のため二万円移しておいた。

朝食後はいつもの通り、お皿を洗い水を切ってから食器棚に収納した。それが終わるとピンチハンガーをベランダの物干しまで持っていき、自分の部屋と居間にクリーナーをかけトイレ掃除をした。

部屋に戻ると座布団に座り、文机の上にスマホを置いて将棋の中継を観た。タイトル戦だった。対局の棋士が小袖に羽織を着ていたので驚いた。今までに観た対局では、棋士はスーツにネクタイという格好だった。解説の棋士もそうだった。

川べりの光景が蘇った。あの日印達は御城将棋に出勤するための小袖と羽織を、日本橋駿河町にある呉服屋まで引き取りに行ったのだ。目の前の棋士の姿に、長い時を生き続けてきた将棋の伝統を感じる。

そんな長い時の流れのなかの一角に、かつて自分はいたのだ。わずか十五年という短い生涯。伊藤家を継ぐこともできず、名人にもなれなかった。将棋の歴史書の片隅にわずかに記されているだけ。

急に涙が出てきた。涙は止まらなくなった。せめて大橋宗銀との百番勝負は最後までやり遂げたかった。そして名人にふさわしいという評価を得たかった。

幼少のころから将棋の才を認められ、それにふさわしい修業を積んできた。自分の将棋を極める前に、道を閉ざされてしまうのだ。生きたい。もっと指したい……。

中継画面を閉じた。そのまま座布団に座り、しばらく目の前の壁を見つめていた。真っ先に見えたのは双葉の目。キラキラしてよく動く。表情もめまぐるしく変わる。その変化が印達は好きでたまらなかった。

このまま行けば……そう、あくまでこのまま令和にいられればの話だが、明後日の日曜日に双葉に会える。ディズニーランドという、ものすごく楽しい遊び場がこの世界にはあるようだ。テレビで一度、なかの光景を見たことがある。乗り物がたくさんあった。食べ物屋さんもたくさん見えた。動物の格好をした衣装を頭から被っている人もいた。江戸でも盆踊りや参詣のときに、蛸やキツネの格好をして人々を楽しませる人がいた。それに似ている。みんな最高の笑顔。

双葉、と印達は呼びかけた。うん？　と言って双葉は首を傾げる。僕が江戸へ帰ってしまったら、双葉は悲しむかな。双葉は首を傾げたまま。僕のことなんか、すぐ忘れてしまうだろうな。双葉は首を傾げたまま微笑んだ。印達も微笑む……。

胸にチクンという痛みが走った。あっ、この症状……印達は文机に手をつくと、目を閉じてゆっくり息を吸った。そしてゆっくり吐く。二度、三度と繰り返す。これで痛みが去れば咳も出ないし、頭痛も発熱もしない。

胸の痛みは去らない。四度、五度と深呼吸を繰り返すと急に咳き込んだ。『宗歩』のトイレで咳き込んだことを思い出した。あのときは間もなく収まった。また収まってくれれば……胸の奥から絞り出すような咳に変わった。印達はハンカチを口に当てた。

部屋のドアが開くのがわかった。

「印達……どうした」

末永の声。

「あっ、すみません……たいしたこと……ありません」

「何か咽喉につかえたの」

今度は奥さんの声。

「いいえ……」

あとは咳のために声にならなかった。

「苦しいのか」

「えっ…少し」

「救急車を呼ぶか」

「いいえ、そんな大げさな……もんじゃ……ありません。少し……横に……」

「朝は何でもなかったのにな」

末永が押し入れから布団を出してくれた。

印達は横になった。

「咳がひどいな……」

「風邪かしら……もしかして……」

奥さん掌を印達の額に当てる。

「熱があるみたい。ちょっと待って」

奥さんは部屋を出ていき、すぐに戻ってきた。細長い器具を渡された。

「熱を計って」

使い方がわからない。

「脇の下にはさんで」

印達は言われたとおり、器具を左の脇の下にはさんだ。枕に頭を載せて目を閉じた。しかしそうしている間にも咳がこみあげてくる。今までの経験では、咳が止まらなければ発熱し数日は動けない……ピッピッと小さな音がした。

「計れたわ。見せてごらん」

印達は目を開けて、細長い器具を奥さんに渡した。

「七度五分……医者に行ったほうがいいんじゃないかしら」

「大丈夫ですから。以前から……何回かこういう……ことがありました。もともと……身体が弱いの……だと思います。少し寝ていれば……治ります」

少し咳が収まってきた。熱があることは自分でもわかる。身体が急速にだるくなり頭も痛くなった。

「そう、そう、冷蔵庫にアイスノンがあったはずよ。ポカリスエットもキッチンの下にあったと思う」

奥さんは急いで部屋から出ていき、すぐに戻ってきた。

「さあ、印達。これを飲んで」

奥さんがペットボトルのキャップを開けた。印達は半身を起こした。

「ありがとうございます」

甘くてちょっと塩っぽくて微妙な味だった。

「はい、アイスノン。これを枕の上に敷いて」

タオルが巻いてある。頭を載せると首筋がひんやりして気持ちよかった。

「ホントにつらくないか」

と末永。

「はい、大丈夫です」

「そうか……じゃ、わしたちは居間にいるからな。ゆっくり休んでいなさい。少ししたらまた来る。熱が引かないようなら医者へ行こう」

末永と奥さんは、そっと部屋から出ていった。印達は再び目を閉じた。

――もしかして……。

という奥さんの言葉の後に『新型コロナ』という言葉が省略されているのを、印達は感じ取った。しかし印達のこの症状は江戸から続いているもの。

印達が江戸で患った病気は風疾。これは多くの人が罹る病気。もちろんそれが原因で死ぬ人もいるが、印達は医者からそんな宣告は受けていないし、父母からも特に何も言われていない。

双葉の顔が目蓋に広がった。体調が戻らなければディズニーランドへ行けない。双葉に会いたい。思い切って今日、医者に行ったほうがいいのだろうか。この世界には、車もスマホも巨大なビルもテレビもある。信じられないくらい進歩している。医術も進歩していて、熱や咳なんかたちどころに治してしまう薬があるのではないか。

いや、もう少し様子をみたほうがいいと思い直した。医者へ行くと言えば、末永も奥さんも、印達の体調がかなり悪いと判断するだろう。今よりもっと心配するはず。明日の朝になって、

――昨日はすみませんでした。治りましたから大丈夫です。

そう言っている光景を、印達は思い浮かべた。

少し眠ったようだ。咳は収まった。熱はまだあると思うが胸の痛みも和らいだ。少し頭痛がする。印達は布団に片肘をつき身体を起こした。その気配を察したのか、部屋のドアが細めに開いて末永の声が聞こえた。

「どうだ、印達……」

「はい……だいぶよくなりました」

「入ってもいいか」

「どうぞ」

末永と奥さんがそっと入ってきた。二人ともマスクをしている。印達もマスクを渡された。

起き上がろうとすると、

「起きなくていい。寝ていていいんだよ」

と末永が慌てて言う。

印達は再び布団に身を横たえた。

「咳は収まったようだな」

「はい、お陰様で」

「熱はどうだ？　もう一度、計ってみるか」

奥さんが例の細長い棒を差し出す。

印達はそれを脇の下に挟んだ。間もなくピッピッという音がした。

「八度一分……さっきより少し上がってるわ。医者に行ったほうが……」

「いいえ、大丈夫です。かなり落ち着いてきましたから」

二人は印達をじっと見ている。本当に大丈夫なのかどうか顔色を見ているようだ。やがて末永が、

「もうすぐお昼だが、何が食べたい」

と聞いてきた。

「はい……すみません、今は食欲がなくて」

「白桃の缶詰が冷やしてあるんだけど、どうかしら」

と奥さんが言う。白桃の缶詰というのは、奥さんとスーパーマーケットへ買い物に行ったときに見たことがある。

「いいえ、今は何も食べたくありません」

「そうか……さっき、松下君には電話しておいたよ。印達とわしは、明日は都合で『宗歩』へ行けないって」

「はい……ありがとうございます」

「つらかったら遠慮なく言うんだぞ。医者へ連れて行くから」

二人が部屋を出ていくと印達は目を閉じた。

間もなくうとうとしてきた。いろんなことが浮かんでは消えていく。

——知らないの、はさみ将棋。

という声が不意に蘇った。

——おまえ、容赦ないな。可愛くない。

という言葉も聞こえた。

白くてきれいな歯が見えた。セーラー服になると少しやせて見える双葉。話しているとよく目が動く。話題もあっちこっち飛ぶ。

——昨日会ったとき、何か言いたそうな顔をしていたからな。

この言葉を聞いてなぜかうれしかった。

――死ぬなよ、印達。

双葉は印達の心に敏感に反応する。

――そういうときはさ、自分でも知らないうちにふと死にたくなるときがあるんだ。死神が友達みたいに目の前にいるって感じかな。そうなると、ちょっとヤバい。

そんな経験が、双葉にあったのだろうか。

江戸にいるとき、印達は体調が悪くなると部屋に布団を敷いてひとりで休んだ。印達の部屋は南側のいちばん端にあった。布団に身を横たえ、真夏の陽が照りつける庭を見るのが好きだった。

部屋の前には松の木と池がある。池の周りにはカキツバタの花が咲いている。そこだけ光の刷毛で刷いたように明るいが、縁側ですっと光は減少し、部屋の内側に入る光はもっと少なくなる。

蝉の鳴き声が驟雨のように降り注ぐ。涼しい風が吹き込んできて、首筋に浮かぶ汗がすっと引いていくような快感に襲われる。うとうとしかけては目を覚まし、庭を見ているうちにまたうとうとする。

そんなことを何回か繰り返しているうちに夕方になる。縁側は薄暗くなり、部屋のなかは闇になる。池の上に小さな光る点がいくつか見え始める。光る点はだんだん増えていって、一斉に明滅を繰り返すようになる。蛍の群れだ。蛍が一斉に光ると、池の周りのカキツバタが闇のなかに浮かび上がる。光が消えるとカキツバタも消える。

わずかな間にぼうっと光り、次の瞬間には消えている。人の一生とはこういうものなのかな、とそのとき思ったものだ。

これが印達の感じとった死。誰かに教わったわけでもなく、自分で見つけた死。そのとき印達は、死に恐怖は感じなかった。親しみとまではいかないが、そこへやがて行くのが自然なのだと感じた。

そのまま眠っていたようだ。江戸の屋敷で印達は父宗因と、ほの暗い部屋で将棋を指している。先手の父は居飛車、印達は四間飛車。しかし父は途中で☗9八香と上がった。えっ、その手は……と思っていると次に☗9九玉とした。それは穴熊。父上、どうしてその囲いをご存じなのですか。誰に教わったんですか……。

そのとき胸にこみあげるものがあった。それは一気に膨れ上がり、印達の咽喉を下から突き上げてきた。印達は目を覚まし激しく咳き込んだ。

咳は噴き上げるように出てくる。止めようと思っても止まらない。胸が痛くなった。思わずマスクを外しハンカチを口に当てた。咽喉の奥からどろりとしたものが出てきた。

5　十月十六日（金）

　奥さんの運転で病院へ向かった。印達はマスクをしたまま車のなかで少し前かがみに座った。そうすると息がしやすく、胸の痛みが少し和らぐことを経験的に知っていた。

江戸でも咳が出るときは痰も出た。しかし血は混じっていなかった。印達は地面に沈み込むような衝撃を受けた。血を吐くようになると長くない。江戸ではそう聞かされていたからだ。血痰のことは末永にも奥さんにも言っていない。血痰を拭いたハンカチはこっそりポケットにしまってある。

　十階以上もある大きな病院だった。駐車場も広い。玄関上の看板には金文字で『愛洲会《あいすかい》神田病院』とあった。ときどき咳がこみあげてくる。受付で症状を言うと、別屋に案内されて問診表を渡された。わからないところは末永と奥さんに聞いて書いた。

　間もなく診察室に呼ばれた。三十七度五分以上の高熱、倦怠感、食欲不振、咳、血痰、胸痛、頻呼吸などを医師に聞かれたが、すべてに該当した。医師は松下と同じくらいの年齢。黒縁の眼鏡。尖った大きなマスクと手袋をしている。印達はポケットからハンカチを取り出して見せた。

　印達は検査室というところへ連れていかれた。血液を採ったり痰を採取したり、胸部レントゲン検査と呼ばれるものをした。結果が出るまでまた別室でベッドに寝て待った。今度は末永と奥さんは入ってこられない。

待っている間、印達は考えた。自分が御城将棋のあと一年も経たずに死んだ理由は、この病気にあったのではないか。往診に来た医師は風疾だと言った。風疾は誰でもかかる病気。そう思ってさほど気に留めなかったが、その間に病は進行していたのだろう。喀血すれば一年はもたない。

双葉のことが頭に浮かんだ。明後日ディズニーランドへ行けなくなったのは、ほぼ間違いない。今日の夜か、明日の朝には連絡したい。双葉は何て言うだろうか。せっかく楽しみにしていたのに、と怒るだろうか。誰かを誘って行ってしまうだろうか。

松下のことも頭に浮かんだ。明日『宗歩』へ行けないことは、末永が松下に連絡してくれている。しかし来週からは峻王杯に向けた必勝対策をする約束がある。優勢と劣勢の局面から指し始める独自の方法。これは松下ひとりではできない。

末永と奥さんにも、すごく迷惑をかけてしまっている。咳き込んだ印達を見るふたりの顔を思い浮かべると、申し訳ない気持ちでいっぱいになった。

二時間ほど待った後、尖った大きなマスクと手袋をした女性看護師が二人現れて、

「大丈夫？　歩けますか」

とひとりが聞いてきた。

「はい、大丈夫です」

印達はゆっくり起き上がった。咳はさっきから止まっている。印達は別棟に連れて行かれた。入口を抜けさらに二重になっている扉から入り、エレベーターに乗せられた。六畳ほどの部屋に案内された。ベッドと小さなテーブルと箪笥のようなものがあった。印達はベッドに横になるよう言われた。

検温が終わると医師が書類を持って現れた。八度二分です、という看護師の声が聞こえた。医師も看護師と同じ、尖った大きなマスクと手袋をしている。

「苦しくないか」

パイプ椅子に座った医師が聞く。低いが優しい声。

「はい、咳は止まりました。胸痛も収まりましたが、まだ頭痛があります」

「熱もあるようだが心配ない。夜になるとまた咳き込むかもしれないので、咳を抑える薬を処方しておこう。鎮痛剤も処方する」

印達がうなずくと、医者は続けた。

「今から少し話せるかな」

印達は、はいと答えた。ひとりの女性看護師が出て行き、もうひとりは部屋の隅に立っている。医師は低い声で話し始めた。印達は天井を見ながら、その話に耳を傾けた。

塗抹検査の結果、血痰から結核菌が検出されたという。レントゲン検査から見ても肺結核の疑いが濃い。明日ＰＣＲ検査の結果が出るので、それと合わせて判断する。ＰＣＲ検査という言葉は新型コロナウイルスで聞いたことがあると思うが、結核菌を検出し固定するときにも使われる。家には帰らずに即入院しなければならないと言われた。肺結核という病気は初耳。そう言うと医師は説明してくれた。

一つ目は感染症であるということ。飛沫感染のため、印達と接した人は感染の可能性がある。特に一緒に暮らしている末永と奥さんは濃厚接触者と呼ばれ、他の人に比べて感染している可能性が高い。

二つ目。現在では間違いなく治る病気であること。かつては不治の病。七十年ほど前までは日本人の死因のトップだった。昔は結核にかかると、栄養を摂って安静にしているしか手はない。しかしやがて悪化し死に至る場合が多い。

三つ目は退院について。排菌（菌を周囲にまき散らす）の恐れがなくなれば退院し、通院しながらの治療になる。入院期間は二週間から三ヶ月くらいと幅がある。入院後の経過によって差が出るという。退院してからも薬は飲み続けるが普通に生活できる。人と接してもいい。完治するまで平均一年。

話の途中で女性看護師が戻ってきて医者に薬を手渡した。二種類の錠剤だった。印達はベッドで半身になって薬を飲んだ。

四つ目は接触者について。末永と奥さん以外の人について聞かれたので、まず松下の名前を挙げた。『宗歩』と『ヘラクレス』の名前も挙げた。樋口双葉のことも言い、いつも行くコンビニと駅ナカのドトールで会ったことも話した。医者はそれをペンで書類に書きこんでいった。

しかしここで困ったことが起きた。

「今から十三日前の十月三日から、きみは末永さんのマンションで暮らすようになったわけだね」

「はい、そうです」

「その前は？」

「それが……よく覚えていないんです」

「覚えていない？」

「はい。叔父の家にいたことは覚えているんですが、住所はわかりません。叔父の名前もわかりません」

「この問診表にある住所は？」

「末永さんの住所です」

「なるほどね。でも叔父さんの家に住んでいたのなら、住所はすぐにわかる。きみは受付で健康保険証を出しただろう。きみの住所がそこに書いてあるよ」

「いいえ、出していません」

健康保険証のことはテレビで観て知っている。

眼鏡の奥の細い目が光った。

「出していない？」

「はい。健康保険証は持っていません」

「叔父さんのところへ置いてきたの」

「よく覚えていません」

「今まで医者にかかったことは？」

　印達は首をかしげたまま黙った。

　医師はしばらくの間、宙をにらんでいた。

「そうか、困ったな。その症状は、半年以上も前から続いているわけだよね。胸部X線画像やCT画像を見ても、発病からかなり時間が経っていることがわかる。叔父さんも感染している可能性が高い。というより、叔父さんから感染したのかもしれない。感染源を突き止めることが絶対必要なんだ」

　印達が黙っていると医師は続ける。

「確かに肺結核は現代では不治の病じゃない。いい薬があるし治療環境も整っている。しかし患者がいなくなったかというと、そういうわけじゃない。日本では年間約16000人の新たな結核患者が発生している。風邪やインフルエンザと初期症状が極めて似ているので、医者にかかっても見逃されやすいんだ。そしてその間に感染を広げてしまう。特に高齢者や乳幼児の感染には注意が必要だ。発病すると重症化の危険性がある」

印達は思わず息を止めた。

高齢者の感染には注意が必要……重症化の危険性……。

「でも、誤解のないように言うとね」医者は続けた。「感染と発病は違う。肺結核に感染しても十人に九人は発病しない。人間の身体には抵抗力があるからだ。しかし乳幼児と高齢者は抵抗力が弱いから発病リスクが高くなる。だからきみと接触した人、特に乳幼児や高齢者は真っ先に特定する必要があるんだ。見つけ次第、保健所の係員が事情を説明して検査する。きみの協力が必要なんだ」

目の前が暗くなった。医者の口調が厳しくなった。

「もう一つだけ言っておこうか。結核予防ということで、たいていの子供は生後半年前後にBCGを接種している。きみもしているはずだ。しかしこの免疫効果は十五年くらいしか持続しない。きみの叔父さんはBCGの効果がなくなっているはずだ。感染していれば発病する可能性は高い。突き止めて検査することが必要なんだ。言っていること、わかってくれるかな」

わかる。よくわかる。印達は口を開いた。

「あの……末永さんと奥さんは、感染しているんですか」

「それはこれから所定の検査をする。しかしきみと末永さん夫妻が最初に接触した日が十月三日だとすると、まだ二週間しか経っていない。感染しているかどうかはすぐにはわからないんだ。詳しくは後で言うけど結核の場合、接触者が感染したかどうかは、数ヶ月経たないと判断できないんだ」

医師が言葉を選んで、あえて短く言っているのがわかる。

「学校はどこへ行ってるの」

印達は黙って首を横に振った。

「不登校ということか……学校名は？」

印達は首を横に振るしかなかった。

「お父さんとお母さんは？」

「いません。二人とも一年前に亡くなりました」

「病気？　事故？」

答えられない。

「もしかして結核で亡くなったとか？」

それも答えられない。

「お父さんとお母さんの名前は？」

印達はうつむいたまま黙った。

「何となくだけど、きみの話す言葉には妙なアクセントがある。東京育ちじゃないかもしれない。幼い頃のこと、何か覚えてないかな。近くにあった川とか遊園地とか」

印達は少し迷ってから顔を上げると、

「十月三日以前のことは、本当は何も覚えていないんです」

と言った。医者がうなずいたので印達は続けた。

「叔父の家にいたり、両親が死んだりというのは僕の作り話です。末永さんのマンションにお世話になるとき、ひとまずそんなふうに言っただけです。十月三日の午後、僕は神田明神の境内の、建物と建物の間の狭い空間に倒れていたんです。そこから記憶が始まるんです。それより以前は、何も覚えていないんです……あっ、でもこれは、末永さんと奥さんには、内緒にしておいてください。お願いします」

言えばまた話がややこしくなる。

医者は何回かうなずいてから、また書類にペンを走らせた。

「なぜ神田明神へ行ったの?」

「行ったわけじゃありません。気がついたらそこに倒れていたんです」

医者の返事がなかったので印達は続けた。

「本当です。気がついたら神田明神にいたんです。神田明神を出た後、当てもなく歩いているうちに『宗歩』という将棋カフェを見つけて、入っていきました。そこで末永潤一郎さんに会いました。その後のことは、さっきお話ししたとおりです」

「どうして将棋カフェに?」

「将棋が好きだったからです」

「将棋が好き……」

「はい」

「今でも指せる？」

「ええ、もちろん」

「将棋の記憶はあるわけだね」

「あっ、はい……」

医者は書類を数枚繰ってから顔を上げた。

「問診表には伊藤印達と書いてあるけど、本名なの？」

「はい」

「名前は覚えているわけだ」

「はい」

「それ以外に覚えていることは？」

「自分の歳です。十四歳です」

「生年月日は？」

印達は言葉につまった。元禄十一年……とは言えない。

「他に覚えていることは？」

「……ありません」

「警察に聞いてみたことは?」

「えっ……」

「保護者から、間違いなく捜索願が警察に出されていると思うんだ。大人が失踪したのとわけが違う。十四歳の少年の失踪なら放っておくわけないからね。警察に聞けば、きみ自身のことがよくわかるんじゃないかな」

捜索願というものがどういうものか、末永と松下に聞いてわかっていた。

「必要なら問い合わせていただいてかまいません」

「わかった。さっそくそうしてみよう。それと、きみの病状と入院については、私から末永さん夫妻に伝えておくから」

「はい、お願いします」

「ここは陰圧室。聞いたことは?」

「ありません」

「気圧が少し低くなっている部屋だ。肺結核は飛沫感染するから、排菌が外部に漏れにくいようになっている。排菌がなくなったと判断されるまで、ここがきみの部屋になる。面会は面会室でできる。そこも陰圧になっている。ただし面会時には、きみも面会者もマスクが必要になる。今きみが着用しているマスクはサージカルマスクだ。できるだけ排菌を防ぐようになっている。私がつけているのはN95型マスクといって、ウイルスを吸い込まないようにする特殊なマスクだ。面会する人は、このN95マスク着用が義務づけられている。もし友人が来るようなら、そこだけはあらかじめ言っておいたほうがいい。マスクは一階にある売店で売っている。面会時間は午後二時から七時まで。PCR検査が陽性なら明日から本格的な治療に入る予定だ。基本的には投薬。外科手術の予定はない。何か質問は？」

「感染しても発病するとはかぎらないと、さきほど先生は言われましたが、その違いはどこにあるんですか」

「一言でいえば免疫力の差だ。と言ってわかりにくければ、抵抗力と言ってもいい。人間の身体には、侵入してくる病原菌に対して戦う力があるんだ。しかしときには、その戦う力が弱くなるときがある。そのときに発病すると考えていい」

「どういうときに、戦う力が弱くなるんですか」

「ひとつは他に持病を持っているときだ。心臓病とか糖尿病とか高血圧とか。体力が消耗していたり、強いストレスにさらされているときも免疫力は低下する」

「ストレスとはなんですか」

「精神的な緊張や重圧のことだ」

宗銀との番勝負が印達の脳裏をよぎった。体力も消耗する。心が休まる暇もない。いつも何かに追われているような焦燥感がある。

「電話はできますか」

「もちろんだ。スマホの持ち込みもできる」

「わかりました。ありがとうございます」

「頭痛はどうだ？」

「あっ……いつの間にか消えています」

「よかった」

医師は軽く手を挙げると部屋を出ていった。

二人の女性看護師が印達のそばに来た。

「いきなりの入院で驚いているかもしれないけど、大丈夫よ、心配しないでね。わからないことがあったら何でも聞いて。緊急の場合はこれを押してね」

ナースコールだと言う。

「午後六時になったら、夕食を運んできますからね」もうひとりの女性看護師が言う。「明日の朝ご飯は八時、昼ご飯は十二時」

「わかりました」

「ここが洗面室。ここがトイレとバスルーム」

看護師は壁際のドアを開けた。

「テレビも観られるわよ」と別の看護師。「その場合はカードを買うんだけど、買う方法とか使い方を教えるから観たくなったら言ってね」

「テレビはたぶん観ないと思います」

考えることが山ほどある。テレビを観る気分にはなれなかった。

「当分の間は病院の外へ出ることはできないけど、病状が安定してきたら軽い散歩ができるわ。この病棟の裏に専用の庭があるの。楽しみに待っていてね」

わかりました、と印達は言った。

看護師が部屋を出て行くと、印達はしばらく天井を見つめていた。こんなに早く頭痛がなくなるなんて初めてだった。咳も出てこない。喀血しても治癒するという。やっぱり医術も進歩しているんだ。

ただ、末永も奥さんも高齢者。心臓病や高血圧や糖尿病などの持病を持っていなければいいが、これについては印達は何も聞いていない。二人にもしものことがあったら印達は生きていられない。自分はどうなってもいい。末永も奥さんも、松下も双葉も、この令和で出会ったすべての人が、結核に感染していませんように……。

宗銀の顔が蘇った。宗銀との対局に間が空くようになったのは、印達の体調が悪かったから。印達の肺結核が宗銀にも感染した。時期からみて間違いないだろう。

江戸の医者には風疾だと言われたが、実はそうではなかった。いや、風邪もインフルエンザも肺結核も、江戸では風疾という言葉でひとくくりにされていたのだ。

印達は誰から感染したのか……思い当たることがひとつある。一年ほど前に風疾で死んだひとりの兄弟子。印達より二つ上。印達と力が拮抗していたので、よく指してもらった記憶がある。彼は対局中にたまに咳き込んだ。なかなか咳は止まらなかった。熱が出て寝込むこともあった。

彼が肺結核……そして印達が感染し続いて宗銀が感染した。印達と宗銀の父母、あるいは周りの弟子たちも感染しただろうが、極度の疲労とストレスにさらされていた印達と宗銀が発病し、重症化して死んでいった……。

しかし印達は今、ここにいる。令和の時代にいる。この時代では肺結核は不治の病ではない。治すことができるという。ということは、印達は生き延びられる……どういうことなのか。印達がここで生き延びたら、江戸にいる印達はどうなるのだ。

将棋の歴史書には、印達は正徳元年の御城将棋に出勤したと書いてある。それから一年も経たずに死んだとも書いてある……また混乱してきた。

蛍光灯の明かりで部屋は明るいが、カーテンの隙間から見える空は、暗くなりかけていた。腕時計を見た。午後五時三十四分。ショルダーバッグのなかからスマホを取り出すとベッドに座った。双葉はワンコールで出た。

「双葉、元気?」

「すっごい元気。わたしも今、電話しようと思っていたんだ。追試、合格したよ」

「やったね、おめでとう」

「印達に言われたこと、実行してみたんだ。同じテストをやるわけだから、頑張って暗記してみた。そしたら82点取れた。今までで最高得点」

「すごいよ、双葉」

「だろう。また追試があったら、この方法を使ってみる。印達……あれから気分は少し楽になったか」

「うん、昨日はありがとう。すごい楽になった。でもさ……今日から入院したんだ」

「入院？　どういうこと？」

「今日の三時ごろ、咳が出て熱も出たから病院に行ったんだ。そうしたら肺結核と診断されて即入院。とうぶん出られない」

と言った後に、医者から聞いたことを簡単に伝えた。

「肺結核って聞いたことあるよ。マジで印達が……」

スマホから双葉の息づかいと車の音が聞こえる。

「そうなんだ。だから明後日のランド、行けなくなっちゃって……ゴメン」

「んなことは気にしなくていいよ。今は印達の身体が大切だよ。チケットは一年間有効だから、治ったら行こう」

「一年間有効なんだ」

「そう。お金は無駄にならないから心配しないで……でも治る病気でよかったよ。いつごろ退院できるんだ」

「早ければ二週間。長いと三ヶ月くらい」

「三ヶ月は長いな……面会はできるのか」

「うん、できる。ただ、今の僕は菌をまき散らしている状態だから、双葉は特別のマスクをして面会しないといけないんだ。面会室も特別な部屋。来ないほうが安全だよ」

「マスクで済むんだったら、別にかまわないよ。今は咳が出ないみたいだな」

「さっき、咳を抑える薬を飲んだから。まだ熱はある……双葉に感染していないか、それが心配なんだ」

「わたしはぜんぜん大丈夫さ。咳も出ないし熱もないし」

「感染しているかどうかは、数ヶ月くらい経たないとわからないようなんだ。でももし風邪みたいな症状が出たら、すぐ病院へ行ってね、双葉。小さな病院じゃなく、今僕が入院しているような大きな病院へ。ここは愛洲会神田病院というんだ。ＪＲ神田駅から歩いて五分くらい。ここなら結核の検査も治療も的確にできるから」

「うん、わかった」

「それからさ……症状が出ても出なくても、保健所から連絡があるかもしれない。僕と接触があった人が感染しているかどうか調べるらしい。そしたら、面倒でも会って話を聞いてね……ホントにごめん」

「わかった。そんなこと、別に気にしなくていいよ」

印達は立ち上がると窓際まで歩いていった。ほんのわずかな間に、外はすっかり暗くなっていた。カーテンの隙間から、無数の小さな明かりが見えた。

「もう、僕には会いたくないだろう?」

と印達は聞いた。

スマホから聞こえてくる車の音が大きくなった。

双葉はしばらくしてから答えた。

「印達はどう思っているんだ」

「僕は……会いたいさ」

「だったら、そんなこと聞くなよ」

何かがこみあげてきた。

「個室に入院すると」と双葉は続けた。「暇でしかたなくなるはずだ。マンガ本とかラノベとか、差し入れしてやるよ。わたしが読んで、面白いと思ったやつ」

「ホントに?」

「明日行くよ。アイスカイカンダビョウインだな。道順とか、検索できるから大丈夫だよ。何時に行けばいい? 面会時間とか、決まってるんじゃないのか」

「午後二時から七時だって言われている。それと特別なマスクはN95マスクっていうんだ。病棟一階の売店で売っている」

「病棟一階の売店。Ｎ９５マスクか。わかった。五時くらいに行くよ」

「うん……待ってる。受付で僕の名前を言ってくれれば、案内してもらえるから」

「今、コンビニへ着いた。これからバイト」

「ゴメン、忙しいときに」

「印達」

「うん？」

「必ず治るんだな」

「うん、治る」

6　十月十六日（金）

気持ちを整えてから末永に電話した。

「末永さん……」

という言葉が出たが、後が続かなかった。

「事情は医者から聞いたよ」末永の穏やかな声が返ってきた。「おまえは何も心配することはない。医者の言うとおりにしていればいいんだ。間違いなく治る」

「でも、ご迷惑をおかけしてしまって……」

「そういうことは、何も考えなくていい。気持ちを楽に持って、快復したあとのことを夢見て暮らしていればいいんだ」

「末永さんにも奥さんにも、感染しているかもしれません。僕が悪いんです。僕が勝手に末永さんのところへ転がり込んだから……」

「だからよかったんだ」

「えっ……」

「わしのところへ来たからよかったんだよ。近くに愛洲会神田病院という大きな病院があったから、肺結核だとすぐにわかり、適切な治療を始めることができたんだ。おまえは運がよかったんだ」

「僕はそうですが、末永さんたちは……」

「わしも運がよかった。高齢者は免疫力がどうしても弱くなる。わしは健康診断で中性脂肪が高めだと言われたんだ。そんなもん、ぜんぜん気にしていなかった。食事もアルコールも、まあいいだろうと勝手に判断して節制しなかった。運動もしなかった。しかしこれを機に、日頃の行いをしっかりしようと決意したんだ。おまえのお陰だ」

そんなの言い訳だ、と思ったが気持ちはうれしかった。

「印達」

奥さんの声に変わった。

「あっ、はい」

「私たちのことは何も心配することないのよ。肺結核のことは医者から聞いたわ。昔は死に至る病だったけど今は違う。私たちは二人とも、熱もないし咳も出ないし身体のだるさもない。体調はとってもいいから」

「接触者健診のことも聞きましたか」

「もちろん詳しく聞いたわ。結核菌に感染しているかどうかはすぐにはわからない。ツベルクリン反応試験と呼ばれるものは二日後には結果が出るけど、ほとんどの日本人は幼時にBCGを接種しているので擬陽性になることが多く、印達から感染したのかどうか区別がつかない。この区別を明確にするためにIGRAという検査があるようね。この検査が有効になるのは、印達と接触した最後の日から数ヶ月後になる。結核菌は体内でゆっくり増殖するので、すぐに検査しても正確な結果が出ないの」

奥さんはそこで言葉を止めた。

僕より詳しく聞いている、と印達は思った。奥さんは続けた。

「でもそれは、印達が気にすることじゃないの。印達の責任でもない。医者と保健所が協力してすべてを進めてくれている。印達は自分のことだけを考えなさい」

印達は唇を噛みしめた。

「印達」

末永の声に変わった。

「はい」

「樋口という子には電話したのか」

「さっきしました。ディズニーランド行きは断りました」

「何て言われた？」

「気にするなって言われました。治ったら行こうって約束しました。本を差し入れしてくれるそうです」

「いい子じゃないか。わしたちも何か差し入れしよう。何が食べたい？　て言うか、夕飯は食べたのか」

「六時からです」

「もうすぐだな。食欲はあるのか」

「まだあまり……でも、差し入れは必要ありません。朝、昼、夜と三食付きですから」

「それだけじゃ、おまえには足りないだろう。印達は甘いものが好きだったな。この間のフルーツクーヘンは美味かっただろう」

「はい、とても美味しかったです」

「まだおまえが食べたことのないものがある。これから家内と相談してみる。駅ナカのお店にいろいろあったはずだ」

ありますよ、チョコ系もあんこ系もという奥さんの声が聞こえてくる。

「あの、できたら『羽生善治名局集』を持ってきていただけませんか。部屋の文机の上に置いてあります」

「わかった。『羽生善治名局集』だな。将棋盤と駒も持っていこう」

「ありがとうございます。お願いします」

「下着と着替えも、明日持っていくからね」

奥さんの声に変わった。

「すみません、何から何まで」

「他に欲しいものはあるの？」

「いいえ、ありません」

「入院は初めてかい？」

「はい」

「寂しくなったら、いつでも電話するのよ」

ありがたい気持ちと申し訳ない気持ちで、印達の胸はいっぱいになった。

江戸でも、もちろん父母には大切にされて育ってきた。末永と奥さんは自分の親ではないのに、親と同じ優しさを感じる。

「このこと、松下さんにはどう言えば……」

と印達は言った。

明日のことはひとまず末永が伝えてある。それ以降についてどう言うか。

「それは明日面会したときに話そう。面会は午後二時からだったな」

「はい」

「二時過ぎには行くよ」

「ありがとうございます。でも……僕は排菌していますので、できるだけ面会しないほうがいいと思います」

「陰圧室で特別のマスクを着用すれば面会できると、さっき医者に言われた」

「でも、もし……」

「医者がいいと言っているんだから心配するな」

印達は何も言えなくなった。

「印達」

今度は奥さん。

「はい」

「ホントに自分のことだけ考えるのよ。私たちのことは心配しないで」

はい、と答えるのがやっとだった。

7　十月十七日（土）

翌朝八時に朝食を食べた。ベッド横に小さなテーブルを置いてそこで食べられる。ベッドサイドテーブルだと看護師のひとりが教えてくれた。ご飯と味噌汁と納豆と小魚の煮物と少量の野菜。美味しかった。昨日の昼食は食べていない。夕食もほとんど食べられなかったので、さすがにお腹が空いていた。

食べ終わって窓外の景色を見ていると、ノックがあった。マスクをした医師と女性看護師二人が入ってきた。印達は箱のなかにあるサージカルマスクをかけた。

「おはよう」

女性看護師が笑顔で声をかけてきた。

「おはようございます」

と印達も答えた。医者がパイプ椅子を持ってきて座ったので、印達はベッドに腰を下ろした。女性看護師のひとりが体温計を印達に差し出した。

「昨日はよく眠れた？」

医者は笑顔で聞いてくる。

「はい、ぐっすり眠れました」

「朝ご飯は食べられた？」

「完食しました」

医者は笑顔でうなずく。ピッピッという音がした。印達が体温計を女性看護師に手渡すと、七度七分ですという声が聞こえた。

「熱も少し下がったね。まずはPCR検査の結果だ。思ったとおり陽性だった。喀痰培養検査の結果が二週間後に出るが、その結果を待つまでもない。肺結核だと判断して間違いない。今日から本格的な治療に入るからね。基本は毎食後三回の投薬。数日おきに排菌の検査をする。胸部レントゲン検査は私の判断で適宜実施する。後はここで三度のご飯を食べてゆったりした気持ちで過ごす。そうすればいずれ退院することができて、薬を飲みながらときどき通院し普通に暮らせるからね」

「はい、よろしくお願いします。あの……中性脂肪が高めの人は、発病すると重篤になる危険性があるんでしょうか」

医者の目が光った。

「そういう人を、誰か思い出したのか」

「末永さんは、中性脂肪が高めだそうです」

医者は印達の顔を見つめている。印達は続けた。

「末永さん夫婦は、今日の午後二時過ぎに面会に来ます。なるべく来ないほうがいいと言ったんですが……」

「笑顔をみせて、安心させてあげなさい」

「食べ物の差し入れもいいんですか」

「もちろんだ」

印達が笑顔になると医師も女性看護師も笑った。医師は印達に透明な袋を見せた。

「これが一回分の薬だ。四種類ある。カプセル三個。錠剤七個。粉薬が一個。これを一日三回、食後に飲む。ちなみにこれらの薬は、すべて結核菌を退治するためのものだ。結核菌というのはかなりしぶとい菌なんだ。ちょっとやそっとじゃ死んでくれない。ぶん殴って、ビルの屋上から突き落として、刀で切り刻んでから火炎放射器で焼く。これくらいやらないと死なない。四種類ともそれぞれ必殺の武器を持って結核菌と戦ってくれる。まず二ヶ月は飲み続けることが必要だ。その後は私が状況を見て少しずつ減薬していく。自分の判断で勝手に減薬したり、途中で飲むのをやめたりすると結核菌は息を吹き返す」

とてもわかりやすい説明。

「息を吹き返すと、どうなるんですか」

「また咳が出て発熱し、結核はさらに進行する」

印達はうなずいた。治癒しないうちに江戸に戻ったら死ぬ運命にある。

女性看護師のひとりが紙コップに水を入れて持ってきた。印達はマスクを外すと透明な袋を開けて一個ずつ飲んだ。こんなにたくさんの薬を一度に飲んだのは初めてだった。

「毎回食事のあとに、薬を持ってきますからね」

ベッドのそばには箪笥のようなものがある。扉があり、抽斗もいくつかあった。着替えはどこへ置けばいいのか印達が聞くと、下段の大きな抽斗を開けてくれた。小さな抽斗や上段の扉も開けて用途を説明してくれた。箪笥ではなく床頭台だと言う。令和には便利なものがある。

医師が軽くうなずくと二人の女性看護師は部屋を出ていった。

「捜索願の話なんだけど」と医者は切り出した。「今、係の者に、警察まで行ってもらっている。数日中には結果がわかると思うんだ。きみ自身は、あれから何か思い出したことはある？」

「特にありません」

「些細なことでもいいよ。友達とこんなことして遊んだ記憶があるとか、両親にどこかへ連れて行ってもらった記憶とか」

記憶はたくさんある。一時間でも二時間でも話せる。

「いいえ、何も……」

「末永さんと話したんだが、きみは江戸時代前期に活躍した『伊藤印達』という将棋指しと同姓同名のようだね」

マスクの上の目が笑っている。

「はい」

「そしてきみも将棋はかなり強い」

「五段です」

「そうだってね。『宗歩』という神田にある将棋カフェでは、誰も相手になる人がいないと聞いている。アマチュアのトップクラスの人と対戦して勝ったそうじゃないか」

「負けたこともありました」

「だとしても、きみの歳でそれだけ強い人は、なかなかいない。末永さんはそんなふうに言っていた。不思議がっていたよ」

何となく話が怪しい方向へ行っている気がする。医者は続けた。

「私は将棋も碁も素人だけど、強い人というのは、かなり小さいころから練習しているはずだよね」

「はい」

「例えば将棋教室へ通ったり、プロに教えてもらったり」

「僕は父に教えてもらいました……というふうに、末永さんには言ってあります。実際にどうだったかは、記憶にありません」

やっぱりまずい方向へ話が進んでいる。

医者の目にはまだ笑みが残っていたが、印達は笑えなかった。

「私が学生のころなんだけど、記憶喪失になった女性が、ある日急に過去を思い出すという映画を観たことがあったんだ。きみは観たことあるかな」

印達は首を横に振った。

「主人公は二十歳過ぎの女性。自分の名前も、どこに住んでいたかも、父母の名前も友人の名前も何ひとつ思い出せない。過去の記憶をすべて喪失したまま、新しい名前をもらい区で紹介してもらったアパートに住み、仕事をし、そして好きな人ができて結婚した。子供もできた。そうなってもまだ自分の過去は思い出さない。女性の新しい名前は島崎明日香だったかな。明日香さんはある日、家族で行ったショッピングモールで一台のピアノを目にした。いわゆるストリートピアノだ。明日香さんはゆっくりとピアノに歩み寄り、何かを確かめるようにピアノに触れたんだ……ここまで聞いてどう、観たことある?」

印達はまた首を横に振った。

「そばには夫と子供がいる。子供は五歳くらいの男の子だった。男の子は、いいから早くトイザらスへ行こうよと明日香さんをせかすんだけど、明日香さんはその言葉が耳に入らないかのように、ピアノ椅子に腰を下ろし、おそるおそる蓋を開けた。じっと鍵盤を見入っている。やがて両手を鍵盤の上に乗せた。明日香さんの顔と細い指がスクリーンいっぱいに広がる。指が鍵盤を軽く叩くときれいな音が響いた。別の指が鍵盤を軽く叩くと、またきれいな音が響く。そのとき明日香さんの表情がさっと変わった。頰が紅潮し目が輝いてくる。明日香さんはもう四十歳くらいになっているんだけど、そのときの顔は二十歳くらいに見えた。ピアノに触れてから弾き始めるまでの数分間、明日香さんはまったく無言。顔の表情だけで記憶の蘇りを見事に表現していた。素晴らしいと思ったよ。明日香さんが弾いたのはショパンの『英雄ポロネーズ』。少年は母親の演奏する姿に感動し、やがてピアノの道へ進むようになる。そして二十二歳のときに、ワルシャワで行われたショパン国際ピアノコンクールで日本人として初めて優勝した。映画の題名は『指の記憶』。どう、何か思い出したことない？」

「トイザらスのこと、思い出しました」

「そうか、思い出したか」

「はい。十月四日に末永さんと服を買いにいったんですが、そのお店の隣にトイザらスの店がありました。おもちゃが売っているところですよね」

「そうか……他には？」

「ショパンて、人の名前ですか」

「ショパンを知らない……外国の作曲家の名前だ」

「ピアノって何ですか」

「まあ、楽器の一種だ……小学校で目にしたこと、あるだろう……そうか、その辺りの記憶がないんだったな」

「はい……」

「じゃ、もし思い出したらということで話しておこう。もしきみが過去を思い出して、どうしても保護者のところへもどりたくないと思ったら、まず私に言いなさい。きみの所在を保護者に伝えないようにする。保護者から捜索願が出されていれば、警察はきみを見つけたとき、必ずきみの所在を保護者に知らせる。警察がそうする前に、手を打っておく必要があるんだ」

「ありがとうございます。思い出したら必ず先生に言います」

医者はうなずいて立ち上がりかけた。

「あの……明日香さんは昔の記憶を思い出したんですよね」

「そうだ」

「その後、どうなったんでしょうか。両親の元に帰ったんでしょうか」

医者は椅子に座り直した。

「どうなったと思う?」

印達はしばらく考えてから、

「わかりません」

と言った。

「私も結末は忘れてしまったよ」医者は笑って言う。「明日香さんのピアノは、きみの将棋と同じだ。神経生理学的には、きみの過去は蘇っているはずなんだ」

8　十月十七日（土）

お昼ご飯は、うどんと豆腐とほうれん草の和え物と中華風卵あんかけというメニューだった。これにドリンクヨーグルトというものがついた。初めてのもの。付属のストローで一口飲んだ……美味しい。かすかに酸っぱくて、少しだけ甘みがある。山羊の乳と同じ色をしているが味は違う。ゆっくり味わいながら飲んだ。

食べ終わって少しすると女性看護師が笑顔でやってきて、

「お薬ですよ」

と言った。印達は紙コップの水を全部使ってやっと飲んだ。飲むだけでもけっこう大変。看護師が去ると、立ち上がって窓際へ行きカーテンを細めに開けて窓外を眺めた。どこかでカーンカーンという音がする。ビルとビルの間に巨大なクレーンがあり、腕がゆっくり動いていた。

二時になると女性看護師がやってきた。末永さんが来ましたよと言う。印達は新しいサージカルマスクを着けて、女性看護師の後から部屋を出た。面会室はすぐ隣だった。

末永と奥さんは看護師と同じ尖った白いマスクを着用していた。末永は顔の半分くらいが隠れているが、奥さんのほうはほとんど目だけしか見えない。テーブルを挟んで印達は二人と向き合った。

「どうだ、印達」

末永の声がこもるように聞こえた。

この一言に、末永の気持ちがこめられていた。

「お陰様で咳は止まりました。熱もだいぶ下がっています。今日は朝ご飯もお昼ご飯も完食しました」

印達は目に精一杯の笑みをたたえた。

「そうか、食べられたか」

末永は笑みを見せたが、奥さんは隣で涙ぐんでいる。

「今日から本格的な治療を始めました」

「うん、医者から聞いてるよ」

「優しいお医者さんです。看護師さんも優しいです」

「ホントにそうだね。おまえのことを親身に心配してくれて」

「肺結核のことを、よく説明してくれました」

「わしたちも詳しい説明を受けたよ。現代では必ず治る病気だから、ゆったりした気持ちで治療に専念しなさいと。早ければ数週間、長くても数ヶ月で排菌は止まるそうだな。排菌が止まれば退院できる」

「お二人とも、体調は悪くないですか」

「ぜんぜん何ともない。元気そのものだよ……お二人なんて、そんな他人行儀な口の利き方をするな。今までどおり、末永さん、奥さんでいいから」

「それだってあなた」やっと奥さんが口を開く。「他人行儀な感じはしますよ。何と呼べばいいのかは、わかりませんですけどね」

「末永さん」

「うん?」

「中性脂肪が高めの人は発病すると重篤になる危険性があると、さっき医者から聞いたのですが」

「わしもそう聞いてるよ。だから中性脂肪を下げる薬を処方してもらった。風邪に似た症状が出たら、すぐ病院に来るようにも言われている」

もし感染していて、発病したら……。

「わしたちにはこれがある」末永はバッグから財布を取り出す。「おまえからもらった厄除守だ。これがあるから安心している」

末永は財布から、紫の御守を取り出す。

奥さんも財布を開けて御守を取り出した。

「こうしていつも肌身離さず持っているの。何か大きな力に守られているようで、とっても安心するの」

二人は御守を握りしめると財布に戻した。

「そうそう、忘れないうちに」奥さんはテーブルの上に紙袋を三つ置いた。「これが着替えの服と下着。下着は三日分あるわ」

「下着の洗濯くらい自分でできます。ここには洗面室もありますから」

「いいのよ。私に任せなさい」

「そしてこれが『羽生善治名局集』だ。将棋盤と駒もある」

二つ目の紙袋を示して末永が言う。

『うんちだ』『しょんべんだ』という双葉の声が蘇った。

「そしてこれが差し入れ」奥さんが三つ目の紙袋のなかから四角い箱を取り出した。「ニューヨークキャラメルサンドというクッキー。初めてでしょう?」

「はい、初めてです」

どんな味がするんだろう。そう思うと口のなかに唾があふれてきた。

「将棋より、こっちのほうが楽しみのようだな」

末永が言い三人で笑った。

気持ちがすっと軽くなった。

次に『宗歩』のことを話した。印達は叔父のところへ帰ったので、時間が取れるようになったらまた来ると、末永が店長に伝えてくれたと言う。

「保健所からの連絡はまだないが、医者から接触者健診の概要は聞いている。最終的には保健所の判断によるが、過去の例で言うと、わしたちが一ヶ月後と二ヶ月後に所定の検査をして陰性なら、『宗歩』のお客さんや松下君、そして樋口という子の接触者健診はしないだろうと言われた」

印達は胸をなで下ろした。『宗歩』はお客さん商売。印達の病気が原因でお客さんが減ったらどうしようかと悩んでいたのだ。しかしまだ安心できない。末永たちに感染していなければ、の話である。最後に松下のことも聞いた。

「どうする?」

と逆に末永に聞かれた。

「僕にはわかりません。末永さんは……」

「まあ、彼にはさすがに本当のことを言うしかないと思っているが……何しろ、峻王杯へ向けた必勝対策を計画していたわけだからな」

「はい」

「彼の性格はわかっているつもりだ。きちんと受け止めてくれるだろう。隠さずにそのまま言ってもいいような気がするんだ。どうかな」

「わかりました。末永さんにお任せします」

三十分ほどで末永たちは帰っていった。

部屋に戻ると、さっそくニューヨークキャラメルサンドというものを食べてみることにした。箱を開けると、黄金色をした丸く平たいものが出てきた。二枚重ねになっていて間に黒っぽいものが挟まっている。たぶんこれはチョコレート。

口に入れてみた。サクッと音がしてすぐに口のなかでとろけた。美味しい。もう一枚口に入れる。もう一枚。あっという間に五枚食べてしまった。あと十枚。印達は慌てて箱を閉じた。

クッキーを床頭台の上段にしまい、衣類を紙袋から出して下段の抽斗に入れた。それが終わると将棋盤と駒袋を出してベッドサイドテーブルに置いた。駒袋から駒を出して盤上に散らした。しばらく眺めてから、一番好きな駒である桂馬を持ち、指をしならせて盤面に置いた。ピシッという音が響き、すぐに消える。

桂馬は相手の駒も自分の駒も飛び越えられる不思議な駒。飛車も角も、盤面の端から端まで自由自在に動けるが、途中に駒があれば動きを封じられる。桂馬のように動ける駒は他にない。もう一度桂馬を、今度は指のしなりを強くして盤上に置いた。駒が盤に張り付くような澄んだ高い音が響いてくる。その澄んだ音色を聞くと心まで澄み渡っていく。

三度、四度、五度と同じ動作を繰り返した。こうすると無心になれる。松下との最後の対局が蘇った。今度対局するときには、盤のなかに深く入っていけるだろうか。

五時少し前に双葉が来た。女性看護師がそのことを伝えにきたとき、印達は自分の顔が赤くなるのがわかった。マスクをしているから大丈夫だろうと思ったが、看護師の目を見て見抜かれているのがわかった。

胸もドキドキしている。印達は高ぶった気持ちのまま面会室へ向かった。双葉はさっき末永の奥さんが座った椅子で待っていた。看護師はなかへ入らずに去っていった。

「双葉、来てくれてありがとう」

印達は正面に座ると言った。

「やあ、印達。それ、ばかでかいマスクだな」

「双葉のマスクのほうがでかく見えるよ」

小顔で前髪が眉まであるので、実際に目しか見えなかった。

今日の双葉は赤いニットを着ていた。

「持ってきたよ、ラノベ」双葉は足元の紙袋をテーブルに置いた。「マンガ本も持ってこようと思ったんだけど、何巻もあるからな。さすがに重い。ひとまずラノベだけ」

それでもけっこう重そうだ。

「ラノべって、どういうの？」

「ライトノベルのことさ。読んだことないのか」

「一冊も読んでない」

「わたしが読む本だから、何となくわかるだろう」

「勉強より面白い本てこと?」

「どんな本だって、勉強よりか面白いよ」

双葉の目はキラキラしてよく動く。目しか見えないから余計そう感じる。

「入院て、暇すぎるだろう」

「でもないよ。周りに迷惑をかけてしまっているようで、それが心苦しいんだ」

「印達の性格だな。いいんだよ、そんなこと気にしなくて。こういう本を読めば、一ヶ月でも二ヶ月でもあっという間さ」

「そんなに面白いんだ」

「わたしは通しで五回くらいは読んでるよ。暗記しているセリフもけっこうある」

「ディズニーランド行けなくて、ホントごめん」

「それだよ」

「何のこと?」

「だから、気にするなってことさ」

「でもチケット代は払わないと」印達は財布から一万円札を出して双葉に渡した。「お釣りはいらないから」

双葉の目が笑ったので、印達も笑みを返した。ドトールで、はさみ将棋や回り将棋をした記憶が蘇った。三日前のことなのに、半年も一年も前のことのように感じる。

「ねえ、双葉」

「何?」

「『指の記憶』という映画、観たことある?」

「知らない。洋画?」

「いや、日本の映画さ。主人公の名前は島崎明日香」

「印達は観たの」

「医者に聞いたんだ。学生のころ観た映画だって言っていた」

「幾つくらいの医者?」

「三十過ぎかな」

「だったら十年くらい前の話だろう。わたしが小学校へ入る前。古すぎるよ」

「そっか……」

「内容は?」

「記憶喪失になった二十歳くらいの女性が主人公。過去の記憶をなくしたまま、新しい名前をもらい区で紹介してもらったアパートに住み、仕事をしていた。やがて好きな人ができて結婚した。子供もできたんだけど、そうなっても自分の過去を思い出せない。明日香さんはある日、家族で行ったショッピングモールで一台のピアノを目にした。ストリートピアノというらしい。明日香さんはピアノに歩み寄り弾き始めた……」

「ぜんぜん知らない映画」

「明日香さんが鍵盤を軽く叩くときれいな音が響いた。別の指が鍵盤を軽く叩くと、またきれいな音が響く。そのとき明日香さんの表情がさっと変わった。過去が一気に蘇ったんだ。明日香さんが弾いたのはショパンの『英雄ポロネーズ』という曲。明日香さんのピアノに感動した息子はピアノの道へ進み、二十二歳のときに、ワルシャワで行われたショパン国際ピアノコンクールで、日本人として初めて優勝する」

「やっぱ、知らない。でも、いい内容じゃん」

「うん、僕もいいと思った」

「明日香さんは過去を思い出した後、どうなったの?」

「どうなったと思う?」

「ええと……わかんない」

「僕もわからないんだ。医者も忘れたらしい」

双葉が笑ったので印達も笑った。

笑うと双葉の目は、キラキラが三倍にも四倍にもなる。最後はディズニーランドの話になった。双葉は七回行ったことがあると言う。一番のお気に入りはビッグサンダーマウンテン。廃坑寸前の鉱山を三十人乗りの鉱山列車が猛スピードで駆け抜ける。二番目はスプラッシュマウンテン。八人乗りの丸太ボートで滝を滑り落ちる。三番目はホーンテッドマンション。西洋の幽霊屋敷だと言っていた。怖くて幻想的らしい。四番目はウエスタンリバー鉄道。怖かったり興奮したりしたあとにこれに乗るとホッとする。小学生の頃は空飛ぶダンボやピーターパン空の旅が好きだったと言う。

ランド内の食べ物も教わった。双葉の大好物はフレンチトーストセット。チキンとトマトのカルツォーネ。ハングリーベアカレーの順。スイーツではクリッターサンデー。ミッキーワッフルの順。どういう食べ物かさっぱりわからなかったが、口のなかに唾がたまってきた。

「そのN95マスクのことなんだけど……売店で買ったんだよね。いくらだった？」

「忘れた」

「えっ……」

「おまえそういうの、メッチャ気にするタイプなんだな」

「でも……」

「結核よりその性格を直せ」

「うん……わかった」

「今度の土曜日、また来るから」

「待ってるよ。電話してもいい？」

「いいよ。月、水、金以外の午後七時以降なら」

9　十月十八日（日）

朝食後、看護師から渡された薬を飲むとラノベを手に取った。紙袋に七冊あった。みんな可愛い表紙の本。昨日の夕食から消灯時間までに二冊読んだ。確かに面白い。

一冊目は印達や双葉と同年代の男女がたくさん出てきて、面白い会話をして、おかしな事件が起こって、人が死んで警察も出てきて、頭のいい男が出てきて事件は解決。二冊目は保育士になったばかりの女性の話。すぐ泣きだす子供や、かくれんぼうが好きで公園などに遊びに行くとすぐいなくなる子。うんちをもらした子。そういう子たちの面倒をみながら成長していく主人公の物語。子供たちや保護者たちとの会話が面白い。

江戸にも本はあったが、大半は歴史書や漢籍などの堅い本だった。読みたいというより無理に読まされる本。印達が十歳のころ、上方で『好色一代男』というものすごく面白い本が出版されたと兄弟子たちから聞いたが、印達は読ませてもらえなかった。平蔵に頼むと、おまえにはまだ早いと言われた。

今日は三冊目。ラノベには値段が書いてあった。令和ではこんなに面白い本がこんなに安価で手に入る。こんなの読んでいたら、確かに勉強する時間はなくなってしまうだろうなと思うと、思わず笑ってしまった。

そういう印達自身も、昨日の夕食後は将棋の駒にも触らず棋書も読んでいない。今日も朝からラノベを読んでいる。双葉と同じだな、と思うと笑いが止まらなくなった。久しぶりに自分の笑い声を聞いた。

ふうっとため息をつくと三冊目を読み始めた。『時空ガール』という題名。今日は日曜日なので、医師の診察も検査もないという。ゆっくり読める。途中で女性看護師が来てベッドのシーツを取り替えてくれているときも、窓際で黙々と読んだ。

しかし読み進めるうちに、印達は思わず叫び出しそうになった。

——待て、ちょっと待て。落ち着け。

印達は自分にそう言い聞かせて、初めからその部分までもう一度読み直した。そして最後まで一気に読む。興奮して手が震えてくる。

——こんなことがあり得るのか……。

紙袋のなかから残りの四冊を取り出した。値段が書いてあるところに本のあらすじも書いてある……あった。同じような内容の本。題名は『乱世ーズ』。印達は震える手で読み始めた。

お昼ご飯になったが、五分で食べて薬を飲むと再び本にもどった。途中で思いついてニューヨークキャラメルサンドをつまんだ。いつの間にか全部食べてしまった。読み終わると印達は、本をベッドサイドテーブルに置いたまま前方の白い壁を見つめた。次の土曜日に双葉はまた面会に来る。しかしそれまで待てそうにない。

今日は日曜日。月、水、金以外の午後七時以降なら、という双葉の声が蘇った。まだ午後一時だが……印達はスマホをバッグから取り出した。

「印達だけど」

スマホに向かって小さな声で言った。

「うん、体調はどうだ」

いつもの双葉の声。

「かなりいいよ。熱も下がったし咳も出ない」

「よかったじゃん」

カリッカリッと音がする。

「今、話してもいい？」

「いいよ」

「本、ありがとう」

「面白かっただろう」

「すごい面白い。もう四冊読んだ……それでさ。そのなかの二冊にさ、タイムスリップを扱ったの、あったよね」

「『時空ガール』と『乱世ーズ』だろ」

「うん、それ。ああいうことってさ、よくあることなの？」

タイムスリップという言葉は、『宗歩』へ行った初日に聞いたことがあった。

——もしかして、本物の伊藤印達が現代にタイムスリップしてきたりして……。

確かこんな言葉だった。そのときは意味もわからず、別のところへ頭が行っていたので聞き流したが、『時空ガール』を読んで同じ言葉があったので思い出したのだ。

「人がタイムスリップすること?」

「うん」

「あれはフィクションだよ」

またカリッカリッという音。

「フィクション?」

「作り話さ」

「ということは……実際にはあり得ないってこと?」

「それはわからないよ。ネットとかでさ、私は百年後の未来から来たなんて言ってる人がいるから」

「そんな人がいるんだ」

「ホントかどうかはわからないよ。でもさ、あり得ないことでも面白いじゃん。過去とか未来へ行けると面白いことが起きる。矛盾も生まれるけどね」

「そこだよ。タイムパラドックスとかパラレルワールドとか、難しい言葉があったよね。あれ、双葉は理解できたの?」

「それくらいはわかる……印達、もしかして、わからなかったとか」

「まあ、わからないところも」

「ちょい待ち。今、炭酸水を持ってくる」

少ししてカリッカリッという音と、ごくんと咽喉を鳴らす音が聞こえてきた。炭酸水というのは双葉のバイトしているコンビニで見たことがある。飲んだことはない。

「やっぱ、ポテチには炭酸水だな。いいよ、何がわかんないの」

「まずは『時空ガール』のこと。織田信長は天正十年六月二日、本能寺で明智光秀に殺された。しかし主人公の芦原サトミは、信長は殺されたのではなく自害寸前に別の時空へタイムスリップしたのではないかと考えているんだよね」

「うん。そう。歴史書によると、信長の死体を光秀は結局見つけられなかったからな。それを確認するために、サトミは戦国時代へタイムトラベルしたんだ」

時空リングというのをサトミは信長に献上して、信長はそれを指に塡めていた。信長がどこへ行っても、死体がどこへ持ち去られても、時空リングがこの世にあるかぎり反応する。時空リングは熱にも強く壊れたりしない。『時空ガール』にはそう書いてある。

「でも本能寺の変のさなかに、時空リングの反応がなくなってしまった。つまり、サトミの予想どおり信長は……」

「そう、別の時空へ行ってしまったんだ。それを確認すると、サトミは現代へ再び帰ってくる。

サトミによればタイムスリップしたと思われる人は実際はかなりいる。源義経も卑弥呼も聖徳太子もそうだったんじゃないかという話だ」

「タイムスリップとタイムトラベルと、どう違うの？」

「別の時空に行くのは同じだよ。ただタイムスリップは、本人の意思に関係なく勝手に別の時空へ飛ばされるけど、タイムトラベルは意図的に時空を移動する……意識して使い分けなくてもいいよ」

「サトミは本能寺の変が起きることを、どうして信長に知らせなかったのかな」

「サトミの興味は、信長がタイムスリップしたかどうかだ。まあサトミ自身も、歴史は変えないようすごい気を配ってるけど」

「変えちゃいけないの？」

「いいとか、悪いとかの問題じゃない。歴史を大きく変えるようなことはまずいと、サトミなりに考えたんだ。現代にも影響を及ぼしてしまうからな。タイムスリップとかタイムトラベルに関する一般的な考えだよ。わたしは賛成しないけど」

「どうして？」

「そんなこと、実際には守れるわけないからさ。例えば印達が江戸時代へタイムスリップしたとしよう。道端に倒れている人を偶然見つけて助けたら、実はその人はそこで死ぬ運命にあったのに、死なないで後に大きな事件を引き起こして、何十万人もの人が死ぬことだってあるんだから」

「うん、わかるよ。ほんの些細な出来事でも、大きな事件のきっかけになったりすることがあるということだろう。炭酸水って、美味しい？」

「最高。コンビニにあるよ」

「病院にもコンビニがあるみたいだ。あとで医者か看護師さんに頼んでみるよ」

「ポテチはいろんな種類がある。ちなみにわたしが今食べているのはコンソメ味」

「コンソメ味だね……それで、今の話はよくわかったよ。もうひとつ、タイムパラドックスについてだけど、具体例が書いてあったよね。自分が生まれる前の過去へ戻って、自分の父親を殺したらどうなるのかという話。父親を殺したら、そもそも自分が生まれてくることはないわけだから殺すことはできない。こういう理屈でいいのかな」

「いいよ。印達はその考え、どう思った？」

「ちょっと変だなと思った。父親を殺せない理由として、例えば銃で撃つ場合は何かの理由で不発だったり、あるいは何か偶発的に邪魔が入ったりするという考えは、不自然だと思ったんだ。つまり……」

「殺そうと思えば殺せるはず」

「うん、そういうこと。一度失敗しても別の方法で二度、三度と繰り返せば成功すると思うんだ。でも、殺してしまうと自分は生まれない……」

「そこで登場するのがパラレルワールドさ。『乱世ーズ』がそれだよ」

「タイムスリップの本て、戦国時代が多いの？」

「多いかもな。誰が天下を取ってもおかしくない、変化に富んだ時代だったからじゃないかな。読んでるほうもワクワクで面白いよ」

『乱世ーズ』は歴史研究会に所属する三人の高校生が戦国時代にタイムスリップ。彼らは三人とも織田信長を神のように崇拝している。なので信長の家来になって本能寺の変を未然に防ぎ、信長はやがて天下統一を果たす。秀吉も家康も天下は取れない。

「本能寺の変を未然に防いだ時点で」と双葉は続けた。「実際の歴史とは大きく変わってしまう。でも変わるのは、彼らがタイムスリップした時空の歴史だけ。それ以外の時空の歴史に変化はないんだ」

「そこのところがちょっと僕には……」

「簡単に言えばさ、同じ過去が無数に存在するということ。現在も未来も無数にある。パラレルというのは並行という意味。パラレルワールドとは並行宇宙、あるいは多元宇宙とも言われるんだ。だから一つの時空の過去を変えても、他の時空では変わらない。織田信長を助ければ、その時空では信長が生き延びて天下を取った歴史ができるだろうけど、他の時空では信長は本能寺で死んでいるというわけ」

「なるほど……すごいんだね、双葉」

「もっと言えばさ、今わたしたちが生きているこの世界は、無数の時空のなかのひとつにすぎないんだ。別の時空では、悪質なタイムトラベラーが未来からやってきて、第三次世界大戦がはじまっているかもしれないし、別の時空では第一次世界大戦も第二次世界大戦もなくて、平和でのんびりした生活がずっと続いているかもしれない。つまり本当の歴史というのは存在しない。個別の歴史が時空ごとに存在している。こんな極端な説を唱える人もいるんだ」

第一次世界大戦や第二次世界大戦という、大きな戦争があったことは将棋の歴史書にも書いてあった。日本は二つの戦いに参加している。

「すごいよ……双葉はホントにすごい」

「普通だよ。これくらい知らないと、タイムスリップ本は読めないよ」

「そういうのが学校の試験に出ると、赤点取らなくてすむよね」

「あっ、おまえ、バカにしてるだろう」

印達は笑った。

双葉の笑い声も聞こえた。カリッカリッという軽快な音。

「さっきの話なんだけど」と印達は言った。「タイムスリップ先の時空で別の歴史が始まるのはわかるけど、タイムスリップ元では、信長はどうなるのかな」

「それは……消えてしまうよ」

「本能寺の変より前の時点で、信長が未来へタイムスリップしたらどうなるかな」

「具体的に言って」

「例えば本能寺の変の前日、信長が四百年後の現代にタイムスリップしたとしようか。タイムスリップ元の時空の歴史書には『織田信長は天正十年六月一日、突然姿を消したまま行方不明。その後、歴史の舞台に再び姿を現すことはなかった』とか、書いてあるって理解でいいのかな」

「うん……そうなるかな」

「そこのところ、もっと詳しく知りたいんだけど」

カリッカリッという音と、ゴクンという音が何回か続く。

「わかった。わたしの友達にその辺、詳しいやつがいるから明日聞いてみる。結果は火曜日の夜に電話するよ」

「九時が消灯だから、八時くらいがいいんだけど」

「わかった」

電話を切ると印達はカーテンを細めに開けて窓外を見た。

どうしようか。

双葉には本当のことを言ってみようか。

10　十月十九日（月）

朝ご飯を食べ終わると間もなく、女性看護師が現れた。今日はひとり。

「おはよう」

マスクのなかから明るい声が聞こえる。

「おはようございます」

印達はマスクをつけてから答えた。

「変わりない？」

「お陰様で」

「はい、お薬」

印達はまたやっとの思いで薬を飲んだ。

看護師が体温計をよこしたので、印達はそれを脇の下に挟んだ。

「あら、本が積んであるわね」

「一昨日、友人が差し入れてくれました」

「あの可愛い子ね」

印達はマスクのなかで口を動かしたが、言葉にはならなかった。

ピッピッと音がしたので、体温計を看護師に渡した。

「六度八分。昨日より下がったわね。自分の平熱、知ってる?」

「普段の体温のことですか」

看護師はうなずいた。

「すみません、普段は計ったことありません」

「あなたの歳だと、平熱は三十六度から七度の範囲にあるのが普通よ」

そのとき医者が入ってきた。

おはようございますと印達は立ち上がって挨拶した。

「先生、六度八分でした」

女性看護師が言うと、

「わかった」と医師は答えた。「座っていいよ、伊藤君」

印達はベッドに座る。医者は女性看護師が壁際から持ってきたパイプ椅子に座った。

「ほぼ平熱になったようだね。咳は?」

「昨日も出ませんでした」

「頭痛はどう?」

「もうありません」

「胸が痛くなったりは?」

「しませんでした」

「だるさは？」

「特にありません」

医者は笑顔でうなずく。

「入院した日に言ったと思うけど、今日これから再検査をするからね。陽性は間違いないと思うけど、念を入れて再検査する。何か質問は？」

「ありません」

医者は何回かうなずいた後、書類とペンを膝の上に置いた。

「さっき警察から連絡があったよ」そう言って印達の目を見た。「結論から言うと、きみらしい失踪者の捜索願は出ていなかった」

印達も何も言わずにうなずいた。

「もちろん」と医師は続けた。「伊藤印達という名前で検索しただけじゃない。十五歳前後の少年という大きな枠で該当者を検索してもらった。しかしどれも、失踪日や失踪当時の状況と一致する失踪者はいなかった。考えられるとすれば、身内の者が誰も、捜索願を警察に出していないケースだが……しかし、そんなことは普通はない」

印達が黙っていると医師はさらに言う。

「きみはスマホを持っているよね」

「はい」

「そこには保護者の電話番号が登録されてない？」

「されていません。登録してあるのは五件だけです。末永さんと奥さんと松下さんと樋口さんと『宗歩』というお店です。見せましょうか」

「いや、そこまでしなくてもいい」

「いいえ、ご覧ください」印達はそう言うと床頭台にあるショルダーバッグからスマホを取り出して操作した。「これがそうです。このスマホは十月十一日に末永さんに買ってもらったものです。それまでは持っていませんでした」

「うん、わかった」

印達はスマホをバッグに戻した。

「先生が、どうにかして僕のウソを暴こうとしているのはわかります。その理由もよくわかります。僕の肺結核の感染源が誰なのか、あるいは十月三日以前に僕が誰と接触したのか知りたいわけですよね」

医者は印達の目を見たまま、そうだと言った。

「付け加えて言うとね、きみは健康保険証もない。その他にもきみが誰なのか証明するものを何も持っていない。そこまでして、いったい何を隠そうとしているんだろうと不思議でしかたないんだ」

「何も隠していません」

「いや、隠している。話していてわかるんだ。ただ……たとえ言いたくない事情があったとしても、もしそれが人の命にかかわるようなことだったとしたら、たぶんきみは自分の名前や住所を言うような気がするんだ」

印達は医師から目をそらさなかった。医師は続ける。

「つまり、何と言うか、自分のウソが原因で人に危害が及ぶようなことは、きみは絶対にしない。逆に言えば、自分の隠していることは自分だけの問題であり、他人には迷惑がかからないことをきみは知っているんだ。違うかな」

医師の目から笑みが漏れる。

印達も笑顔で応じた。

「先生のおっしゃるとおりです」

「よかったよ、話が通じて。もう、このことに関しては何も言わないよ。早く治して、また末永さんたちと生活できればいいな」

「はい。ありがとうございます」

「じゃ、これから再検査だ。検査室へは自分で行けるね」

午後二時ちょうどに末永と奥さんが顔を見せた。一昨日と同じ大きな尖ったマスク。印達もサージカルマスクをつけ、紙袋を持つと面会室に入った。

「元気そうだな」

末永が言う。目が笑っている。布袋様と同じく頭ツルツルの末永が笑うと、マスクの上の目だけが真っ黒い別の生き物のように感じられる。

「熱も下がりました。咳も出ないしだるさもありません」

印達も笑みを作った。

「よかったね、ホントによかった」

と奥さん。笑っているのか泣いているのかわからない目。

「ご心配かけて申し訳ありません」

「その言葉はもういいの。おまえが元気でいてくれれば、何も言うことないから」

「そのとおりだ、印達」と末永。「わしはおまえのおかげで、昨日から毎日一万歩、歩くことを始めたんだ。ほら、これが万歩計だ。今日もすでに3457歩。お酒も週に二回と決めた。中性脂肪を下げる薬も飲み始めた。みんなおまえのおかげだ。それと、午前中に保健所から連絡があった。印達との接触状況とわしたちの体調を聞かれた。万が一風邪の症状が出たらすぐ医者に行くように言われたが、そうでない場合は普段の生活でいいそうだ。十一月六日に最初の接触者健診がある。陰性の場合は十二月三日に再び健診がある。二度目も陰性なら、感染はしていないと判断していいそうだ」

陰性であってほしい。

印達は祈るような気持ちでうなずいた。

「医者にも確認しておいた」と末永は続けた。「十二月三日の健診でわしたちが陰性になり、なおかつそれまでにおまえの排菌が止まっていれば退院できる。もちろん峻王杯にも参加できる」

絶対にそうなってほしい。印達は何回もうなずいた。

「それが洗濯物?」

奥さんが印達の足元をのぞき込む。

「はい、そうです。お願いします……ニューヨークキャラメルサンド、ありがとうございました」

「美味しかったでしょう」

「はい、とっても……もう、食べてしまいました」

「と思って、ほら、このとおり」

奥さんは足元の紙袋を示して言った。

印達は背筋を伸ばしてから切り出した。

「あの……お知らせしておきたいことがあるんですが……というか、訂正しておきたいことがあります。僕の父母と叔父のことです。僕は末永さん宅にお世話になるとき、父母が死んでからは叔父の家にいるとお話ししたと思うんですが」

昨日までは言うつもりはなかった。医師にも言わないようにと釘を刺しておいた。しかし午前中に医師と話して考えが変わった。

「覚えているよ。しかしつらいことがあって、叔父さんの家を出てきた」

「それは事実ではありません。その場で思いついたウソです。本当は……末永さんに初めて出会った十月三日以前の記憶がないんです」

末永と奥さんの目の動きが止まった。印達は続けた。

「自分の名前と年齢だけは覚えているんですが、それ以外のことはいっさい覚えていないんです。ただ、そういうことを、あのときお二人に言えなかったので、思わずウソをついてしまいました」

この言い訳もまたウソ。

しかし今は、こう訂正するしかない。末永も奥さんも何も言わない。

「叔父の家に帰りたくない、と言い張ったのはそのためです。そもそも僕には帰るべきところがわからなかったのです。学校のことも聞かれましたが、隠していたわけではなく記憶がなくて答えようがなかったのです」

「記憶喪失……」

「だと思います」

末永と奥さんは顔を見合わせた。

「午前中に医者と話しました。医者は僕の捜索願が出ていないか、警察に問い合わせたようです。今日回答が来て、僕らしい失踪者はいないということでした。今のところ僕の過去についての手掛かりは何もありません」

「やっぱりおまえはかぐや姫」

と奥さんがつぶやいた。

「桃太郎だ」

末永が小さな声で訂正した。二人の目に笑みが戻ってくる。

「何も問題ないわよ」と奥さん。「というか、かえってよかったわ。おまえが戻るところは私たちのところ」

「そういうことだ」と末永。「変な言いかただが、それを知って正直なところ、ほっとしている。どこへも行くな。ただ、身元不明という場合はそのまま放っておくわけにはいかない。さっそく区役所で聞いてみよう。そこは任せておきなさい」

「ありがとうございます。よろしくお願いします」

印達は頭をさげた。

「水臭いぞ、印達。礼儀正しすぎる」

「えっ……はい」

「『頼むよ、末永さん』くらい言いなさい」

印達は迷ったが、

「じゃ頼むよー、末永さん」

と言ってみた。神田明神で三人の女の子が言ったように語尾を伸ばして。

二人のくぐもった笑い声が響く。

「お金のことについてもお願いしたいのですが……お願いしますよ……なんか、しっくりきませんね」印達も笑う。「この病院で長期に入院すると、費用はかなりの額になると思います。それ箪笥のなかに僕の巾着があります。なかには二朱判金が一枚と小判が二枚入っています。それを売却して入院費用に充てていただけませんか。換金した残金の四十二万円入りの封筒も、箪笥のなかにあります」

「そういうことも心配するな。おまえが健康保険証を持っていないことは、この病院に来たときにわかった。病院と区役所には今日、相談してみた。通常は健康保険証があれば医療費の自己負担は三割で済む。しかし結核の場合には区からの公費負担があるので、実質的に自己負担はない。だが、おまえの場合は健康保険証そのものがない。こういうケースはどうなるのか今、問い合わせているところだ」

健康保険証にそういう仕組みがあるのは知らなかった。

「もし自己負担があったら、二朱判金と小判を売って医療費に充ててください。それでも足りなければ、退院した後、働いて返しますから」

末永は首を横に振った。

「心配するな。何も心配するな」

「もう、印達の悪い癖よ」と奥さん。「その水臭い性格も、早く治さないと」

紙袋を交換するとき、樋口双葉と面会したことを話した。本を借りて読んでいることも言い、最後に松下のことを聞いた。

「事情は昨日、松下君に話した。びっくりしていたよ。後で印達に電話するそうだ。『宗歩』にも行った。おまえが叔父のところへ帰ってしまったと言うと、みんな寂しがっていたぞ」

店長の四角い大きな顔が目に浮かんだ。

末永と奥さんが帰った後、さっそく紙袋を開けてみた。包装紙には『ラ・ガナシュ』と書いてある。何だろう。箱のなかには白地に赤と黒のハートマークを描いた、指の長さほどのものがあった。ひとつを手に取ってみる。白地の包みを取るとなかから焦げ茶色のゴツゴツしたものが出てきた。

いい香りがした。チョコレートだなとすぐにわかった。口に入れてみた。思わず目をしばたたく。噛んだところを見てみた。真ん中に焦げ茶色の四角いチョコレートがあり、その周囲に白いチョコレート。そしていちばん外側にまた焦げ茶色のチョコレート。

かすかに甘酸っぱい。もうひとつ食べてみた。今度は切り口がすべて焦げ茶色。最初のものと少し味が違う。でも二つとも三種類のチョコが口のなかでとろけて、複雑な味を醸し出している……二個でやめておいた。

11　十月二十日（火）

午後八時ちょうどにスマホが震えた。

「やあ、印達」

という声が聞こえたので、

「やあ、双葉」

と返した。

「体調は？」

「いいよ。食欲もある」

「よし、じゃタイムスリップの話だ。今日、学校で詳しいやつに聞いてみたよ。タイムスリップと歴史書の記述との関係について」

「そしたら？」

「タイムスリップ元とタイムスリップ先の二つの時空では、歴史そのものが変わるから、歴史書の記述も違ってくる」

「そうなんだ……」

パリッパリッという音がする。一昨日と違う音。

「でもさ」と印達は続けた。「四百年後の現代で信長が生きていくというのは理解できるけど、タイムスリップ元の時空で信長が行方不明になるという解釈が、いまいちピンと来ないんだ」

「タイムスリップしたわけだから、そうなるだろう」

「分身がいたらどうかな」

「ブンシン？」

「信長が二人になることさ」

これは以前に一度、考えたことがある。印達は今、令和の時代にいる。しかし江戸にも印達がいて、正徳元年十一月二十一日の御城将棋に出勤している。この二つの事実を説明するには、分身ができたと考えるしかない。

「コピーのことだな」

「コピー……なるほど、そんなふうに言うのか。タイムスリップした瞬間に、信長のコピーができるという考えはどうかな。ひとりは新しい時空に行くけど、もうひとりはその時空に残る。そうすればさ、タイムスリップ元では信長は行方不明にならず、歴史の記述は変わらないんじゃないかと思ったんだ」

「行方不明じゃまずいのか」

まずいよ、という言葉が出かかったがどうにかこらえた。

パリッパリッ。

「今日はポテチじゃなくて、ゴマ入りおせんべい。知ってる？」

「ううん、知らないけど」

「美味しいよ。ポテチの次に好き。だけどコンビニじゃ売ってない。この辺じゃウエルシアに売ってる」

「ゴマ入りおせんべい、ウエルシア……わかった。でもさ、タイムスリップ元の時空では信長が消えてしまうというのが、どうもしっくりこないんだ。僕と同じ考えを持っている人はいなかったの？」

「そこは全員の意見が一致していたよ。印達と同じ考えのやつはいなかった。ただ、タイムスリップについてはいろんな意見が出た。ひとつ目はそれによって歴史を変えると、時空の状態が極めて不安定になって、宇宙は消滅してしまうという説だ」

「宇宙が消滅……」

「そうなんだ。街とか地球とかが消えるんじゃなくて、宇宙全部が消えてなくなってしまうというんだ。あり得ないと思わないか」

「だよね」

「過去には行けないが、未来には行けるという説もあった。光速に近いスピードで飛ぶ宇宙船に乗って一年後に帰ってくると、地球では百年くらい経過している……これは科学的根拠がある説らしい」

心臓がドクンと鳴った。

「どうして過去には行けないの？」

「そこは誰もうまく説明してくれなかった」

「そうか……」

「あとは、ええと、未来へ行っても過去へ行っても、結局は出発点に戻ってしまうという説もあった」

「それは『時空ガール』と『乱世ーズ』で知ってるよ。芦原サトミも高校生三人も、結局は令和の時代へ戻ってるからね」

「それとはちょっと違うんだ。今回聞いたのは、タイムトラベラーが何をしたって歴史は変わらないという説なんだ」

「歴史は変わらない……」

「例えばさ、信長が本能寺で光秀に襲われて自害する直前、その一年前にタイムスリップしたとするじゃん。信長は本能寺の変を回避するために光秀を殺すなり何でもできる。しかしそんなふうにしてもある日また、自害する直前に戻ってしまうということさ。タイムスリップした時空は過去・現在・未来がループのようにつながっているんだ。だから結局は本能寺の変は避けれないんだ」

心臓がまたドクンと鳴った。

「ループって？」

「輪のことさ」

「じゃさ、その説で言うと、タイムスリップ先の時空で信長と愛し合った女性がいたとして、その女性の記憶はどうなるの？　記憶から信長は消えてしまう？」

「そこは聞いてない」

パリッパリッ。

「信長の記憶はどうなるの。元の時空に戻ったとき、タイムスリップ先で経験したいろんなことを覚えているの、忘れてしまうの？」

パリッパリッ。印達は続ける。

「それとさ、タイムスリップするとき人間はどんなふうになるの。芦原サトミはパワースポットでワームホールに触れてタイムスリップしたけど、『乱世ーズ』では雷が落ちた瞬間に大規模なタイムクエイク（時震）が起きて、三人が別の時空へ飛ばされるよね。その他にもタイムスリップの原因とか様子とか、そういうのも聞いてきてくれないかな。例えば川に落ちた瞬間にタイムスリップするとか……」

パリッパリッパリッ。

「よし、明日また聞いてやるよ。別のやつにも聞いてみる。今度の土曜日、面会に行ったときに話すから」

「ゴメン、もうひとつあった。元の時空に戻るのはいつ？　芦原サトミは二ヶ月後に戻った。『乱世ーズ』の三人は約一年後にもどった。何か基準があるの？」

　フフフッという笑い声が聞こえた。

「お前、ハマったな」

「いや、違う……僕自身がそうだからさ」

「そうって？」

「僕は江戸時代からタイムスリップしてきたんだ。でもなぜタイムスリップしたのか、自分がこの令和でどうなるのかがわからない。だから双葉に聞きたいんだ」

　双葉は無言。印達は続けた。

「伊藤印達というのは本名だよ。今から三百年くらい前に生まれた棋士。ネットで調べてみて。詳しく書いてあるから。お世話になっている末永さんにも、医者にも、他の誰にも言えずに悩んでいたんだ。嘘つきだと思われるだろうからね。でも双葉にはホントのことを言う。相談に乗ってほしいんだ」

12　十月二十一日（水）

　朝食後、検温が終わると医者から再検査の結果を知らされた。やはり陽性。間違いなく肺結核。X線やCT画像の所見も同様。治療方法も治療薬も変更なし。排菌はまだあるが入院初日より減少している。こうしたことを手短に話してくれた。十月三日以前のことは何も聞いてこなかった。印達は気になっていることを聞いた。

「十二月十二日に将棋の大会があるんです。それまでに退院できそうですか」

「まだ何とも言えない。経過次第だ」

「入院期間は長くて三ヶ月だと先生から伺いましたが、平均するとどれくらいの期間になりますか」

「正確なデータはとっていないが、二ヶ月くらいが一番多い」

「どうすれば排菌が早く止まりますか」

「よく食べてよく寝ること。ストレスを溜めないこと。薬をちゃんと飲むこと」

「わかりました。将棋カフェ『宗歩』の人たちの接触者健診は実施されそうですか」

「そこもまだ、何とも言えない。保健所の管轄だからね。前に一度言ったと思うけど、末永さんたちの健診結果によってだ」

「末永さんたちがもし感染していれば、『宗歩』の常連さんたちにも接触者健診を行うということですね」

「そうなると思う」

「その場合、僕が肺結核だということを知らせるわけですか」

「名前も年齢も伏せる。しかしわかるだろうね」

「僕はわかってもかまいませんが、もし接触者健診が実施されると『宗歩』に迷惑がかかるんじゃないでしょうか。お客さんは減るはずです」

「そうなるだろうね」

「それだけは避けたいのですが」

「気持ちはわかる。しかしそれは、我々にはどうすることもできない」

『宗歩』は末永たちが知恵を出し合ってせっかく開店したお店。もしものときは、巾着のなかにある二両二朱を換金して渡そう。それがせめてもの償い。

一両は二朱判金の八倍に相当する。二朱判金が一枚四十五万円で売れたから、一両は三百六十万円。二枚で七百二十万円……とはならないかもしれないが、二朱判金より高値で売れるのは間違いないだろう。役に立つはず。

質問にきちんと答えてくれる医師に、印達は好感を持った。怒ったり横柄な態度は今までもなかった。昔の映画の話もしてくれた。

「先生は将棋を指したことありますか」

「そりゃ、あるよ。駒の動かしかたくらいは知っている」

「じゃ、僕と指してみませんか」

「相手にならないだろう」

「目隠し将棋というの、知ってますか」

「聞いたことはある」

「僕は将棋盤に背を向けて指します。先生は普通に見て指してください」

印達はそう言うと、目隠し将棋のやりかたを簡単に説明した。

しかも印達の六枚落ち。印達側は王将と歩の他は金二枚と銀二枚しかない。

「そんなんで将棋になるのか」

医者は目を丸くして言う。

「たぶん、僕が勝つと思います」

医者は声を立てて笑った。

「よし、やってみよう」

駒を並べ終え、自陣の飛車角と桂香を駒袋に入れると印達は将棋盤に背を向けた。3二金と口にした。背後で一、二、三と数える声が聞こえて、次に駒音が聞こえた。

「ええと、私はこう指すぞ。一、二……一、二、三、四、五、六……2六歩」

「5二金」

「ええと、一、二、三、四、五……」

印達が指しても医者が指しても、その都度一、二、三が始まる。しかしやがて数を数える声も少なくなった。慣れてきたようだ。

印達は成りこんできた飛車を十九手目に捕獲すると、それを敵陣に打ち込んで桂馬と香車を手に入れ、五十手かけずに勝利した。印達は医者が負けましたと言う前に、盤面に向き直った。医者はまだ盤面を見つめている。

「……詰んでるのか、これ」

医者は盤面を見つめている。

「はい、典型的な頭金です」

「頭金か……イヤな言葉だな」

「えっ……」

「最近家を買ったんだ。頭金には苦労したよ」

言っている意味がわからない。

「本当に負けてしまったな。駒を落とされて、そのうえ盤面に背を向けた十四歳の少年に負けたとあっては、人に話せないな」

「お忙しいところお付き合いいただき、ありがとうございました」

「こちらこそ、楽しかったよ」

「あの……一階にコンビニがあるそうですね。買いたいものがあるのですが」

「自分で行くことはできないから、看護助手に頼めばいい。ベッドメイキングをしてくれる女性が看護助手だ。そのときお金も渡して」

わかりました、と印達は言った。

女性はみんな看護師だと思っていたが区別があるようだ。昼食前にベッドメイキングに来た看護助手に、印達は買いたいものを紙に書きお金と一緒に手渡した。本当は朝、決められた時間にしか受け付けていないんだけど、最初だから特別ねと言ってすぐに買ってきてくれた。

さっそく試食。ポテチのコンソメ味は塩味が効いていて美味しかった。一枚が薄いのですぐ食べ終わってしまう。三枚を一度に口にするくらいがちょうどいい。一度食べ始めると次も次もと後を引く。

炭酸水には驚いた。キャップを取ると泡が出てきた。末永と松下が飲んだ缶ビールからは白い泡が出てきたが、これは透明な泡。少し口に含んでみた。ピリッとする。辛くはない。もう一度口にした。ピリッとするがすぐに刺激は消えていく。

今度はある程度の量を飲んでみた。刺激が咽喉に突き刺さる。何なんだこれは……と思っていると刺激はすっと消えた。後には何も残らない。

ポテチを食べてすぐ炭酸水を飲んだ。塩味が炭酸水と溶け合ってすっと消える。もう一度ポテチと炭酸水……これはいいかもしれない。この組み合わせが、双葉は好きだったんだな。

二時になると末永と奥さんが面会に来た。印達はお礼を言い、二日前と同じように衣類を入れた紙袋を交換した。今日はどら焼きというものを差し入れてくれた。

「顔色がよさそうだな」

末永はマスクの上にある目を細めて言った。

「はい、体調はすごくいいです」

印達も目で笑う。

江戸で咳と熱が出たときは、たいてい数日床に臥せっていることが多かったが、ここではこうして普通に会話できる。医術は格段に進歩している。そういう実感がある。この令和にいれば生きられそうだ。

「本当によかったわ」と奥さん。「早い段階で治療を始められたからよ。風邪だろうなんて思って放っておいたら、きっとつらい思いをしてたわ」

奥さんも目を細めている。

「買い物やお皿洗いなど、お手伝いできないですみません」

「退院したら、今までの倍以上やってもらいますよ」

「はい、二倍でも三倍でもやります」

「医療費のことなんだが」と末永が言う。「今日、区役所に行って話をつけてきた。ひとまず今回の入院と通院に関しては自己負担なしだ。公費ですべてまかなえる。ひとまずというのは、肺結核が治癒するまでという意味だ」

「ありがとうございます」

悩みのひとつは解決した。

「ただ」と末永は続けた。「健康保険証はいずれ必要になる。このことについては弁護士に依頼した。これは少し時間がかかると言われている」

印達がお礼を言うと末永はさらに続けた。

「それから、おまえに聞きたいことがあるんだ。学校のことだ。おまえが中学三年なのはこの前わかった。今日は十月二十一日。二学期もあと二ヶ月ほどで終わる。ひとまず三学期が始まる一月から、近くの公立中学校へ通うことにしたらどうかと考えているんだ」

学校の大切さは、この前末永から聞いてわかっている。

「そうできればうれしいです」

「わかった。弁護士さんと相談しながら、前に進めてみる。ざっくばらんな話、どうなんだ。学校の成績はよかったのか」

「覚えていませんが、たぶん、ぜんぜんダメだと思います」

「まあ、不登校だからしょうがない。勉強についていけないようなら、塾へ行くこともできる。考えておきなさい」

「はい。でも一月から学校へ行けるかどうか……」

「もし入院が長引いたら、その分だけ入学時期は遅れることになる。ただ入学手続きだけはしておいたほうがいい。それと……これは今すぐ返事をする必要はないが、考えておいてくれ。養子のことだ」

ヨウシ……養子のことじゃないだろうか。

「印達をわしたちの養子に迎えることだ」

と続いた言葉に印達は息を飲んだ。こういう制度が今でもあったのか……印達の父宗印も、もとは伊藤家の内弟子。腕を見込まれて伊藤家の養子になった。

「お前の身元についてはこれからも調べてもらうが、もし判明しない場合はわしらの養子になったらどうだ。康子も賛成している」

間髪を入れず奥さんが続ける。

「そうよ、印達。おまえはかぐや姫……じゃなくて桃太郎。天が私たちに授けてくれた子だと思ってるの。中学を卒業した後は高校へ行って、さらに大学へ行ってもいいし将棋のプロになってもいい。おまえの好きにすればいい。でも身元不明の状態では、何をするにも差しさわりが出てくるの。私たちの養子になれば、そういう問題は全部解決する。おまえと一緒に暮らせれば、こんなうれしいことはないわ」

奥さんはハンカチを取り出して目に当てる。

末永も涙ぐんでいるようだ。印達も目頭が熱くなった。

「ありがとうございます」

印達は頭を下げた。令和で生きるなら、末永と奥さんのところで暮らしたい。でも、このまま令和にいられるだろうか。

「少し考えさせてください」と印達は続けた。「末永さんと奥さんに感染しているかどうか、あるいは松下さんや『宗歩』の人たちに感染しているかどうかわかるまで、ご返事を待っていただけますか」

うん、うんと言って末永は何回もうなずいた。

そのあと松下の話になった。印達には明日電話すると言う。『宗歩』の常連さんたちの話もした。印達が来なくなって、みんな寂しがっている。松下に教わっている子供たち三人は特に寂しがっているようだ。懐かしかった。

「そうだ、『ヘラクレス』の中村さんが飛燕杯の都予選で優勝したぞ。昨日『宗歩』へ報告に来たんだ」

「優勝ですか。すごいですね」

「おまえのお陰だと言っていたぞ。一月の全国大会に向けて張り切っていた。おまえが叔父さんのもとへ帰ったというと、しきりに残念がっていた」

「うれしいなぁ、優勝ですか……目黒さんは？」

「惜しくも準決で負けたそうだ」

中村和敏五段の茶髪とピアス。目黒康之五段のスーツ姿が蘇った。

「もうひとつ言い忘れていた。峻王杯のことだ。申し込んでおいたぞ」

13　十月二十二日（木）――二十三日（金）

翌日の午後二時ごろ、どら焼きの最後の一個を食べているとスマホが震えた。

「よぉ、印達」

懐かしい声だった。

松下の長身と太い眉が蘇った。

「松下さん……久しぶりです」

「うん、久しぶりだな」

予期しない涙があふれてきた。

どうしてなんだろうと思っていると、涙が止まらなくなった。

「どうした、印達」

「すみません。松下さんの声を聞いたら、急に……」

「末永先生から事情は聞いた。びっくりしたよ」

「みんなにご迷惑をかけてしまって……松下さんは大丈夫なんですか」

「体調のことか」

「はい」

「ぜんぜん何ともない。まあ、一応頭に入れてあるけどな。だけど気にするな。おまえのせいじゃない」

「峻王杯の必勝対策もできなくなってしまって……」

「末永先生は、印達の参加申込書を郵送したと言っていたな。おれも昨日、郵送した。どうだ、大会までに退院できそうか」

「そこはまだ何とも言えなくて……」

印達は医者に説明されたことをそのまま伝えた。

「そうか……そこは祈るしかないわけだな」

「はい」

「将棋盤も駒も病室にあるそうだな」

「はい、あります。『羽生善治名局集』も持ってきました。ここではスマホも使えますから対局中継も観られます」

「じゃ、それでやるしかないな。スマホがあるんなら、ウォーズとかクエストで強い相手と対戦することもできるけど、おまえ、そういうの苦手だったな」

「はい、すみません」

「自分なりに工夫しておけ。おれも自分なりに頑張る。早めに退院できたら必勝対策をするぞ」

「ぜひお願いします……松下さん、『ヘラクレス』の中村さんが飛燕杯の都予選で優勝したこと、知ってましたか」

「おおっ、優勝したのか?」

「はい、末永さんから聞きました。『宗歩』に報告に来てくれたようです」

「そうか、中村さんは都予選で優勝か……一月の飛燕杯全国大会に出場するわけだな。気合が入っているだろうな。目黒さんという人は?」

「準決で敗れたそうです」

「それは残念だったな。おれたちも気合を入れないとな。おれはこれからバイトだ。たまに電話するからな。この時間なら大丈夫なのか」

「僕のほうはいつでも。松下さんの都合のいい時間帯でお願いします」

「わかった……対局できなくて欲求不満だろう」

「この前、医者と指しました」

「医者と?」

「僕の担当医です。六枚落ちで目隠し将棋です」

「そんな将棋指したのか」

「久しぶりに楽しみました」

「そうか、おまえらしいな。じゃ、また連絡する」

「市園君と江波君と加山さんに、よろしくおっしゃってください。落ち着いたら『宗歩』に行きますと」

スマホをベッドの上に置くと、印達は窓際まで歩いていった。一昨日からいつもカーテンは細目に開けてある。わずかに隙間から空が見えると不思議に安心する。

入院してから六日経つが退屈だと思ったことはない。一週間に二回、末永と奥さんが面会に来る。電話でも話す。双葉とも一度面会しているし今度の土曜日も来るはず。

しかし入院する前より、ひとりでいる時間は圧倒的に多い。江戸の伊藤家屋敷にいるときも、ひとりでいる時間はこんなに多くなかった。内弟子たちと指したり、平蔵と語り合ったり、今後の予定を父と話したりしている時間が一日の半分はあった。

ひとりになると心が内側を向く。自分の心のなかをのぞき込むことが多くなる。これが印達には新鮮に感じられた。心のなかには、今まで知らなかった世界が広がっていた。自分はこんなことを思っていたのか、なぜ自分はあのときこんなことを言ったんだろう、自分にとって将棋とは何なのか……空はどんよりしていた。ときどきカーンカーンという音が聞こえる。

翌日の金曜日、また末永と奥さんが面会に来てくれた。どら焼きは全部食べてしまったが、印達は何も言わないでいた。しかし印達の食いしん坊はお見通しのようだ。紙袋にはバナナシナモンケーキがあった。

末永と奥さんが帰るとさっそく紙袋から四角い箱を取り出した。独特の香りがするスイーツだった。しっとり感があり食後はさっぱりする。二つだけ食べた。

14　十月二十四日（土）

「聞いてきたぞ」

印達が面会室に入っていくと、双葉は目を細めて言った。

「サンキュー」

正面に座って印達も目を細めた。

今日の双葉は黒のパーカーとベージュのタイトスカート。この組み合わせはテレビで見たことがある。

「学校で盛り上がったよ。みんなけっこう、話に乗ってきてさ」

「僕のこと、話したの？」

「話せるわけないじゃん。ただき、印達のことを念頭に置いていろいろ聞いてきた。タイムスリップのラノベとかマンガとか読んでるやつ、かなりいたよ。いろんな話が聞けた」

印達の詳しい事情は、この前の電話で話してある。今から三百年前に内弟子と川岸を歩いているときにならず者たちに襲われたこと。印達は川へ飛び込んだが、それ以降の記憶がない。令和二年の神田明神で目覚めた。『宗歩』で将棋を指したこと。今は末永という人のマンションにお世話になっていること。キャップを被っていたのは、髷を解いて月代を隠すためだったことも言ってある。

「僕のこと、ネットで調べた？」

「調べたよ。何回も読んだ。一年以内に死ぬんだろう」

「うん……でも僕は令和に来た。肺結核なら治るはず」

「わたしもそう思った。死ぬわけない」

双葉は強い目で印達を見ると、バッグからノートを取り出した。

「漏れがないようにちゃんとメモ取ってきた。初めてだよ、こんなことしたの」

「授業じゃノート取らないの？」

「おまえな……」

「冗談だよ、ありがとう。聞かせてください。お願いします」

印達は笑って言った。

双葉の強い視線を見て、元気が湧いてきた。

「まずさ、タイムスリップとかタイムトラベルとかが起こる原因についてだ。これは基本三つ。ひとつ目はワームホール。二つ目は大規模なタイムクエイク。三つ目はマシン」

「ワームホールと大規模なタイムクエイクについては『時空ガール』と『乱世ーズ』に書いてあったからわかる。マシンて何？」

「タイムマシンさ。過去と未来を自由に行き来する機械」

「えっ、そんなのがあるの？」

「もちろん現代にはないさ。ただ、未来には作られているかもしれない。それを使って誰かが江戸時代へ行き、印達を乗せて令和に来た可能性があるから聞いたまでさ。川べりにそれらしい機械がなかったか」

「それらしい機械？」

「どんな機械かはわからない。まあ、不自然なものだと考えればいいよ」

「大きさは？」

「スマホとか、そんな小さなものじゃないと思うよ。まあ、車くらいの大きさは最低でもあるんじゃないかな」

不自然なもの……車くらいの大きさ……川べりにはススキが生い茂っていた。ならず者たちの持っていたものは太刀。周りには畑だけ。

「特にそういうものはなかったと思うけど」

「雷が落ちたり、地面が揺れたりは？」

「なかった」

「そしたらワームホールだな。その川べりにワームホールがあったんだ」

「ワームホールというの、もう少し詳しくわかる？」

「聞いてきたよ」双葉はノートに目を落としてから続けた。「時空を超えた二点をつなぐトンネルみたいなものさ。空間的にも時間的にも離れたところへ、一瞬で移動できるトンネルだよ。

そのトンネルを通って、印達は江戸から令和へ来たんだ」

「ワームホールは見えるの？」

「いや、見えない。どこにあるかもわからない」

「どんな形をしているの？」

「それもわからない。トンネルとかホールとかいうのは比喩的な言いかたさ。実際には誰も見たことない。それは地面にあるとは限らない。木の根元かもしれないし、建物の壁にあるかもしれないし、印達が言うように川べりにあるかもしれない。触れるとタイムスリップすると思えばいいよ」

なるほど、自分のケースをよく説明できる。

「次はコピーの件だ」と双葉。「タイムスリップする瞬間に自分のコピーができるんじゃないかって話。これは初めは意見がバラバラだったけど、最後は否定された」

「否定されたんだ……」

「コピー説の根本的欠陥は、自分のコピーができるプロセスに何ら科学的説明も根拠もないことなんだ。コピー説を使わなくても、歴史書の記述との関係をきちんと説明できるという意見にまとまった」

「すごい、教えてそれ」

「まずさ。印達もわたしも、大きな誤解をしていたんだ。印達は三百年後の令和へタイムスリップしてきたけど、スマホで見た歴史の記述はこの時空のものなんだ。タイムスリップ元の時空の歴史記述じゃない」

あっ、と思ったがすぐには理解できない。双葉は続けた。

「簡単に言えばさ、タイムスリップ元の時空の歴史書では、印達は正徳元年十一月二十一日の御城将棋の前に行方不明になったという記述になっているはずだけど、その歴史書はわたしたちがいるこの令和からは、見ることはできないんだ。印達は今、別の時空にいるわけだから」

今度はわかった。

「そっか……そういうことか」

印達が見たのは、というより見ることができるのは、タイムスリップ先のこの令和の歴史の記述なのだ。他の時空の歴史は見ることができないのだ。

「ただ さ」双葉はノートに目を落としてから続けた。「タイムスリップ先の歴史書は、場合によっては微妙に違ってくる可能性もある。順番に説明するよ。基本はパラレルワールド。信長と光秀の例はやめて、印達の例でいこう。タイムスリップ元とか先とかいう言い方もやめてアルファベットにするぞ。時空は無限にあるけど、わかりやすくするためにAからZの時空があるとしよう。印達が正徳元年十一月二十一日の御城将棋に出勤したのは事実だから、この歴史記述はAからZまですべての時空で共通している。印達が翌年九月に死んだのも事実だから、これもすべての時空で共通している。オーケー?」

「オーケー」

「じゃここでA時空にいる印達が、御城将棋の十二日前にB時空へタイムスリップしたとしよう。A時空の歴史書では印達は、このとき行方不明になっている。このことについてはみんな同じ意見だ。問題はB時空ではどうなるかだ。わかりやすいように三つのケースに分けてみる。まず最初はB時空の正徳二年十月に印達が江戸に出現した場合だ。B時空の歴史書の記述はどうなると思う?」

「僕は正徳二年九月に死んでいるから、その翌月に出現するわけだね」

「うん、そう」

「印達は生き返った……あるいは印達と瓜二つの少年が現れた……あるいは幽霊になって出てきた」

「生き返るなんてこと、江戸時代にあったのか」

「聞いたことない。でも幽霊になって出てきたという話ならあった」

「歴史書の記述はどうなると思う?　幽霊になって出てきたってなるか」

「……よくわからないよ」

「だよな。みんなもそこは微妙だと言っていた。二番目は二十年後のB時空に出現したケースだ。B時空の歴史書の記述はどうなると思う?」

「生き返ったと思う人はいないだろうな。幽霊か、あるいは瓜二つの少年が現れた。当時の僕をよく知っている人は、生まれ変わりだと思うかもしれない」

「わたしもそう思う。みんなも同じ意見だった。ただ、B時空の歴史書がどうなっているかは
ここでも微妙だ」

「わかるよ」

「じゃ三番目のケースだ。今回のように三百年後のB時空に出現したらどうなるか」

印達は少し考えてから、

「なるほど……よくわかるよ」

と言った。

「そういうことさ。生き返ったと思う人は百パーセントいない。幽霊とか生まれ変わりだとか思う人もいない。印達本人を見た人は令和にはいないんだから。つまり三百年後のB時空に印達が現れても、伊藤印達という棋士の歴史的記述は『伊藤印達は正徳二年九月に死亡』となっているんだ。このスマホにあるようにね」

双葉はバッグからスマホを出して握った。

印達は何回もうなずいた。これで歴史的記述の謎が解けた。

「ただ、これはあくまでもパラレルワールドの考えがベースになってるんだ」と双葉は続けた。

「過去へ行っても未来へ行っても、結局はタイムスリップした瞬間に戻ってしまうという説もあった。この前、電話で話しただろう。ループ説だ。そいつにもっと詳しく聞いてみた。そい

つに言わせると、パラレルワールドというのは所詮はつじつま合わせの理論。本当は違うと言うんだ」

「時空はひとつしかない？」

「うん、ひとつだけだ」双葉はまたノートに目を落とす。「正確に言えばメインとなる時空はひとつ。タイムスリップ現象が起こるのはサブ時空。この二つは木の幹と枝の関係にたとえるとわかりやすいと言ってたな。メイン時空では時間は過去から未来へ直線的に流れているけど、サブ時空では過去・現在・未来がループのようにつながっている。二つは別物で、サブ時空で何が起こってもメイン時空の歴史は変わらない。当然、歴史の記述も変わらない。印達の質問にあっただろう、タイムスリップした時空で信長と愛し合った女性の話。それをみんなに聞いてみた。その女性の記憶に信長は残るか、それとも消えてしまうか」

「そしたら？」

「消えるが五人。残るがひとり」

残ると言ったのが誰か、双葉の目を見てわかった。

「消えるという意見の根拠は？」

「信長がメイン時空にもどった瞬間、サブ時空そのものが消滅してしまうからさ。枝が幹から切り落とされるように。サブ時空にいるその女性も消えてしまう。メイン時空にいるその女性には、そもそも信長と愛し合った経験がない」

「……よくわからないよ」

「女性に名前をつけよう。ナツミにしようか。信長と愛し合ったのは、信長がタイムスリップした枝にいるナツミ。幹や他の枝にいるナツミじゃない」

「メイン時空にもサブ時空にも、ナツミはいるわけだね」

「うん、いる。幹にはもちろん、どの枝にも信長とナツミがいる。幹にも枝にも同じ現実が並行して存在しているんだ。ここはパラレルワールドと同じ考えだ。違うところは、ループ説では、信長が幹の時空に戻った瞬間、その枝は根元から断ちきられる。その枝のなかにいるナツミも同時に消えてしまうんだ」

双葉の目のキラキラが消えている。

「自分がサブ時空にいるというのは、本人にはわからないのかな」

「わからないと言ってた。地球上に住んでいる人が、地球が丸いのを自覚できないのと同じだって」

「残るという意見の根拠は？」

「枝は断ちきられないと思っているからさ。信長が去った後も幹に残っている」

――わたしは絶対に印達を忘れない。

という双葉の気持ちが伝わってくる。

「じゃ、信長の記憶のなかにその女性は残る？　残らない？」

「三対三に分かれた。残る派の言い分は、たとえサブ時空が消滅しても信長本人はメイン時空に戻ってくるわけだから、記憶は残っていないとおかしい。消える派の言い分は、信長はタイムスリップ前に戻るわけだから、記憶もリセットされているはず」

「リセットというのは？」

「元の状態に戻ること」

「僕は残ると思う。僕の意見を入れると四対三で残る派が勝つ」

双葉は大きくうなずいた。

目に涙がたまっている。

「残りの質問はひとつだったな」双葉は目をしばたたいて言う。「タイムトラベラーはいつメイン時空に戻るのか……『時空ガール』も『乱世ーズ』も主人公は現代に戻ってくるわけだけど、それは小説だからそういう設定になっているだけで、パラレルワールド説なら基本的に元の時空に戻る必要はないんだ。その時代でずっと生きられる。だけどループ説をとると、いつかはメイン時空に戻らなければならない。戻る時期についてはみんなわからないと言っていた。わたしもぜんぜんわかんない。使命を終えると戻るんだという意見が出たけど、あるとき不意に戻ってしまうんじゃないかという意見も出た」

「パラレルワールド説なら、元の時空に戻る必要がないわけだね」

「ていうか、戻れないって言ったほうがいいかも。タイムマシンはまだないし、ワームホールに偶然触れない限り……いや、触れたって元の時空に戻るとは限らない。まったく別の時空、たとえば千年前とか、十億年後の未来とかへ飛ばされてしまうかもしれない」

双葉が何を考えているか伝わってくる。

印達の思いも双葉に伝わっているはずだ。

「明日から、もっと詳しく調べるよ」と双葉は言う。「今のところパラレルワールド説が有力だ。わたしも印達の話を聞いて、この説なら矛盾なく説明できると思っている」

「ありがとう、双葉……この令和で生きていくための準備はできている。学校も三学期から行く予定になっているし、健康保険証とかも用意してもらえる。末永さんの養子になる話もある
……双葉がそばにいてくれれば……江戸に戻りたくない」

「そばにいるよ。たとえ江戸に戻っても」

「江戸に戻っても?」

「いつもそばにいるんだよ。寝てるときも起きてるときも、手をつないでいるんだ。そうすればさ、もしループ説が正しかったとしても一緒に時空を移動できる。一億年後の未来へ飛ばされても、一緒にいられる」

「そうか……」

目の前の霧が一気に晴れた気がした。

双葉の目のキラキラも復活した。

「もうひとつお願いがあるんだけど」と印達は言った。「小判がいくらで売れるかスマホで調べてほしいんだ。僕はうまく操作できなくて」

「小判？　昔のお金か」

「うん、そう。元禄時代に使われていた一両小判なんだ」

「今、調べるのか」

「頼む」

双葉は手のなかのスマホを何回かタップした。

「小判といってもいろいろあるぞ。ゲンロク時代ってこういう漢字か」

双葉は腕を伸ばしてスマホの画面を見せる。

「うん、それでいいよ」

双葉はタップとスクロールを何回かした後、再び画面を印達に見せた。印達は身を乗り出した。双葉も腕を伸ばしてスマホを近づけてくれた。

「いや、それじゃない……慶長小判で調べてみて」

排菌がある印達は、双葉のスマホに触れないほうがいい。

元号が元禄に変わったときに新しい小判が発行されたが、印達が呉服屋に持っていこうとしたのは慶長時代から使われている小判だった。慶長という文字も、印達は左の掌に書いた。スマホの画面がまた印達に向けられる。

双葉の左手首に何かが見えた。

「うん、それそれ。売却するといくら？」

「ええと……幅があるな。おっ、百三十万円から二百万円……すごい」

双葉はテーブルから身を乗り出し、腕をいっぱいに伸ばした。

また左手首が見えた。腕時計の下にある赤黒い筋。

「双葉……手首どうしたの」

双葉の目が動かなくなった。

ゆっくりと身体を引く。やがて小さな声で言う。

「リストカット」

意味がわからず印達は黙って双葉を見つめた。

「印達と初めて会った日のこと、覚えているだろう」

「双葉が僕のこと、ハーゲンダッツさんて呼んだ日のことだよね」

「そう。あの日、学校でイヤなことがあってさ。あのまま家に帰ったら、たぶんもう一度リストカットしてた。今度は死んでたかもな。でも、印達と会ってなんか力が抜けちゃったんだ」

リストカットの意味がピンときた。

「自分で手首を切ったのか」

「すうっと血があふれてきて、気持ちよくなるんだ」

「やめろよ、そんなこと」

「大丈夫。もうやらないよ」

少しの間、何も話さないで見つめあっていた。大きなマスクがあるので動いているのは目だけ。印達がキラキラした目をのぞき込むと、双葉も印達の目をのぞき込んできた。双葉の目の扉は開いていた。印達も目の扉を開いた。

夕食後は窓外の夜景を見て過ごした。カーンカーンという音はもう聞こえてこない。小さな光が無数に輝いている。

久しぶりに穏やかな気持ちになっている自分に気がついた。印達は令和に来て他人に迷惑ばかりかけてきたが、双葉を助けることができた。うれしかった。

タイムスリップについてもいろいろな説を聞くことができた。道は二つあることが理解できた。ひとつはこのまま令和で生き続ける道。他の人々とまったく同じように、成長し老いて死ぬ道である。パラレルワールド説からすればこれ。自分が経験したタイムスリップをよく説明できる。

もうひとつは江戸へ戻る道。ループ説である。いつどういうきっかけで戻るか、戻った自分に令和の記憶があるかどうかはわからない。双葉が印達のことを覚えているかもわからない。

他にも不明な点があるが、ひとまず頭にいれておく必要がある。

末永と奥さんのことを思い出した。双葉と松下と『宗歩』の人たち、『ヘラクレス』の人たちも思い出した。感染していないことを祈るしかない。万一感染していた場合は、小判と二朱判金を売却して役に立ててもらおう。足りなければ働いて返そう。

令和で生きるなら、そこで発生した喜びも悲しみも苦しみもすべて引き受ける。江戸に戻って一年足らずで死ぬなら、それも命運。

カーテンを閉めると、印達は久しぶりに将棋の駒を手にした。

第三章　峻王杯

1　十二月五日（土）

「おお、伊藤君じゃないか」

店長が最初に声をかけてきた。

「あら、久しぶり」

奥さんも目を丸くしてこっちを見ている。

お客さんもその声に反応して、いっせいに顔を上げた。

「印達兄さーん」

子供たち三人が来ていて印達に手を振る。子供たちの正面には松下がいた。

「よっ、待ってたぞ」

松下は力強く手を上げた。

末永と印達はカウンターに行く。十二月五日、土曜日。午後三時。『宗歩』の店内は混み合っている。印達と末永はカウンター前のスツールに座った。店長が冷たいウーロン茶をカウンターに置いた。

「髪型、変わったね」

と店長。

「でも、雰囲気は変わってない」

と奥さん。

印達はこの二ヶ月の間に伸びた髪を、退院した昨日、床屋さんで今風にカットしてもらった。髪伸ばし途中なのでショートレイヤー。ユニクロで冬服を買った。モスグリーンの厚手のニットとダウンジャケット。ベージュの綿パン。黒のスニーカー。

「後で詳しい事情は話すが、伊藤君はひとまず昨日からわしの家にもどった。またこのお店にごやっかいになるからよろしく」

末永が言うと、

「それはうれしいねぇ」

店長と奥さんが異口同音に言って笑う。

対局していない何人かも周りに集まってくる。

「イケメンだねぇ」

ひとりが言う。

「似合うよ、その髪型」

別のひとりも言う。

「峻王杯、出るんだろう」

「はい、出ます」

出場オーケーの葉書は十一月末に末永宅に送られてきた。松下のところにも来ている。

「勝ち抜いてくれよな。優勝だ」

「応援してるよ。伊藤君は『宗歩』の星だからな」

「伊藤君がプロになったら、おれは対局したことがあるって自慢できる」

口々に言う。印達はウーロン茶を飲みながら笑ってうなずく。

末永と奥さんは二日間前に接触者健診があり、二人とも陰性。一ヶ月前の健診でも陰性だったので、これで感染していないと見てほぼ間違いないそうだ。双葉と松下も念のためということで健診したが陰性だった。いちばん大きな心配がこれでなくなった。

四人が陰性だったため、『宗歩』の常連には接触者健診は実施しないと保健所の職員に言われた。『ヘラクレス』の常連にも実施しない。印達の排菌は止まっているので普通に生活できる。人と会うことも自由。

健康保険証は臨時に発行してもらった。養子の件は、末永と奥さんの陰性が確認できた十二月三日に正式にお願いした。手続のために、家庭裁判所というところへこれから何回か行かなければならないようだ。学校については、地元の公立中学校に一月八日から通学できることが決まった。教科書はすでに手元にある。

指導対局が終わったらしく子供たちが駆け寄ってきた。

「印達兄さん、久しぶりー」

市園孝文が印達の右腕を取って言う。

「印達兄さん、僕のこと忘れてなかった？」

江波浩平が左腕を取る。

「印達兄さん、カッコいいよ、その髪型」

加山奈々が背中に抱きつく。

「帰ってきたか、印達」

松下もすぐにやってきた。

「はい」

印達は松下と向き合う。入院中、松下はよく電話してくれた。将棋の話だけでなく、奨励会での苦労話や居酒屋での笑い話もしてくれた。面会にも三度来てくれた。

「一局指そう」

「はい」

松下には『宗歩』へ来ることは話してある。印達の気持ちがきちんと将棋に向いているか、対局して確かめたいと言っていた。もちろん印達も確かめたかった。

松下と印達は奥の席に座った。松下が対局時計を操作して互いの持ち時間を20分にセットする。常連が七、八人集まってきた。子供たちもそのなかにいる。お願いします、と挨拶を交わした。

振り駒の結果先手印達。後手松下。

印達は目を閉じ大きく深呼吸してから、ゆっくりと目を開いた。初手▲7六歩。松下△3四歩。印達▲2六歩。以下△8四歩▲2五歩△8五歩▲7八金△3二金▲2四歩△同歩▲同飛△8六歩▲同歩△同飛▲3四飛△3三角▲3六飛△8四飛▲2六飛△2二銀▲8七歩△7二銀※▲5八玉（1図）となった。

（第9局1図　▲5八玉まで）

△松下　持駒　歩二

▲印達　持駒　歩二

横歩取りは江戸でも指されているが、感覚が独特で指しこなすのが難しい。横歩取りは印達の知っている限り、後手でも主導権が握れる戦法である。令和では新しい工夫があるのだろうか。印達の復調を確認したいという松下の強い意志を感じる。

1図の※▲5八玉では▲3三角成△同桂▲2一角という強く踏み込む手順も考えたが、印達はじっくり戦う方針を選んだ。将棋を再び指すことができた喜びをじっくり味わいたかったのだ。残り時間は印達18分26秒。松下18分03秒。

1図以下☖2三銀☗3八金☖6二玉☗4八銀☖1四歩☗3六歩☖1五歩☗3七桂☖8八角成☗同銀☖3三桂☗4六歩☖2五歩☗2九飛☖2四飛☗4七銀☖2六歩☗3五角☖7四飛☗2六角☖2五歩☗3五角☖3四銀☗2四角※☖2三金となった。

（第9局2図　☖4五歩まで）

☖松下　持駒　角角

☗印達　持駒　金桂桂歩五

※☖2三金は角が取れて自然に見えるが、指し過ぎだと印達は思った。☖7六飛と歩切れを解消しておけば松下は互角を維持できたはず……この判断が瞬時にできたということは、自分は集中しているとみていい。

以下☗3三角成☖同金☗2五桂☖2四金☗3三桂成となった。駒損ながら成桂ができて印達が指しやすい。☖2五銀☗2六歩☖1四銀☗7七銀となったところで印達は自分の優勢を確信した。

残り時間を確認した。印達17分32秒。松下15分11秒。時間は十分にある。ここからは無理に動かず少しずつポイントを稼ぐ指し方にしたほうがいい。しかし松下も苦しいながらも辛抱する順を選んできた。

以下△7一玉▲4三成桂△3四金▲5六歩△8二玉▲6八玉△2三銀▲4八金※△4四金となった。先に痺れを切らしたのは松下だった。※△4四金はその表れ。これ以上待ってもじり貧と見て、駒交換に出たのだ。

以下▲4四同成桂△同飛▲6六銀△3四銀▲7七桂△5四歩▲8六歩△6四桂▲6五銀△5五歩▲同歩△7六桂▲同銀※△4五歩（2図）となった。

（第9局3図　▲7四歩まで）

▲印達　持駒　金桂歩四

△松下　持駒　銀歩

依然として印達が優勢。駒得が大きい。だがこの局面で攻めるか受けるか、印達は迷った。※△4五歩に対しては、御城将棋なら▲5七金打と手厚く指したはず。しかし今回は切れ負けのルール。局面が優勢でも時間以内に相手を投了に追い込まなければ、自分が負ける場合もある。かつて中村五段と対戦したときのように。

怖い思いをするだろうが、ここは踏み込もう。目の前の崖を印達は飛び降りた。2図以下▲6五桂と印達は踏み込んだ。松下△4六歩。以下▲5六銀△4七角▲同銀△同歩成▲5三角△4六飛※▲6六桂

△6四角▲7四歩（3図）となった。

自分の手も相手の手もよく見えている。途中の※▲6六桂～▲7四歩は好手。4七にと金がいても、▲7七玉から左辺へ逃げ込めるのが大きく印達の優勢は動かない。▲7四歩は歩の攻めなので切れる心配もない。

（第9局投了図　▲8四銀まで）

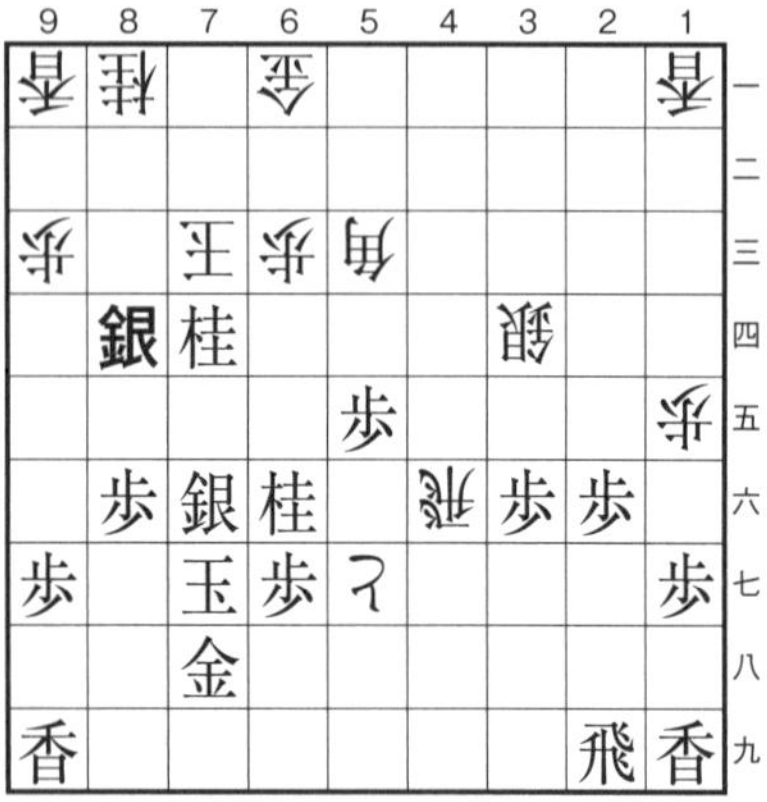

周りの静けさが深くなった。声を出さないというより息を止めている様子。異様な緊張感が伝わってくる。松下の表情が動かなくなった。目も動かない。盤面の中央をじっとにらんでいる。残り時間を確認した。印達13分18秒。松下9分45秒。よし、このましっかり寄せきろう。

3図以下△5七銀▲同金△同と▲7七玉△5三角▲7三歩成△同銀▲7四桂打△7二玉▲7三桂成△同玉▲8四銀（投了図）103手まで。印達の勝ち。

投了図以下△同玉は▲8五歩△7三玉▲8四銀△6四玉▲5四金までの詰み。ありがとうございましたと挨拶を交わしても、まだ静けさは続いていた。

「見事だな、印達」

松下が笑顔になると、子供たち三人がいっせいに歓声を上げた。

「すごい、印達兄さん」

「寄せの迫力、すごーい」

「わたしもこんな将棋、指したい」

しかし大人たちは黙っている。たぶん松下を気遣っているのだろう。

「完全に復調したな。ていうか、前より強くなっている。峻王杯が楽しみだ」

ようやく周囲にいる大人たちも反応した。プロの対局を観ているようだったよ、松下先生相手にまた勝っちゃったよ……様々な言葉が飛び交う。輪のなかには末永もいた。末永だけは何も言わないで、静かな笑みをたたえている。

2　十二月七日（月）

今日は朝から松下と峻王杯へ向けた必勝対策。

優勢と劣勢に分かれた局面から指し始める方法である。峻王杯初日まで、あと五日間。松下は一週間仕事を休んで、この対策に賭けると言った。末永のマンションに松下は朝十時になると来た。『宗歩』へは行かずに印達の部屋で指す。

今日は奥さんに昼ご飯を作ってもらい、お茶を飲みながら将棋の話をした。そのあとまた指し、夕食前に松下は帰っていった。峻王杯前日までこのやり方を続ける予定。

　夕食を終えて少しすると、印達はマンションを出てドトールへ向かった。二ヶ月振りに歩く夜の歩道。空気はすっかり冷たくなっていた。

　印達がドトール前で待っていると、遠くにセーラー服にリュック姿の双葉が見えた。チェック柄のマフラーをしている。双葉もすぐ印達に気がついたようだ。笑顔のまま近づいてくる。印達は立ったまま、次第に大きくなっていくその姿を、胸の鼓動を聞きながら見つめていた。

「ハーイ、おめでとう」

　双葉は駆け寄ると両手を挙げる。

「ハーイ、ありがとう」

　印達も両手を挙げてハイタッチした。少しの間、見つめあう。キラキラした目が印達のなかに入ってくる。印達も双葉の目のなかに入っていった。

「長かったな」

「ううん、双葉のお陰で、あっという間に過ぎたよ」

　双葉は土曜になると必ず五時に面会に来てくれた。タイムスリップの話題が一段落すると、思いつくままに様々なことを話した。看護助手の女性に頼んで、ポテチと炭酸水を病院内のコンビニへ買いにいってもらったこと。印達は三学期から学校へ行くこと、末永さんという人の家に住まわせてもらうことなど。

印達のやっている将棋がはさみ将棋や回り将棋ではなく『本将棋』と呼ばれるものであることも話した。面会室へ将棋盤と将棋の駒を持って行って、駒の動かしかたを教えたりもしたが、双葉は途中で投げ出した。絶対に覚えられないと言って。

ドトールは相変わらず込み合っている。制服姿の高校生も何人かいた。

「ランドのことなんだけど、いつ行く？」

双葉が聞いてきた。

「峻王杯の大会が終わってからがいいんだけど」

峻王杯初日は五日後の十二月十二日土曜日。勝てば十三日もある。

「そうすると、十九日の土曜日か二十日の日曜日」

「日曜日にしようか」

「わかった。チケット、持ってきただろう」

印達はショルダーバッグからパークチケットを取り出して双葉に渡した。双葉から入院中に手渡されたもの。

「わたしが日付変更しておくから」

待ち合わせの時間と場所はこの前約束したとおり。

「しかし、おまえが中三とはなぁ。わたしは高一だぞ」

「しかたないじゃん」

「その髪型選んだの、誰」

「床屋さんにある雑誌を見て決めた」

「丸坊主もよかったけどな」

「ヤだ」

印達はショルダーバッグから小さな紙袋を取り出した。

「双葉」

「うん？」

「ちょっと遅れちゃったけど、誕生日おめでとう」

双葉の誕生日は十一月二十日。その日はまだ入院中だったので、プレゼントを買いに行くことができなかった。

「ええっ……」

と言いながら双葉は紙袋から四角い箱を取り出した。

「CHANELじゃん、これ……」

「開けていいよ」

双葉は指先でリボンの結び目をそっと解いた。

「リップだ……」

双葉は黒い容器を指でひねった。赤い部分が首を出す。

江戸では紅は高級品。娘たちの憧れの品。なかなか手に入らない。昨日の午前中に駅前のデパートで買ってきたもの。ＣＨＡＮＥＬのリップは店員さんのお勧め。

「おまえ、女の子の気持ち、意外とわかるやつなんだな」

「意外とは余計だよ」

「印達の誕生日は？」

「三月二十三日」

「よし、プレゼント考えておく」

双葉はもう一度リップを手にとって眺めると、にっこりしてから箱のなかに入れて紙袋に戻した。峻王杯のことを話した。十二日は午前十時から対局が始まり、勝ち進めば午後四時までかかる。その後は末永や松下と話をするだろうからたぶん会えない。

十三日の午後五時にホテル利休で会うことにした。午後一時から準決勝と決勝。優勝すれば表彰式があるが、例年なら午後五時前には終わると聞いている。表彰式には準決勝に進んだ四人全員が参加するそうだ。

「ケーキ食べようか。今日はわたしが出すから」

「うん、食べよう」

ショーケースのところへ行って双葉はティラミスを選んだ。印達も同じものにした。カフェラテも二つ頼んだ。ティラミスを同時に口に入れる。

「ここで将棋やった日、思い出すね」

と印達。

「うん、はさみ将棋と回り将棋」

「はさみ将棋は、もう負けないよ」

「おまえ、容赦ないからな」

カフェラテの泡が双葉の唇につく。

「回り将棋もコツを覚えたよ。盤を斜めに使って駒を振れば『うんち』にも『しょんべん』にもなりにくい」

「それは誰でもわかる」

「後は運」

「本将棋は運とは関係ないのか」

「あるよ。でも回り将棋ほどじゃない。実力があるほうがたいていは勝つ。だからみんな必死に努力するんだ」

「わたしはそういうの、ダメだってわかったよ」

「また教えようか」

「もういい。無理」

二人で笑う。

「学校って面白い？」

「中学よりも高校のほうが面白い」

「なんで？」

「高校になると、いろんなことがわかってくるんだ。世の中のこともそうだけど、一番の違いは、自分のことがよく理解できるようになることかな」

印達は思わず目を見張った。双葉は続ける。

「ただ、自分のことがわかってくると、死にたくなるときもある」

右へ行くと駅に出る。左に折れると川に出る。そんな何気ない言いかた。

「おまえ、自分のこと好きか？」

「いや、ぜんぜん」

「わたしから見ると、印達はいいやつだよ」

「僕から見ると、双葉もいいやつさ」

「そう言わると救われるんだよな。自分ひとりで考え込むとヤバい方向へ行く」

「わかるよ。双葉は大学へ行くの？」

「まだ決めてない。でもたぶん行かない。専門へ行くと思う」

「専門学校のこと？」

「うん。何の専門に行くかまだ決めてないけど」

専門学校のことはテレビで知っている。法律やデザインやマスコミや医療など、様々な分野の専門学校がある。

「印達はどうするんだ？」

「高校は行く。そのあとは決めていない。将棋のプロになりたいと思っていること、前に言ったよね」

「うん」

「来年とか再来年にプロになれたら、大学は行かないかもしれない。でも、高校へは絶対に行きたい」

「江戸じゃ、どんな勉強していたんだ？」

「主に読み書きと算盤かな」

「やっぱ学校があったのか」

「今みたいに大きいのはなかった。手習いといって六畳くらいの広さのところで、浪人さんとか武家の奥さんとかが教えてくれるんだ」

「個人塾みたいなものか」

「そんな感じかな。勉強の他に、人としての道を説く時間も多かった」

「人としての道って？」

「親兄弟を大切にしなさいとか、目上の人を尊敬しなさいとか、社会の秩序を乱してはならないとか」

「うざいな」

「大切なことだと思うけど」

「ふうん」

タイムスリップに関しては、双葉が面会に来るたびに話し合った。歴史書の記述という観点からすると、今回の印達のタイムスリップはパラレルワールド説でもループ説でも矛盾なく説明できる。

しかし過去へ戻るかどうかという点で考えると違ってくる。パラレルワールド説でいくと、印達は過去へ戻る必要はない。というより偶然ワームホールに触れない限り、この時空にとどまり続ける。

ループ説を採ると、印達はいずれ江戸に戻っていくことになる。双葉についての記憶が残るかどうかはわからない。双葉が印達を記憶しているかどうかはもっと微妙。

『指の記憶』を思い出した。島崎明日香さんはその後、どうなったんだろう。思い出の土地へ、そこで生きているであろう父母や兄弟の元へ帰っていったのだろうか。それとも過去のことは誰にも言わずに、今の夫と息子と共に生きる道を選んだのだろうか。もし自分が明日香なら、と印達は考えた……後者を選ぶ。

時間になったのでお店を出た。

駅の改札口へ向かって並んで歩く。双葉の指が印達の指に触れた。そのままにしていると双葉は指を絡ませてきた。

——もしものときも、こうしていれば一緒にタイムスリップできる。

双葉の思いが指を通して伝わってくる。

印達も同じ思いを込めて握り返した。

「峻王杯、頑張れよ」

「うん、頑張る。十三日に会おうね」

改札口の向こうへ双葉が消えてからも、指に柔らかな感触は残っていた。

3　峻王杯初日　十二月十二日（土）

月島のホテル利休の五階会場に、人々が続々と集まってきている。末永と奥さん、そして松下と印達が会場に到着したときには、すでに四十人ほどがいた。スーツにネクタイ姿で胸にネームプレートを下げている人たちが主催者側だと末永が教えてくれた。

末永と奥さんを控室に残すと、松下と印達は対局会場へ行った。細長いテーブルと椅子がたくさん並んでいる。テーブルの上に将棋盤と対局時計。正面には大きなパネル。まだ席には誰もついていない。隅のほうでグループになって談笑している人たちもいる。みんなマスクをしている。

入口にあるアルコールジェルで手を消毒した後、受付で葉書を出してくじを引いた。A14と書かれていた。松下はB35。椅子の背に番号を書いた紙が貼ってある。右側前列にA14という番号を見つけた。B35は左側の三列目。かなり離れている。

松下と印達は受付で渡された名札を胸につけた。AブロックとBブロックに分かれてしまったので、松下と印達が勝ち進んでも今日の対戦はない。あるとすれば明日。初日の今日はAブロック64名、Bブロック64名のなかから2人ずつ選ばれる。

「どうだ、緊張してないか」

松下が笑顔で聞いてくる。

「はい、少し……」

と印達は答えた。御城将棋のときとは違う緊張を感じる。自分のために指す。これは印達にとって初めての経験だった。

「松下さんじゃないですか」

右のほうで声がした。

「あっ……吉田か」

「そうです。久しぶりですね……十年ぶりくらいですかね」

「うん、そのくらいになるな。今何しているんだ」

「介護施設で働いています。松下さんは?」

「居酒屋だ」

二人は顔を見合わせて笑う。

「アマ棋戦にはよく参加しているのか」

と松下が聞く。

「僕は三年ぶりです。なかなか休みが取れなくて」

「おれは初めての参加だ。吉田は何番だ?」

「A16です。松下さんは?」

「B35だ。今日は当たらないな……紹介するよ。こちらは伊藤印達。おれと同じく、今回初めてアマ棋戦に参加するんだ。中学三年生」

「中三でアマ棋戦に……すごいんだね」

吉田は印達の顔と名札を交互に見て言う。

「印達、紹介するよ。こちらは吉田伸行さん。おれより二つ下。元奨励会三段。おれとは十数年間、奨励会で一緒だった」

背はあまり高くないが、がっしりした体つきをしている。

「初めまして、伊藤と申します」

印達は頭を下げる。

「吉田です。よろしくお願いします……松下さんに指導してもらっているんですか」

「はい、そうです」

「だったらかなり強いんだろうなぁ……何番？」

「Ａ14です」

「僕はＡ16。近いじゃないの……」吉田は正面の大きなパネルを見る。「いきなり二回戦で当たる……うわっ、当たりたくないなぁ」

ぜひ当たりたいという顔をしている。

会場のあちこちから会話が聞こえてくる。人数が増えてきて、パネルが名前で埋まってくる。たいていの人が二十歳から四十歳くらい。年配の人も何人かいる。印達と同年代は誰もいない。

時間が来たので松下も印達も指定の椅子に座って待った。間もなく対戦相手が正面に座った。名札には倉持亮とあった。トーナメント表でもその名前は確認してある。現アマ峻王であり元学生名人でもある。松下と同じくらいの歳。今までタイトルを取ったアマチュア強豪の名前とプロフィールを、印達は頭に入れてある。

「二回戦、楽しみにしていますよ」

倉持は隣の男に小声で言う。

「僕もです」

隣の男も小声で返す。胸の名札には中須義則とある。元アマ竜神である。

やがて棋戦概要と注意事項を書いた用紙が配られ、胸に赤いバラの花をつけた中年の男が壇上に立った。場内が静かになる。

男は審判長だと名乗り、規約と注意事項をいくつか読み上げた。明日の準決勝と決勝についての説明もあった。話は十分ほどで終わった。


（第10局1図　▲4五歩まで）

△印達　持駒　なし

▲倉持　持駒　なし

いよいよ対局開始である。午前十時五分前。振り駒をして先手と後手を決めた。倉持の先手、印達の後手である。対局時計を印達の右側に移動させて待った。対局開始の合図と同時に、お願いしますという声と、対局時計のボタンを押す音が場内に響き渡る。

倉持は涼しい目で盤面を見つめている。少年の印達を軽く見ているというより、自分に確かな自信を持っているという目。しかし印達の気持ちも落ち着いていた。

初手倉持▲7六歩。印達は△8四歩。以下▲6八銀△3四歩▲7七銀△6二銀▲2六歩△4二銀▲

2五歩☖3三銀☗4八銀☖5四歩☗5六歩☖5二金右☗7八金☖4四歩☗6九玉☖4三金☗5八金☖3二金☗3六歩☖4一玉☗4六歩※①☖5三銀☗3七桂※②☖6四銀☗4七銀☖3一角☗6六銀☖8五歩☗4五歩（1図）となった。

戦型は先手急戦矢倉である。江戸では印達は矢倉を好んで指した。宗銀との番勝負でも相矢倉戦は何局もあった。しかしこの令和では、矢倉は『宗歩』で数回しか経験していない。松下も中村や目黒も矢倉は使わなかった。

こうして目の前に矢倉の陣形を見ていると、気持ちが和らいだ。江戸が目の前に出現したような気がした。印達は一手十秒以内で指した。倉持も同じペースで指してくる。

途中※①☖5三銀は急戦矢倉に対応した手。また※②☖6四銀と早めに銀を繰り出したのが印達の工夫。倉持の☗6六銀〜☗5五歩の仕掛けを牽制するのが狙いだ。これに対して倉持は数秒考えただけで☗4五歩と仕掛けてきた。倉持さん、と印達は心のなかで呟いた。その仕掛けは成功させないぞ。

1図以下☖4五同歩☗同桂☖2二銀となったところで倉持の手が止まった。左手で銀縁の眼鏡を押し上げたまま、じっと盤面をにらんでいる。

印達の☖2二銀は強気の手。普通は☖4四銀だが☖2二銀で☖4四歩を見せることで相手の攻めを呼びこもうと考えたのだ。やってこい！という意思表示。倉持さん、さあどうする。残り時間は印達17分41秒。倉持16分3秒。倉持は左手を眼鏡から離すと強く☗5五歩とした。誘いに乗ってきたのだ。
以下☖4四歩☗5六銀☖4五歩☗同銀☖3三銀☗4八飛☖5三角☗4四歩☖同銀☗5四銀☖4二角☗4三銀成☖同金☗5四金☖同金☗同歩☖4三歩☗4五歩☖3三銀☗2四歩※☖3七銀となった。

（第10局2図　☖3六金まで）

ここでまた倉持の手が止まった。雰囲気でわかった。※☖3七銀はたぶん読みになかった指し手だったのだろう。倉持の身体が前のめりになり、顔が盤面に被さった。

攻めても攻めても容易に崩れない。どうしたらいいのか。どこかに突破口はないか……そんな倉持の心情が透けて見える。ここまでは印達がずっと受けに回る展開だが、いつか必ず攻めに転じるチャンスがある。一手十秒以内に指していれば切れ負けになることはない。

しばらくその姿勢でいた倉持だが、やがて大きくうなずくと☗4七飛とした。印達☖4六金。以下☗4九飛☖3二玉☗2三歩成☖同玉※☗7九角☖3六金（2図）となった。

倉持の※☗7九角は緩手。かえて☗4一金と角を取りにいくのが正解。倉持の攻め、印達の受けという構図は変わらないが、バランスが崩れつつあるのを感じた。

隣で対局している中須義則の視線が、ときどきこっちの盤面に注がれるのがわかった。印達も一度だけ隣を見た。まだ五十手くらいしか進んでいないがすでに中須の勝勢。時間も十分以上残している。


（第10局3図　☗7九玉まで）

2図以下☗2四歩☖同銀☗4四歩☖3八銀成☗4三歩成☖4九成銀☗4二と☖同飛☗2四角☖同玉☗5一角☖4一歩※☗7九玉（3図）となった。
倉持の※☗7九玉は先手玉を堅くする粘りの一手。しかしこれは攻めを中断した手でもある。手番が印達に回ってきた。ずっと受けに回っていたがここで反撃開始だ。
3図以下☖2八飛☗4七銀☖3五角☗5七銀☖4七金☗同金☖8六歩となったところで倉持はまた手を止めた。

倉持の額に大粒の汗が浮いている。汗はこめかみを伝い、マスクのなかに流れ込んでいる。倉持はハンカチを取り出すと、銀縁の眼鏡を外して額を拭いた。ペットボトルのお茶を一気に半分ほど飲む。

受けに徹するかあるいは受けきれないと見て攻めに転じるか迷っている顔。△8六歩は詰めろではないので、先手の詰めろが続けば倉持の勝ちだが、印達が冷静に対応すれば詰めろは続かない。印達はそう判断した。残り時間は印達14分48秒。倉持6分11秒。


（第10局投了図　△8八金まで）

△印達　持駒　角銀歩三

▲倉持　持駒　角金銀歩

倉持はちらと対局時計に目を走らせると▲2五歩とした。攻めに出たのだ。印達は△3三玉。以下▲4二角成△同歩▲3一飛△3二桂▲8一飛成※△6九銀となったところで倉持は再び手を止めた。

前のめりになった身体を起こし、銀縁の眼鏡を外してからまたかけ直した。ときどき目を宙に泳がせる。焦点が定まっていない様子。

印達の※△6九銀は決め手。▲同玉は△5八角▲7九玉△4七角成で寄り筋。倉持は小さく何回もうなずくと☗6八金打とした。印達☖7八銀成。以下☗同玉☖5七角成☗4五桂☖4四玉☗5七金寄☖8八金まで（投了図）１００手で印達の勝ち。

投了図で☗同玉は☖6八飛成。☗7七玉は☖8七金。☗6九玉は☖7八銀以下いずれも詰んでいる。残り時間は印達13分25秒。倉持2分13秒。

「負けました」

倉持は目を伏せて頭を下げた。

「ありがとうございました」

印達も頭を下げた。

隣で指している中須の呆然とした顔が、印達の目の隅に映る。

なんとか勝てた。一局勝つことの大変さは、宗銀との番勝負で経験している。しかしそれよりはるかに緊迫した時間がここにはある。まるで綱渡りをしているようだ。足を滑らせたら終わり。その後の対局はない。勝ち進めば今日だけでさらに四局ある。アマ棋戦というのはこういうところなんだ。

しばらく目を伏せていた倉持だが、やがて目を上げると、

「感想戦もしたいけど、その前にちょっと個人的なことを聞いていいかな」

と聞いてきた。

「はい」

と印達は答えた。

「若く見えるけど、高校生？」

「中学三年です」

「中学三年……もちろん、奨励会員じゃないよね」

「ええ、違います」

奨励会員はアマ棋戦には出場できない、という規定がある。

「アマ棋戦は初めて？」

「はい、初めてです」

「小学生名人戦とかにも出たことない？」

「出たことありません」

「だよね。きみの名前、今まで聞いたことないし……しかし完敗だな。完全に読み負けしたよ。時間の使いかたもうまい。ていうか、ほとんど一手十秒以内に指していたね。なのに悪手を指さない。お父さんがプロとか？」

「いいえ。でも、元奨励会三段の松下和樹さんに指導してもらっています」

「松下和樹さん……聞いたことないな」

「今日はBブロックに出場しています」

隣の対局も終わったようだ。予想どおり中須義則の勝ち。

倉持と印達は簡単に感想戦をすると、駒を元の位置に並べ、対局時計をリセットしてから立ち上がった。印達は記録係の人に勝利を報告すると控え室へ向かう。印達を見た末永と奥さんは同時に立ち上がった。

「どうだ、印達」

末永が興奮した口調で聞く。

しかし印達の顔を見てすぐに勝利を察したようだ。

「勝ちました」

と印達は笑顔で言う。

奥さんは手を合わせて涙ぐむ。印達は今回の対戦相手と、二回戦の対戦相手になった人の名前を言った。末永は手元のファイルを見る。ファイルには過去のアマ棋戦で優勝した人の名前と簡単な経歴が記されている。

「現アマ峻王に勝ったのか……いや、元学生名人でもある。やっぱりおまえの力は本物だ」

「でもあなた、二回戦の相手は中須義則さん。元アマ竜神ですって……ということは、その人も強いんでしょう」

「心配ない。誰が来たって印達は勝つ」

「でも……」

「おまえは心配性だな。歳を取った証拠だぞ」

「心配性はあなたでしょう。さっきまでソワソワソワソワして、五回もトイレに行ったりしたじゃないですか」

「五回じゃない。四回だ」

印達は腕時計を見た。そろそろ戻ったほうがいい。

「松下さんは？」

「まだ顔を見せていない」

「勝っていればいいんですけど……」

と言ったときに、松下が控え室に走り込んできた。指でOKのサインを出す。印達もOKのサインを出した。

「じゃ、行ってきます」


印達はA14に座った。正面には中須義則。観戦している人が何人かいる。倉持の顔はあったが吉田の顔は見えなかった。

振り駒の結果は中須の先手。始めてください、という合図と同時に挨拶すると印達は対局時計のボタンを押した。中須は初手☗7六歩。印達☖5四歩。中須☗2六歩。印達☖5二飛。印達の戦法は令和に来て知った『ゴキゲン中飛車』である。

『宗歩』の常連、高橋翔太四段が見せてくれた戦法。この戦法を使って印達は『ヘラクレス』

の常連である目黒康之五段と指したことがある。目黒五段はあのとき超速☗3七銀戦法で対抗してきたが、中須義則は佐藤新手で対抗してきた。ゴキゲン中飛車に対して、9手目☗9六歩とする新手。発案したのは佐藤康光九段である。

中盤は中須がやや有利の展開だったが、勝ちを急いだ中須が悪手を指し、五分以上時間を残して中須は投了した。印達の残り時間は13分48秒。この対局でも印達は、一手十秒以内という自らに課した課題を守ることができた。中須の後ろで観戦していた倉持亮は、中須の投了の声を聞くと、小さく何回もうなずいた。

「伊藤君」

挨拶の後、中須は言った。

「はい」

「きみの三回戦、観戦させてもらうよ。頑張って」

右手を差し出してきた。

印達がその手を握ると、中須はやっと笑みを見せた。

まだほとんどの人は対局中。印達は松下の姿を探した。真剣な眼差しを盤面に落としているのが見えた。観戦したかったが、記録係に勝ちを報告すると控え室に向かった。末永と奥さんが待っていた。印達の顔を見て、勝ちだとわかったらしい。

「やったな、印達」

「おめでとう、印達」

二人とも目を輝かせている。

「ありがとうございます。どうにか緊張しないで指せました」

「強豪相手に、いい度胸しているな」

「私たちができるのは縁の下の力持ち。松下さんは？」

「まだわかりません」

来るまで待って、それからお弁当を四人で食べることにした。昼休み休憩は四十分。何人かはすでに食べ始めている。間もなく松下が入ってきた。顔を見て勝敗がわかった。

洗面所で手を洗ってから、四人で奥さんの手作り弁当を食べ始めた。松下の一回戦と二回戦の相手は、アマ棋戦でもまだベスト4に入った経験のない人だったようだ。だが三回戦の相手は、一昨年のアマ竜神杯で準優勝した強豪らしい。この人に勝てれば、波に乗れるかもなと言って松下は強い目で印達を見た。

「末永先生、やっぱり観戦しないんですか」

と松下が聞く。

「うん、わしはここにいるからいい」

末永は苦笑する。一回戦から観戦する予定だったが、いざそのときになると奥さんと一緒にここにいるからと言い出した。奥さんも、控室にひとりでいるのは嫌だという。ふたりともかなり緊張しているようだ。

印達の三回戦の相手は、もう決まっているだろうがトーナメント表を見ていないので名前は確認していない。

「おお、いたいた」

食べ終わってお茶を飲んでいるとき入口で声がした。見ると中村和敏五段だった。茶髪にピアスという、あのときのままの格好で印達のほうに歩いてきた。

「久しぶり。トーナメント表、見てきたよ。やっぱ、すごいね」

「ありがとうございます」

印達は立ち上がって頭を下げた。

「アマ飛燕杯の都予選で優勝したんだってね。おめでとう」

末永が立ち上がって言う。

「ええと……末永さんでしたよね。その節はお世話になりました」

「……何か、お世話するようなこと、したかな」

「伊藤君を『ヘラクレス』に連れて来てくれたじゃないですか」

「そういうことか」

三人で笑う。

「中村さん、こちら松下さんです。元奨励会三段」

印達が紹介すると、二人は簡単な挨拶を交わした。笑いの輪ができる。周りからも何人か集まってきた。

「中村さんじゃないですか。久しぶりです。鴨井です」

中村と同じくらいの歳の人。

「やぁ、鴨井さん。久しぶりですね」

「飛燕杯の都予選、優勝したんですってね。おめでとうございます」

「ありがとうございます」

「全国大会は来月ですよね」

「そうです」

「優勝、期待しています」

「頑張りますよ」

「今日は激励ですか」

「というより、お礼かな」

「お礼？」

「都予選で三年ぶりに優勝できたのは、この伊藤君のお陰だから」

印達の顔を見ると、鴨井はえっという顔をして黙った。

周りの声も途切れる。

「二ヶ月ほど前になるかな」と中村は続けた。「僕がよく行く『ヘラクレス』という新宿の将棋道場に、こちらの末永さんと伊藤君が他流試合に来てくれたんだ。たまたま僕と目黒さんがいてね、伊藤君と対戦したんだけど、二人ともこっぴどくやられてさ、それでその後、何回か胸を貸してもらったんだ」

全員の視線が印達に集まる。

「……目黒さんと言うと、目黒康之五段ですか」

「そうです。ご存じですか」

「アマ棋戦で何回か顔を合わせたことがありますよ。でも……」

冗談でしょう、という笑みを鴨井は浮かべた。

「トーナメント表、見たでしょう。伊藤君の一回戦の相手は倉持亮さん。現アマ峻王でしょう。二回戦の相手は元アマ竜神の中須義則さん」

「私も確認しましたよ」という声があがる。「すごいな、誰この人と思いましたよ。見かけない名前だったんで……でもまさか、こんな若い人とは……」

「伊藤君は十四歳だ。だよね」

「はい、中学三年です」

「伊藤印達という名前に、皆さん、心当たりはないですか」

「あります、あります」と鴨井が言う。「江戸前期の棋士でしょう。大橋宗銀との五十七番勝負で有名です……でも、確か十五歳で夭折したと……」

何人かがその場でスマホを操作した。

「ホントだ、同姓同名ですね……」

「さらに面白いことに、伊藤君のお父さんの名前が宗印というんだ。これも同姓同名。だよね、伊藤君」

「はい、間違いありません」

みんながニヤニヤし始めた。

「すごい親子だね」と鴨井。「親子二代で同姓同名なんて」

「実は同姓同名じゃないんです」

「えっ？」

「僕は江戸の伊藤印達本人なんです。ちょっとした手違いで、令和にタイムスリップしてしまったんです。将棋がこんなに盛んな世の中になっていて、ホントにうれしいです」

全員が大笑いした。

4　十二月十二日（土）

三回戦、四回戦と印達は勝ち進んだ。快勝とは言えないが、大きな揺れもなく綱を渡ることができたという感じである。対局者の人数も減り、四回戦が終わった時点で八人に絞られた。Ａブロックで四人。Ｂブロックで四人。後者のなかには松下も残っていた。八人ともＡブロックの最前列に移動した。観戦している人たちもいるし、後ろのテーブルで慰安戦をしている人たちもいる。

（第11局1図　△6五歩まで）

△東山　持駒　角

▲印達　持駒　角

印達五回戦の相手は東山怜央。現アマ無双である。休憩時間に中村五段から聞いたところによると、東山は学生時代に倉持亮と学生名人の座を賭けて戦ったことがあるそうだ。プロになる意思はなく、今は学習塾の講師をしていると言う。

東山怜央は小柄で、印達と背丈がほとんど変わらない。印達と目が合ったとき、丸顔のなかにある丸い目が輝いて見えた。印達のことはすでに多くの人たちに知れ渡っているようで、観戦者は印達の背後に十人ほど。東山の後ろにもやはり十人ほどいた。

午後三時。五戦目が始まった。今日最後の対局である。振り駒の結果、先手印達。後手東山となった。お願いしますと挨拶を交わすと、東山が対局時計のボタンを押した。

印達は初手☗7六歩。東山☖8四歩。以下☗2六歩☖8五歩☗2五歩☖3二金☗7七角☖3四歩☗6八銀☖7七角成☗同銀☖2二銀☗4八銀☖3三銀☗3六歩☖6二銀☗3七銀☖6四歩☗7八金☖6三銀☗6八玉☖5四銀☗5八金☖4四歩☗7九玉☖5二金☗6六歩☖7四歩☗6七金右☖4二玉☗8八玉☖3一玉☗9六歩☖9四歩☗5六歩☖2二玉☗4六銀☖1四歩☗1六歩※☖6五歩（1図）となった。

ここまでは淡々としたペースで指し、じっくりとした展開になっている。印達は先手番のため、松下とも指したことがある早繰り銀で先攻を狙ったが、東山が腰掛け銀で対抗してきたため矢倉囲いに組み直した。

一回戦の記憶が不意に蘇ってきたせいもある。矢倉に組むと、まるで江戸にいるような落ち着いた気持ちになった。綱渡りの緊迫感が少し和らぐ。印達は一手十秒以内に指し進めたが、東山もほとんど同じペースで指してきた。

1図の※☖6五歩は自然な手だが、軽くつついてきた手でもある。令和で見た対局中継では軽いジャブと言うようだ。印達がどう動くか見たかったのだろう。印達には二つの選択肢がある。強く指すなら☗5五歩。穏やかに行くなら☗6五同歩。残り時間を確認した。印達18分55秒。東山18分23秒。動くのはまだ早い。

印達は☗6五同歩を選んだ。東山☖同銀。以下☗6六歩☖5四銀☗3五歩☖4三銀☗3四歩

△同銀右▲3五歩△4三銀▲3七銀△3八歩▲同飛△2七角▲4八飛△3八歩▲3六角△同角成▲同銀△2八角▲4六角△同角成▲同歩△3九歩成▲4五歩△5九角※▲3七角△4八角成▲8二角成△5八馬（2図）となった。

（第11局2図　△5八馬まで）

▲印達　持駒　飛歩

△東山　持駒　飛

穏やかな手を選びじっくり指してきたが、強く出たらどうなるか。落ち着いて返してくるか、慌てて緩手を指してくるか、あるいは強く反発してくるか。東山の反応をこのあたりで一度、見ておきたい。

※▲3七角はそんな思いを込めた一手だった。それに対して東山は、ほとんどノータイムで△4八角成と応じてきた。これも強気の手である。お互いに飛車を取り合う激しい展開になった。2図ではわずかに自分のほうが指しやすい、と印達は感じていた。だが油断はできない。

会場内は静まりかえっている。対局時計のボタンを押す音と、駒と盤が触れあうピシッという小気味のいい音だけが聞こえる。目を上げて東山を見た。

この激しい展開を東山はどう感じているのか。しかし東山の表情に変化はなかった。丸い目で盤面を静かに見つめている。

2図以下▲4四歩△同銀左※①▲8一馬△3八飛▲3七飛△4八飛成▲6八金引△2九と※②▲9一馬△5九馬▲4五歩△3三銀▲3四香△3七竜▲同馬△同馬▲3三香成△同金▲4四歩△同銀▲3四桂△同金▲同歩△3六馬※③▲4一飛（3図）となった。

（第11局3図　▲4一飛まで）

▲印達　持駒　金銀歩

△東山　持駒　飛角銀桂桂香歩二

※①▲8一馬は桂を取りながら銀に紐をつけ、※②の▲9一馬は香を取りながら飛車に紐をつける、印達絶妙の手順。ここで東山の手が初めて止まった。丸い目を何回もしばたたく。髪に右手の指を差し入れて首をかしげ、その手を戻すと今度は左手の指を髪に差し入れる。その動作を何回か繰り返した。

3図ではすでに印達が優勢になっている。しかし印達にはその実感がなかった。印達が攻めてはいるが駒損で攻めが細い。※③▲4一飛は銀取りと同時に▲3一銀の寄せを狙っている。▲3一銀が打てれば寄り筋だが、すぐには終わらないだろう。まだまだ難解だ。ここまで95手。印達は残り時間を確認した。印達12分13秒。東山9分25秒。

　3図以下△4二銀（粘り強い手）▲6二金△4三金▲5二金△3二飛（粘り強い手）▲4二金△同金▲3一銀△同飛▲4二飛成△3二金▲4四竜△4三銀▲5三竜△3五馬▲4二銀△5三馬▲同銀成△6七歩▲同金上△4八飛▲4二銀△同金▲同成銀※①△6九銀▲6八金寄※②△8六桂（勝負手）▲同歩△7八角（勝負手）（4図）となった。


（第11局4図　△7八角まで）

△東山　持駒　桂香歩

▲印達　持駒　角金金桂歩三

※①△6九銀は受け切りが難しいと判断し、東山が攻め合いに出た手。尋常な手では攻め合い負けなので、勝負手を連発して際どい一手争いに持ち込んできたのだ。※②△8六桂〜△7八角は東山の勝負手。銀を持てば△8七銀以下の詰みがある。印達は駒を渡さない寄せをしないといけない。
　東山は恐怖心を乗り越えて果敢に踏み込んできた。肉を斬らせて骨を断つ戦法。これが最も怖い。対応を誤れば即、印達が斬られる。

　不安の雲が湧き起こった。真っ先に思い浮かんだのは宗銀の四角い顔と暗い目。死と隣り合わせになっているような顔だった。そこまで追い込まれても宗銀は逃げなかった。次には自分を立て直して印達の前に座ったのだ。

印達は初めて手を止めた。もし自分が宗銀の立場だったらどうしたか。崖っぷちに立たされたら脆くも崩れ去るかもしれない。宗銀の棋力の伸びが印達を凌駕し、印達が追い込まれたら耐えられるだろうか。心が折れてしまうのではないか……。

印達は目を閉じた。自分には奢りがあった。若いころはどっちがどこまで伸びるかわからない。百番指してその結果で、どっちが名人にふさわしいかを決める。家元のこの判断は正しかったのだ。奢りのなかにいるかぎり、勝ち負けはやがて逆転する。

不安の雲がすっと消えた。その代わりに新しい光が差し込んできた。今まで見たことのない透明な光。残り時間を確認した。印達8分16秒。東山6分25秒。

印達は目を開けると☗5五角とした。東山☖4四歩。以下☗4三成銀☖8六歩☗同銀☖6七角成（先手玉は詰めろ）☗3三歩成☖同飛☗同成銀☖同玉☗3七飛☖3五銀☗6七飛☖7八金☗9七玉☖6八金※☗同飛となった。

印達はふっと小さな息をもらした。やっと相手玉の詰みを読み切ることができた。頭のなかで詰み筋を何回も確認する……大丈夫だ、詰んでいる。

印達の※☗同飛に対して、東山の身体が一瞬固まった。そのまま動かない。ありがとうございましたという声がすぐ近くで聞こえた。隣の対局が終わったようだ。

印達はじっと待った。心の震えがまだ止まらない。さらに何回か詰み筋を確認した。やがて東山はゆっくりと手を伸ばし、☖6八同飛成としてきた。東山も自玉の詰みを読み切ったようだ。以下☗4五桂☖3四玉☗3三金☖同桂☗同桂成☖同玉☗4五桂☖3四玉☗3三金☖4五玉☗3四角まで153手（投了図）まで印達の勝ち。

（第11局投了図　☗3四角まで）

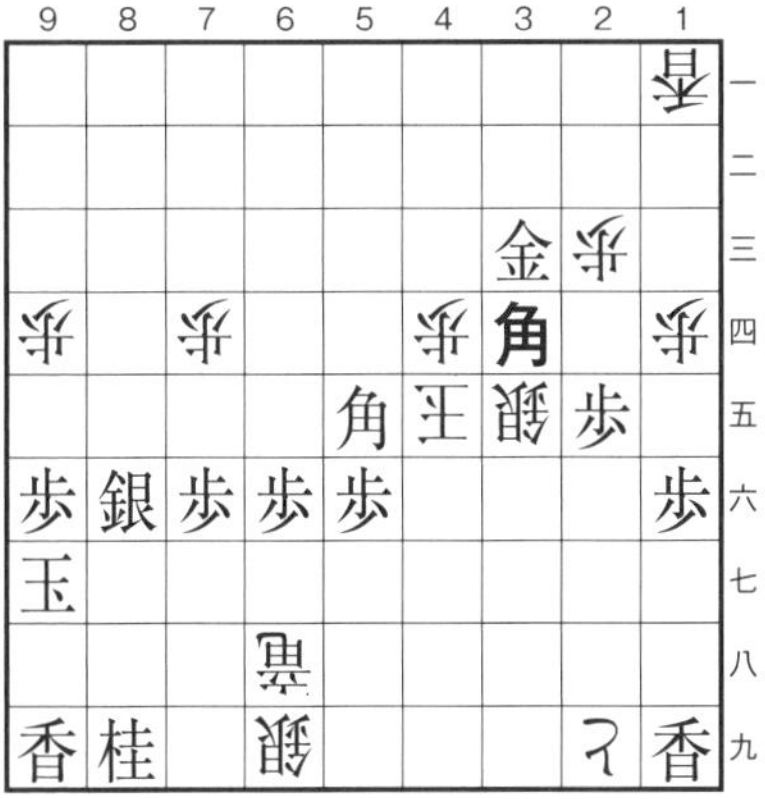

☗印達　持駒　金銀歩四

☖東山　持駒　飛金金桂桂桂香歩二

残り時間は印達6分25秒。東山1分39秒。

投了図で☖5四玉は☗6四金。☖3六玉は☗3七金までの詰み。

東山の強さに引っ張られて、自分も成長できた将棋だった。自分の深いところにある心と向き合えたことが何よりもうれしかった。

「負けました」

東山が頭を下げた。ありがとうございましたと挨拶を交わすと、東山は顔を上げた。何も言わず、しばらく印達の顔を見つめている。丸い目の輝きが徐々に戻ってきた。

「噂で聞いたんだけど、中学三年生なんだって？」

「はい、そうです」

「アマの棋戦は初めて?」

「はい、初めてです」

「今までどこで指していたの?。連盟? それともどこかの道場?」

「二ヶ月くらい前から『宗歩』で指していました」

「宗歩……神田の将棋カフェ?」

「そうです」

「その前は?」

「父と指していました。それ以外の人とは、指したことがありません」

周囲の人も話に聞き入っている。

東山は何回かうなずいてから続けた。

「しかし……きみの強さは尋常じゃない。何て言えばいいのかな、小細工が通用しないというか、押しても引いても態勢を崩さないというか、ものすごく攻守のバランスがいいんだ。将棋の内容もそうだけど、気持ちの面でも乱れがない気がした。怖くなって途中で投げようかと思ったよ。きみが現アマ峻王の倉持さんと元アマ竜神の中須さんを破ったことは知っていた。僕もぜひ対戦したいと思っていたんだ。思ったとおりというか、思った以上というか、負けてもこんなに晴れやかな気持ちになったのは初めてだよ。ありがとう、伊藤君」

東山は笑顔で頭を下げた。印達も頭を下げる。

印達はひとつ置いた席にいる松下を見た。真剣な目を盤面に落としている。

「伊藤君は、プロにはならないの?」

「なりたいと思っています」

「きみならなれると思うよ。中三だと、もうすぐ受験だね。進学するんだろう?」

「ええ、します。ただ、今まで不登校でぜんぜん勉強してないんです。これから猛勉強しないと……なので、この大会が終わったら学校へ行きます。個別指導塾へも通うつもりでいます」

「個別指導塾……きみ、どこに住んでいるの」

「神田です」

「通う塾は決まってるの?」

「まだです」

「僕は水道橋にある個別指導塾で講師をしているんだ。もしよかったらおいでよ。僕が猛特訓してあげるから」

周りから笑い声が上がる。東山は上着のポケットから名刺を取り出した。

「ここに電話して。遠慮しなくていいから」

印達は名刺を受け取ると、

「そのときはよろしくお願いします」

と言って頭を下げた。

明日の準決勝に進む四人のメンバーが決まった。Ａブロックからは印達と元奨励会初段の谷萩吾郎。Ｂブロックからは元奨励会三段の三枝健太郎《さえぐさ》と現アマ竜神の多田野雄介。

残念ながら松下は四人のなかに入れなかったが、印達の準決勝進出を自分のことのように喜んでくれた。ホテル利休のロビーで、松下は『宗歩』へ電話した。松下が印達の準決勝進出が決まったと伝えると、スマホを通して歓声が聞こえた。

明日はホテル利休四階の部屋に変わる。午後一時集合。

神田のお鮨屋さんで軽くお祝いをした。松下がベスト4に入れなかったので手放しで喜べなかったが、松下自身はかなり手応えを感じたようだ。元奨励会三段にもアマ竜神杯で一昨年準優勝した人にも勝てたことで、プロ棋士へ向けて大きな一歩を踏み出せたと言っていた。印達についても言う。

「おまえが勝ち残るのはわかっていたよ。だが実際にこうして勝ち残ったのを見ると、やっぱりすごい。なんと言っても中学三年。十四歳だからな」

松下の唇にはビールの白い泡がついている。

「印達の活躍は会場の話題をさらったようだな」と松下は続ける。「観戦者の数が半端じゃなかった。東山戦は特に多かったな。それと、控え室に中村さんが来ただろう。印達に胸を借りたなんて言うから、みんなビビったと思うよ。一戦目と二戦目で優勝候補を連覇したのは、まぐれじゃないとわかったんだろうな」

「倉持さんと中須さんは優勝候補だったんですか」

「そうさ。印達が力んでしまうかと思って黙ってたんだ。まあ、杞憂だったけどな」

一回戦が始まる前の、倉持と中須の会話を印達は思い出した。

「明日はおれも観戦させてもらうよ」

松下はそう言い残すと、帰っていった。

マンションに帰ると、印達は早めに風呂に入り自室に引き上げた。久しぶりに興奮している自分に気がついた。体調もいい。退院してから咳き込んだり熱が出たりすることはない。毎日三回、処方された薬を飲むだけ。二週間に一度の通院。

印達はスマホを手にすると窓際へ行った。双葉はワンコールで出た。

「勝ったよ。明日は準決勝と決勝」

「さすが印達」

「予定どおり午後五時に、ホテル利休のロビーで待ってるから」

「うん、必ず行く」

短いやりとりをしただけで終話ボタンをタップした。

眼下には無数の小さな光がある。

5　峻王杯2日目　十二月十三日（日）

家で早めの昼食を摂った印達は三人で会場へ向かった。松下はすでに控室にいた。印達を見ると立ち上がって、

「落ち着いているか」

と聞いてきた。

「はい、大丈夫です」

印達は答えた。松下は深呼吸を何回もしている。松下のほうが緊張しているようだ。控室にはまだ誰もいないが、昨日と違った雰囲気を感じる。

「わしには何もアドバイスはできないが、ここで優勝を祈っている」

末永が印達の肩に手を置く。

奥さんと一緒に、今日も控室にいると言う。

「今までの印達じゃないみたい。このまま、月へ行ってしまいそうな……」

奥さんが目にハンカチを当てる。

「だから印達は、かぐや姫じゃないって」

末永が言い、みんなで笑う。

印達が読んだ『竹取物語』では、かぐや姫は竹のなかで発見されてから三ヶ月ほどで美しい

女性に成長する。その間、おじいさんとおばあさんに大切に育てられた。かぐや姫は自分がやがて月に帰ることを知っていた。そしてそのとおりになる。そこが印達とは違う。印達は江戸に帰らない。帰りたくない。

「よし、行こうか」

昨日より小さな部屋だった。長いテーブルがひとつしかない。その上に二組の将棋盤と駒。そしてふたつの対局時計。

正面のパネルには四人の名前とトーナメント表。四角いテーブルの上には金色のトロフィーが載っている。スーツにネクタイ姿の人たちの他に、カメラを持ち腕章をつけた人たちも数人いた。

新聞記者だろうと松下が言う。峻王杯決勝の様子と棋譜を各新聞に掲載するらしい。準決勝出場の三人はすでに席についていた。印達も席についた。観戦者と思われる十人ほどが壁際に立っていた。

胸に赤いバラを付けた人が演壇で、ルールを簡単に説明した。昨日までの対局と違う点は、持ち時間が30分になること。それを使い切ると一手30秒以内になることである。これも必勝対策のときに松下と練習済み。

印達の相手は谷萩吾郎。プロフィールを松下にネットで調べてもらったがデータなし。アマ棋戦は今回が初めての出場かもしれない。振り駒の結果は先手が谷萩。印達は後手。お願いしますと挨拶を交わすと谷萩は▲7六歩とした。印達△8四歩。
以下▲6八銀△3四歩▲7七銀△6二銀▲2六歩△4二銀▲2五歩△3三銀※①▲4八銀△8五歩▲7八金△3二金▲6九玉△4一玉▲5八金△5二金▲5六歩△5四歩▲3六歩△7四歩▲4六歩△6四歩▲3七桂△7三桂▲6六歩△4四歩▲7九角△3一角※②▲6七金左△4三金右（1図）となった。

（第12局1図　△4三金右まで）

△印達　持駒　なし

▲谷萩　持駒　なし

相矢倉の戦いになった。途中※①▲4八銀の局面になったとき、△8五歩と突くと先後同型になることに気がついた。『ヘラクレス』の中村和敏五段と初めて指した角換わりの対局を思い出した。あのとき後手の中村は、途中まで先手の印達に追随して指してきた。同型でも先手良しとはならない。印達は追随していくことにした。

しかし谷萩の※②▲6七金左で岐路に立たされた。江戸では▲6七金右。もちろん令和に来て▲6七金左という指しかたがあることを知った。

ここで初めて印達は手を止めた。この準決勝からは、持ち時間の30分を使い切っても一手30秒以内に指せばいい。一手十秒以内にこだわる必要はない。谷萩の背後にいる二人の観戦者のなかには松下はいない。おそらく印達の背後にいるのだろう。

　どうするか。令和では▲6七金左が多いようだ。追随するなら△4三金左だが……迷ったが、印達は△4三金右を選んだ。この手が劣っているとは思えなかった。この手で印達は、江戸で宗銀との番勝負を勝ち抜いてきたのだ。

（第12局2図　△9六歩まで）

▲谷萩　持駒　歩四

△印達　持駒　なし

　1図以下▲7八玉△4二角▲4七銀△3一玉▲1六歩△1四歩▲9六歩△9四歩※①▲4五歩△同歩▲同桂△2二銀▲3五歩△4四歩▲3六銀△3五歩▲同角△3四歩▲2六角△6五歩▲同歩△同桂▲6六銀△6三銀▲3七角△6四歩▲2六角△8六歩▲同歩△同飛▲8七歩△8一飛▲6八金右※②△9五歩▲同歩△9六歩（2図）となった。

　途中※①▲4五歩と指されて、印達は指しにくさを感じた。具体的にここが緩手だったという指し手はないと思ったが、いつの間にか指しにくい展開になっている。作戦負けと言ってもいい。やっぱり▲6七金左の効果なのだろうか。

△4五歩と桂を取りたいが、▲6二角成があるのでそれはできない。この局面は印達が苦しい。谷萩の攻めは切れそうにないので、攻め合いに持ち込むしかない。※②△9五歩〜△9六歩は勝負手。相手もこの歩は取りにくいはず。

残り時間を確認した。印達11分48秒。谷萩12分55秒。谷萩吾郎は、今まで対戦した相手のなかでは一番若く見えた。『宗歩』の常連の大学生、高橋翔太四段と同じくらいの歳。色白で痩身。指も細い。挨拶を交わした後はまったく言葉を発せず、じっと盤面をにらんでいる。指すテンポも乱れない。

2図以下※①▲5五歩△5一角▲3五歩△9五角▲3四歩△4五歩▲同銀△6八角成▲同金△9五桂▲4四歩※②△8七飛成▲7九玉△4二金引▲6五銀△同歩▲4三桂△同金左▲同歩成△同金▲4四歩△4二金※③▲4三金※④△4一金打（3図）となった。

（第12局3図　△4一金打まで）

谷萩の※①▲5五歩は緩手。▲3五歩とすべきだった。印達の△5一角を見て谷萩は手を止めた。ほっそりした指を折りたたむと膝の上に乗せる。そ

のまましばらく動かなかった。2図の☖9六歩の真の狙いは☖9五香ではなくこの☖5一角～☖9五角にあった。そのことに気がついたのだろう。

苦しさが少し緩和された。しかしそれもつかの間だった。※②☖8七飛成くらいまではいい展開だと思っていたが、いつの間にかまた自信のない局面になってしまった。※③☗4三金は☗4二金☖同玉☗4三歩成☖同玉☗4四銀以下少し長いが詰めろになっている。対して先手玉は詰まないので単純な攻め合いでは勝てない。

今度は印達が手を止めた。残り時間を確認した。印達5分49秒。谷萩6分22秒。勝ちにつながるいい手はないだろうか。時間も切迫している。ここで優位に立たないとますます苦しくなる。

そのとき印達の脳裏に、入院前に松下と指した一局が蘇った。勝てなくてもいい。この局面さえ回避できれば別の可能性が出てくる……千日手狙い。※④☖4一金打はそれに気がついた手だった。

☖4一金打として☗4二金☖同金☗4三金☖4一金打と進み、それが四回繰り返されれば千日手になり、指し直しになる。そうなればありがたい。

3図以下☗4二金☖同金☗4三金☖4一金打☗4二金☖同金（同一局面3回目）となった後、少し間を置いて谷萩は☗5一角とした。

千日手を嫌がって自分から打開してきたのだ。理由はわかる。この局面を谷萩は自分に有利と考えているので、千日手指し直しにはしたくないのだ。しかしこの☗5一角は緩手だと印達は直感した。

谷萩は角と金を入れ替えて打開を目指したのだろうが、角と金を交換したため先手玉に寄せ手順ができた。それを谷萩は見落としている。

谷萩も印達も持ち時間を使い切り、一手30秒以内になった。残り10秒を切るとピッピッという電子音が始まる。5秒を切るとピーという連続音に変わる。隣からも電子音が聞こえてきた。


（第12局投了図　△5七桂まで）

以下印達△5二金打。谷萩▲4二角成。△同金▲4三金△4一銀▲4二金△同銀▲4三金△4一金▲4二金△同金▲4三銀△4一歩▲5四銀上※△6七桂▲同金△4六角▲5七桂△6九金▲同玉△6七竜▲6八金△7八金▲5九玉△6八金▲同飛△5七竜▲4九玉△4七竜▲4八金△5七桂（投了図）まで130手にて印達の勝ち。
途中※△6七桂が決め手になった。これで印達は勝ちが見えた。投了図で▲5九玉は△4九金▲同金△同竜で詰み。▲3九玉は△2八金で詰んでいる。
今回は令和の千日手規定を学んだおかげで勝ちに

なった。松下に感謝した。

勝負がつくと印達は記録係に自分が勝ったことを伝えた。パネルのトーナメント表にある伊藤印達の名前は、決勝戦の枠内へ移動した。それを見て室内が少しざわめく。谷萩は印達を少し離れたところへ誘った。会場の入口に近いところだった。準決勝もうひとつの対局はまだ終わっていない。

「決勝戦進出、おめでとう」

対局時とは一転して笑顔になっていた。

「ありがとうございます」

印達も笑顔で答えた。

「いい将棋が指せたよ。僕は群馬県高崎市に住んでいるんだけど、きみは？」

「東京の神田です」

「意外と近いね。僕は四年前まで奨励会にいたんだ。事情があって初段のときに退会したんだけど、プロになる夢をあきらめきれなくてね。自分なりに今までやってきて、今回初めてアマ棋戦に参加したんだ」

「僕も初参加です」

「そうなんだってね、噂で聞いたよ。勝ち進めばきみと対戦できる。そう思って頑張ったんだ。対戦できてよかったよ」

「千日手の手順がなければ、僕の負けだったと思います」

「いや、そういうことも含めて、伊藤君の将棋はすごいと思うよ。僕が優勢になった局面もあったかもしれないけど、ぜんぜんそんな気持ちになれなかった。何かが飛んでくるんじゃないかという危機感をいつも感じていた。そういう恐怖を、僕は今日初めて経験したよ。伊藤君はプロを目指しているの？」

「はい、目指しています」

「中学三年生だよね」

「はい」

「いつか時間がとれるときがあったら、お手合わせお願いできないかな」

「こちらこそ、お願いします」

谷萩は上着のポケットに手を入れると、会社の名刺だけどと言って印達に手渡した。

「優勝、祈ってるよ。決勝戦は観戦させてもらうね」

人懐っこい笑顔だった。

「はい、頑張ります」

印達は名刺を胸のポケットにしまった。

そのとき室内がざわめいた。多田野雄介が勝ったようだ。

控え室にいる末永と奥さんに報告し、トイレに行くとすぐに会場に戻った。二人の顔が目に焼きついている。目を真っ赤にして、荒い息を吐いたり吸ったりするだけで言葉を発しなかった。

多田野雄介のプロフィールはわかっている。元奨励会三段。松下の一年後輩。第34期と第35期、二期連続でアマ竜神。ネットに掲載されていた多田野の決勝戦の棋譜を、昨日松下に見せてもらった。二局とも多田野が居飛車穴熊で快勝している。

ならば、と印達は心に決めていた。もし多田野と当たるときがあれば、居飛車穴熊に組ませよう。相手十分に組ませて勝つのが名人。父にそう言われて育ってきた。幸い穴熊についてはヘラクレスの目黒さんと中村さんに経験を積ませてもらった。四間飛車美濃で十分に対応できる。

多田野雄介はすでに着席していた。大きな岩のような身体をしていた。首を真っ直ぐに立てて目を閉じている。印達が静かに正面に座ると、その目が見開かれた。獲物を追うような鋭い目だった。

今までざわついていた室内が、これから第23回峻王杯決勝戦を行います、という言葉でしんと静まりかえる。振り駒の結果は印達の先手。多田野が後手。

多田野が対局時計のボタンを押す。印達は目を閉じ呼吸を整えてから目を開いた。初手☗7六歩。多田野☖3四歩。印達はすかさず☗6六歩とした。以下☖8四歩☗6八飛☖6二銀☗7八銀☖4二玉☗4八玉☖3二玉☗3八玉☖5四歩☗2八玉☖5二金右☗3八銀☖5三銀☗

6七銀△3三角▲1六歩△2二玉▲5八金左△1二香▲4六歩△1一玉▲3六歩△2二銀▲3七桂△4四歩▲6五歩△8五歩▲7七角△4三金▲6六銀△7四歩※①▲5六歩※②△5一角▲4七金△8四角▲1五歩※③△3一金（1図）となった。

（第13局1図　△3一金まで）

△多田野　持駒　なし

▲印達　持駒　なし

印達の思惑通り、居飛車穴熊と四間飛車高美濃囲いの戦いになった。▲2七銀と上がり▲3八金と締まれば銀冠になる。途中※①▲5六歩は松尾流穴熊を牽制した手。金銀四枚で囲う松尾流穴熊の堅さは目黒との対戦で経験している。この形にはさせたくない。

多田野の※②△5一角〜△8四角という角の転換は参考になる指し方だ。▲6六銀が動くと角の利きが印達の玉周辺に利いてくる。ここからどう戦うか。目黒と指したとき、印達は端攻めを成功させている。

多田野の大きな身体が巨大な岩のように見える。坊主頭は修験者のようだ。駒を持つ指は太いがしなやかに動く。※③△3一金とした後、多田野が顔を上げたような気がした。印達が顔を上げると目が合った。多田野の顔にかすかな笑みが浮かんだ。
――穴熊に組ませてもらったよ。いいのかい、鬼に金棒を持たせて。
というような笑み。
印達は笑みを返した。多田野が鬼なら自分は桃太郎になる。

（第13局2図　▲1四歩まで）

△多田野　持駒　歩

▲印達　持駒　歩二

1図以下▲9六歩△9四歩▲2六歩△6二飛▲8六歩△同歩▲8八飛△7三桂※①▲8六飛△8五歩▲8八飛△6四歩▲同歩△同銀※②▲1四歩（2図）となった。

途中※①▲8六飛では▲9七桂と跳ねてから▲8六飛を指すべきだった。ただ▲9七桂は筋が良くないので印達は指せなかった。※②▲1四歩はタイミングの早い歩突きだと思ったが、穴熊は端が弱点という経験があるので積極的に仕掛けてみた。形勢は印達がやや苦しい。残り時間を確認した。印達12分29秒。多田野13分45秒。

ときどきわずかに話し声が聞こえるときもあるが、それがかえって室内の静けさを際立たせている。印達は目を上げた。窓外は明るい日差しにあふれていた。光が無数の細い金色の雨となって降り注いでいる。

ふと屋敷の庭が浮かんだ。庭に降り注ぐ午後の日差しも、こんなふうに無数の細い金色をしていた。体調がすぐれないとき、印達は自室の布団に横になり、この金色の光の雨を見つめていたのだ。

（第13局3図　△2四桂まで）

▲印達　持駒　銀香

△多田野　持駒　角歩四

多田野の手が動いた。2図以下△1四同歩▲1三歩△同香▲2五桂△6五銀▲同銀△同飛▲6六歩△同角▲同角△同飛▲5二角△4二金引▲3四角成△4三銀▲1三桂成△同桂▲1六馬△6九飛成▲1五歩※△2四桂（3図）となった。

依然として印達が苦しい。※△2四桂が厳しい。馬を取られてはまずい。かといって▲2七馬と逃げると△1五歩とされ、端から厳しく攻めることはできなくなる。何か差を縮める手はないだろうか……。

昨日今日と戦ってきたなかで一番苦しい。目黒戦や中村戦のときの穴熊とは受ける印象がまるで違う。いつ崖から滑り落ちてもおかしくない。

やっぱり穴熊に組ませたのが間違いだったのか。相手十分に組ませて勝つのが名人。父にそう言われてその通りにしてみたが、自分にはまだその器量がなかったのか。自分は名人を気取っていただけだったのか。

しかし自分が苦しいときは、相手も苦しいとき。これは経験的にわかっている。大橋宗銀との番勝負は、印達が三十六勝二十一敗と勝ち越しているが、対局中は決して気持ちが楽になったことはなかった。

双葉の顔が目の前に浮かんだ。今は午後三時四十分。双葉はまだ家にいるだろうか。もう支度を始めているのだろうか。もしかしたら鏡を前にして、印達が買ってあげたＣＨＡＮＥＬのリップを塗っているところかもしれない。

少し気持ちが楽になった。印達は視線を盤面に戻した。この将棋は受けていても勝てない。怖くても攻め込んでいって活路を見いだすしかない。

３図以下、印達は☗４三馬とした。銀と角を交換する勝負手である。この意思は多田野にも伝わったようだ。多田野も力強い手つきで☖同金とした。以下☗１四歩☖１八歩☗１三歩成☖同銀※①☗１五香（勝負手）☖１九歩成☗１三香成☖１二歩※②☗３五桂（勝負手）☖１五香（好手）☗３七玉☖１八と※③☗２八銀（勝負手）☖１七角（好手）☗同銀☖同香成☗３九銀☖１三歩☗４三桂不成☖１九角☗４八玉☖２八と☗３三角※④☖２二香（４図）となった。

印達は☗４三馬～※①☗１五香～※②☗３五桂～※③☗２八銀と立て続けに勝負手を放つが、

多田野は崩れない。正確な対応で差は縮まらない。
多田野の☖1五香は好手。☖1八とからの詰めろになっている。印達は再び受けに回らざるをえなくなった。印達の勝負手※③☗2八銀に対する☖1七角も冷静な好手。今度だけは危ないかもしれない。※④☖2二香を見て印達は手を止めた。

(第13局4図　☖2二香まで)

☖2二香は手堅い手。☖2二金として駒を温存する手もあるが、多田野は万全を期したようだ。しかし……と印達は思った。ここで☗5八銀としたら多田野はどう対応してくるだろうか。☖7九竜と逃げれば詰めろが途切れるので☗3一桂成が間に合う。
印達は必死に読んだ。☖2二香の代わりに☖2二金なら☗5八銀☖7九竜という展開もあっただろうが、☖2二香ではどうか。それでも☗5八銀は成立するか……成立すれば詰めろはほどけて☗3一桂成が間に合う。
ずっと一手負けの局面が続いている。自玉は☖3八と以下の詰めろになっている。なんとかしてこの☗3一桂成を間に合わせたい。対局時計を見る。

残り時間は印達3分19秒。多田野3分26秒。

読み切れなかったが印達は最後の勝負に出た。☗5八銀。この手に活路を見いだすしかない。

多田野は☖3八とと斬り込んできた。以下☗同銀※☖6一竜☗1四歩☖3二金☗1三歩成☖1二歩☗2二と☖同金☗3五香☖3三金☗同香成☖9三角☗5九玉☖2二銀☗3二金☖3三銀☗3一桂成まで（投了図）121手にて印達の勝ち。

残り時間は印達が0分45秒。多田野は0分21秒だった。


（第13局投了図 ☗3一桂成まで）

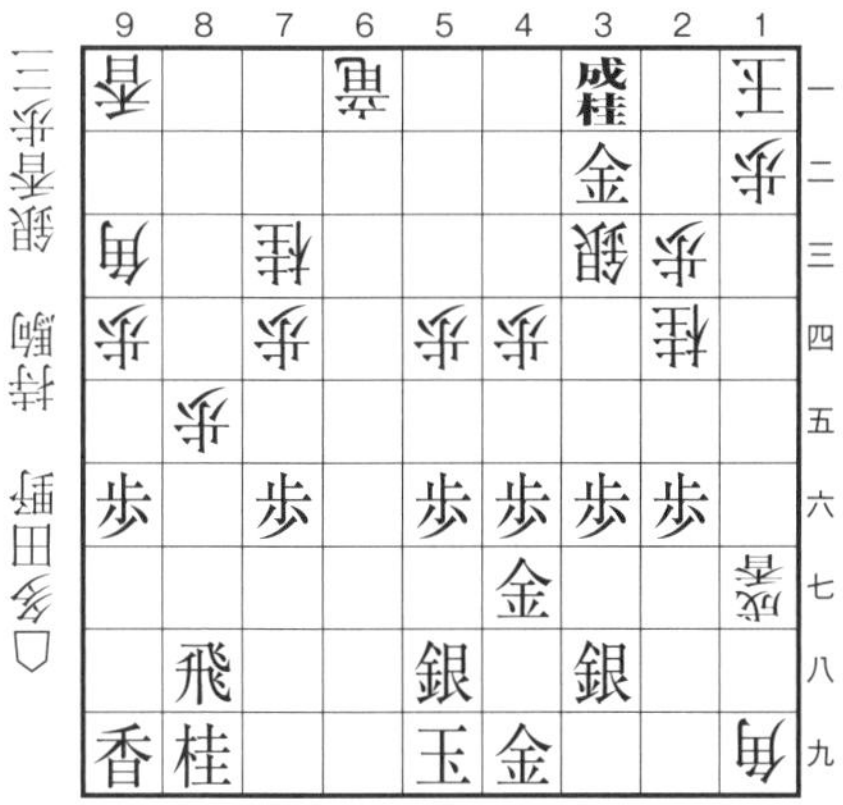

☗印達 持駒 金歩二

投了図は先手玉が詰まず、後手玉は詰めろが続く形。

あっという間の逆転に、印達はしばらく自分が勝ったことが信じられなかった。途中※☖6一竜と撤退するのを見て、もしかしたら逆転かと思ったが確信はなかった。一分近くの読みを入れてようやく勝ち筋が見えた。

「負けました」

という多田野の言葉に、

「ありがとうございました」

という印達の言葉が続いた。

カメラのシャッター音が聞こえる。テレビカメラもこっちに向けられている。しかし周りの誰も、まだ言葉を発しない。多田野は表情を崩さないで盤面を見つめている。

印達はゆっくりと顔を上げた。多田野の背後にいつの間にか松下の顔があった。目が合った。松下は印達を真っすぐに見つめて小さくうなずいた。

「お疲れさまでした。明成新聞の栗林と申します」腕章をつけた中年の男がマイクを片手に言った。「まずは優勝者の伊藤印達さんにお聞きしたいのですが……第23回アマチュア峻王杯での優勝、おめでとうございます。初出場、初優勝でしたよね。ご感想を一言、お願いいたします」

男は印達にマイクを差し出した。

印達はマスクを外してから話し始めた。

「大勢の人たちの前で指すのは初めてなので緊張しましたが、盤に向かうと不思議に気持ちが落ち着きました。昨日今日と、アマ最高峰の方々と思いきり将棋が指せて、とても幸せな気持ちです」

何も考えていなかったが、自然に言葉が出た。

「伊藤印達さんは十四歳。中学三年生だということですが」

「はい、そうです」

「高校は進学されるご予定ですか」

「はい、進学します。かなり勉強しないと厳しいと言われていますが」

周囲から笑い声が上がる。

松下の背後に末永と奥さんの姿が見えた。末永は大きく目を見開き、奥さんは目に涙をためている。中村和敏五段もいた。目が合うと指でVサインをしてみせた。

「過去のアマチュア棋戦をざっと調べてみたのですが、十代の参加者は過去にもいらっしゃいました。十三歳が最年少です。しかし十代の優勝者は今回が初めてです。対戦した方々も、主催者も我々記者も非常に驚いています。と同時に大きな期待も寄せています。プロになるおつもりはありますか」

アマ棋戦で十代の優勝者がいないのは、その力がある少年たちはすでに奨励会に入会していることが大きな理由になっている。松下からそう聞いたことがある。

「奨励会三段リーグの編入試験を受けるつもりです」

「そうですか、それは楽しみですね。将棋界は今、非常に盛り上がっています。今から四年前、当時十四歳だった藤井聡太さんが史上五人目の中学生棋士になり、今は藤井聡太二冠になっています。伊藤さんが来年プロになれば、将棋界はまたさらに盛り上がるのではないでしょうか……あの、失礼なことをお聞きして申し訳ありませんが、伊藤印達さんというのは本名なんですか」

「ええ、本名です」

「確か、江戸時代前期に夭折した棋士で、同姓同名の方がいたと思いますが」

「父が将棋好きで、その名前を付けたそうです」

「あっ、そうなんですか。お父様が将棋好きで……じゃ、お父様も今回の優勝を喜んでいらっしゃるんじゃないですか」

男は笑顔になる。周りの人々にも笑みの波が広がる。

「黄泉の国で、この様子を見ていると思います」

男の顔からさっと笑みが引いていく。

「それは……失礼いたしました。ご愁傷様です。決勝戦について一言、お願いできますか」

「中盤から、ずっと苦しい将棋が続いていたと思います。崖っぷちを歩いている気持ちでした。一手誤ると、そのまま崖下へ落ちる展開が続いていました。どうにかバランスを崩さずに、粘り強く指せたのがよかったのかなと思っています」

「どのあたりで勝ちを意識しましたか」

「難しい将棋で、最後の最後までわかりませんでした」

「そうですか。ありがとうございます。それでは準優勝の多田野さんからも一言、いただきたいと思います。まず、ご感想をお願いします」

印達はマイクを多田野に手渡した。

「決勝戦では、非常に多くのことを学ばせていただきました。まずはそれを、伊藤さんに感謝したいと思っています」

多田野は印達に頭を下げた。

印達も慌てて頭を下げる。

「非常に多くのこととは、具体的にはどういうことでしょうか」

「ひとことで言えば、読みの深さというふうになるのでしょうが……一手の背後に、ものすごく膨大な選択肢というか、試行錯誤を感じるんです。わずかな時間に、そうした多様な変化をすべて読み切って、指してくるんです。怖かったですが、同時にうれしくてしかたありませんでした」

多田野は身長一八〇センチを超えているだろう。身体もがっしりしている。坊主頭で顔もごつく修験者を連想させる。しかし獲物を追うような気配は消え、海を見るような穏やかな目になっていた。

「なるほど、膨大な試行錯誤を、伊藤さんの一手の背後に感じたわけですね」

「そうなんです。十手先とか二十手先とか、そういう直線的な読みじゃないんです。盤面を広く見て、手を選択する技術です。これを今日は勉強させてもらいました」

「多田野さんは一昨年、そして去年と連続でアマ竜神位を獲得されています。しかしプロになる意思はないとお聞きしていますが」

「そのつもりでした。七年前、奨励会三段リーグを突破できないで退会したとき、別の道を歩もうと決意したからです。アマの棋戦は楽しみで参加していました。なのでアマ竜神杯で優勝しても、プロになる権利を行使しなかったのです。しかし今日、その気持ちが変わりました。伊藤さんがプロを目指すなら、私もまた目指したいと思います」

おお、という声と同時に拍手が湧く。

シャッター音が右からも左からも聞こえてくる。

インタビューのあとは表彰式に移った。印達は大きなトロフィーと賞状、そして副賞として将棋の駒と商品券。ベスト4に進んだ四人の記念撮影。

テレビカメラが向けられ、またシャッター音が弾ける。人々のなかに末永の笑顔と奥さんのくしゃくしゃになった顔がある。松下は目を輝かせている。

印達の心は双葉に飛んでいた。

6　十二月十三日（日）午後五時から七時

天井は高く広々としている。壁一面がガラス張りになっていて、隅田川と東京スカイツリーが見える。さっきまで明るかった空が、わずかに暗くなりかけていた。少し前までロビーには大勢の人々がいたが、今はソファに何人かがいるだけ。

約束の時間まであと十五分。末永と松下はすでに利休を後にしている。二人には事情を話しである。トロフィーや賞状や副賞は末永が持って帰ってくれると言う。印達の帰宅後に四人で祝勝会をすることになっている。

――勝った、優勝した。

という思いが繰り返し繰り返し頭をよぎる。

――優勝、おめでとう。

たくさんの祝福の言葉も頭を駆け巡る。

神田明神の境内や、『宗歩』を初めて訪れた日のこと、末永のマンションで過ごした日々、奥さんのお手伝い、『ヘラクレス』の中村五段と目黒五段のこと、丸坊主にした日のこと、そしてドトールで双葉とはさみ将棋や回り将棋をしたことなどが次から次へと頭をよぎった。

自動ドアの向こうには緑の生垣が広がっている。その緑のなかから、小さな点が抜け出てきた。印達はマスクを外すとソファから立ちあがった。

自動ドアが開く。モスグリーンのショートコートとデニムのスカート。唇が赤い。たぶんCHANELのリップ。双葉の目はすぐに印達をとらえた。距離が縮まる。

「双葉」

印達は小さく言った。

「印達、勝った？」

「うん、優勝した」

「マジで？」

「うん。なので二月と三月に、奨励会三段リーグへ編入する試験を受ける」

プロになるまでには階段が三つあったが、そのうちのひとつをクリア。あと二つ。双葉と印達は並んで自動ドアを抜けた。松下はさっそく師匠を見つけてくれると言う。

「隅田川に沿って歩こうか」

印達は言う。

「うん、いいよ」

双葉と印達はすぐに指を絡める。

ホテル利休のそばを流れているのは隅田川。末永がそう言っていた。隅田川は懐かしい川。花見の時季に父母に連れられて行ったことがある。当時はたくさんの船が澄んだ川面に浮かんでいた。

「双葉、そのリップ可愛いよ」

モスグリーンのショートコートによく映える。

「わたしも気に入っている」

すぐに隅田川の川岸に出た。黒っぽいフェンスが岸に沿って続いている。足元は四角い石畳。花壇がありその背後に並木道がある。

「英語、難しいんだね」

「だろう」

「双葉が赤点になるの、わかるよ」

「おまえな……」

「ジョーク、ジョーク」

「印達って、けっこうイヤミな性格なんだな」

「そんなことないよ。思っていることを飾らずに言うところはあるけど」

「そういうの、イヤミって言うんだ」

「僕がお世話になる人は末永さんというんだけど、中学校の元先生なんだ。だから学校の勉強のことはよくわかってる。問題集というの、この前やらされたんだ。英語は全滅。数学は計算問題が二問だけできた。国語は半分くらい解けたかな」

国語の文章は江戸と違って、話し言葉とほとんど同じように書かれていたので、読みやすくわかりやすかった。

「わたしより悪いじゃん」

「だから、来週から個別指導塾へ行こうと思っているんだ」

「おまえ、ホントにさぼりまくってたんだな」

「双葉も、思っていることを素直に言うタイプじゃん」

双葉の赤い唇がすぐ目の前にあった。冬の冷たい風が吹いている。人影はまばら。ジョギング姿の男女がときどき通り過ぎる。フェンスに手を置いて川を眺めた。

水の色も両岸の様子も、三百年前とはまったく違っている。当時の隅田川は両岸に葦が生い茂り、ところどころに船着き場があって大勢の人足たちがいた。荷物を運ぶ廻船や田舎船、人を乗せる大小の屋形船などが頻繁に川を行き来していた。

「わたしさ、パティシエになろうと思っているんだ」

川面を見ながら双葉は言った。

「パティシエ?」

「スイーツを作る職人さんのこと」

「いいね、それ」

印達は叫ぶように言う。

「おまえ、スイーツ好きだったよな」

「うん、ハーゲンダッツにハマってから甘いものに目がなくなってさ、末永さんが面会に来るたびにスイーツを差し入れてくれたんだ。ニューヨークキャラメルサンドとか、ラ・ガナシュとか、どら焼きとか」

「どら焼きは、ちょっとパティシエのメニューから外れる」双葉はおかしそうに笑う。「今度さ、印達にスイーツ作ってやるよ」

「どういうスイーツ?」

「ティラミスなんかどう?」

「ドトールで食べたスイーツ?」

「うん、それ。昨日さ、ヨーグルトとオレオとお砂糖とバニラエッセンスとココアパウダーで、一から作ってみたんだ。そしたらドトールのより美味しかった」

「うおっ、急に食べたくなった」

「帰りに食べようか。夕食まだなんだろう」

食後のデザートでスイーツを食べることにした。

また一緒に川を見始める。冷たい風が頬を打つが、それがかえって快かった。

「目的をもって生きるって、けっこういいかもな」

双葉がぽつりと言う。

「うん」

印達も短く言う。

平たい船がポンポンポンと音を立てて目の前を通り過ぎていく。白い水が船の左右に飛び散る。潮の匂いが漂ってくる。辺りが暗くなってきた。と思ったとき、川に架かる橋が急に明るくなった。青白いきれいなアーチが川の上に浮かんだ。

「永代橋のライトアップだよ」

と双葉が言う。

「えいたいばし……」

と印達は繰り返した。『永代橋』だとわかるまで数秒かかった。

「双葉はここへ来たことあるの？」

「中学生のとき、対岸へ行ったことがある。ちょっと暗いけど見えるだろう。あそこが隅田川テラス」

枯れた木々が川沿いに続いている。対岸のビルの明かりが川面に反射して揺れていた。永代橋……眠っていた記憶が不意に現れた。

永代橋は印達が生まれた元禄十一年（１６９８年）に、隅田川に架かる四番目の橋として誕生したと聞いている。印達も何回か渡ったことがある。当時としては最大級の木橋。深川の渡しがすぐそばにあり、たくさんの廻船が永代橋の下を通過していった。

そしてもうひとつ、元禄十五年（１７０２年）のこと。印達が五歳のとき。これは記憶に残っている。十二月に赤穂浪士が、墨田区両国にある吉良上野介屋敷へ討ち入り、上野介の首を掲げてこの永代橋を渡って泉岳寺へ向かった。

川面が揺れている。

時の流れのなかに迷い込んでしまったような気がした。印達は思わず握っている指に力を込めた。双葉も握り返してくる。

「もうすぐクリスマスだな」

と双葉が言う。

「そうだね」

クリスマスがどういうものか、面会のときに双葉から聞いた。江戸時代にはまったくなかった行事。今から楽しみ。退院した日の夜に、街のいたるところにクリスマスのイルミネーションがあったのを思い出した。

「イブの夜は一緒にケーキ食べたりしようか」

「うん、双葉の手作りケーキがいい。あと、優勝して十万円の商品券もらったから、服とか買ったりしよう」

「十万円もらったのか。すごいじゃん」

「双葉は何かほしいものがあるの」

「あるよ。いっぱいある。服もアクセサリーもマンガ本もゲームも」

「そういうの、みんな買おう」

双葉は飛び跳ねて喜ぶ。

急に闇が深くなった。歩いている人は見当たらない。双葉と印達は歩き出した。白い石畳がビルの明かりを反射している。しかし右側に続く樹木の下は闇の世界。

印達は樹木の下へ歩いて行った。双葉もついてくる。木の下で立ち止まると双葉も立ち止まった。そのまま見つめあった。双葉の目のなかに小さな光が映っている。印達は顔を近づけた。

双葉の唇は柔らかく少し冷たかった。唇を離してまた見つめあった。今度は双葉が顔を寄せてきた。少し長いキス。唇を離すとまた見つめあった。言葉が見つからなかった。双葉も何も言わない。どのくらい時間が経ったかわからない。

双葉の「あっ」という声で印達は我に返った。

「何?」

「指……指……」

「指?」

印達は思わず自分の右手を見た。

何だろう。ちゃんと五本あるしケガもしていない。再び指を絡めようとしたとき、その意味がわかった。絡めない。握ろうとしたが空をつかむ。

「双葉……」

「印達……」

双葉は印達の首に手をまわした。印達も双葉の身体を抱きしめた……と思ったが印達の腕は何もつかむことはできなかった。

「印達、何が起こったんだ」

「わからないよ……でも……」

川べりでならず者たちに襲われたときのことが脳裏をかすめた。川に飛び込んだはずなのに水の感触を覚えていない……話し合ったりする時間はたぶんない。

「必ず戻ってくるよ。待ってて双葉」

「どうしたんだ、印達……ワームホールに触れたのか」

「わからない。でも必ず戻って……」

「もう一度手を握るんだ、印達……わたしを置いていくな」

エピローグ

ゴーン、ゴーンという音が遠くで鳴っている。

もう一度ゴーンと鳴った。印達は目を開けた。

——これは刻を知らせる捨て鐘の音。

これから刻を知らせるぞという合図。三つ鳴る。

天井には太くて黒い梁が十字にかかっている。障子の向こう側がかすかに明るい。どこかで戸を開ける音が聞こえた。

ゴーンという音が再び聞こえた。長く響く鐘の音。時を置いてまた聞こえてきた。鐘の音の間隔は次第に短くなり、六つで終わった。

——明け六つの鐘の音。

周りを見た。床の間と掛け軸と襖。壁際にある框の将棋盤とその上にある駒袋。廊下で衣擦れの音がした。

「印達、そろそろ時間ですよ」

母の声だ。

「はい、起きています」

返事をするとすっと障子が開いた。

「どう、身体の調子は？」

「いいようです。だるさもなく咳も出ません」

「では用意しなさい。今日は小袖と羽織ができあがる日なので」

「わかっています、母上」

母は笑顔でうなずくと障子を閉めた。印達は廊下に出て内弟子たちの起居する部屋に向かった。誰もいない。それぞれに与えられた仕事を始めたようだ。印達は屋敷裏手に回った。思ったとおり平蔵が斧で薪割りをしていた。

「おはようございます」

「よぉ、印達か。おはよう。今日は一緒に駿河町まで行こうな」

人懐っこい笑顔で言う。

「はい、お願いします」

印達は部屋に戻ると障子を開け、畳に座って庭を見た。

東の空が明るくなり、細い光が庭に差し込んでいる。池にいる鯉が水面を小さく揺らしていた。菊がその奥に咲き誇っている。

唇にふと奇妙な感覚が蘇った。

何かに触れたような感触……人差指を唇に当ててみた……何だろう。

顔を洗い父母と弟の印寿と一緒に朝ご飯を食べると、内弟子のひとりに髷を整えてもらってから、外出用の小袖に着替えて仏間へ行った。父と母が待っていた。印達は畳に手をついて頭を下げた。

「父上、母上、これから駿河町の三井越後屋まで行って参ります」

「うむ、気をつけて行ってこい」

床の間を背にした父、宗印は短く言った。

「はい」

「身体の具合はいいようだな」

「今日はことのほか、いいように思います」印達は顔を上げる。「来る二十一日の御城将棋では、大橋宗銀に必ずや勝ってごらんにいれます」

父は大きく一度うなずいた。

隣で母は笑顔を見せた。

「お願いがございます。三井越後屋へは、私ひとりで行きたいのですが」

父はかすかに目を細める。

「ひとりになって、いろいろ考えたいことがあるのです」

父と母が顔を見合わせる。印達は続けた。

「最近の私は、心が張り詰めすぎていると思っています。心を和らげることが、御城将棋にそなえての最善の策だと考えています」

急に思いついた言葉だった。

今の今まで、予定どおり平蔵と一緒に行こうと思っていたのだ。

「平蔵と一緒のほうが、心が和むと思うが」

「そういうときもありますが、そうでないときもあります」

「……そうか、わかった」

父がそう言うと母は立ち上がり、簞笥から何かを取り出してきた。

「これを三井越後屋さんに」

包みを開けると二両四朱あった。

「ありがとうございます」

印達は金子を自分の巾着のなかに入れると、草履を履いて庭に出た。近くにいる内弟子たちの何人かが、お気をつけてと声をかけてくる。弟の印寿も門まで来て、兄上行ってらっしゃいませと笑顔で挨拶する。

「よぉ、印達。行こうか」

平蔵は額の汗を手ぬぐいで拭きながら近づいてきた。

「平蔵さん、申し訳ないんだけど……」

「なんだ」

「今日はひとりで行ってまいります」

「どうした、何かあったのか」

「いいえ、何も。ひとりになって、気持ちを落ち着けてきます。何となく、心が硬くなっている気がしますから」

平蔵は少しの間、印達を見つめていたが、

「そうか、わかった。気をつけて行ってこい」

とうなずいて言った。

屋敷を出て少し歩くと曲がり角に来た。右に折れると広い通りに出る。左に折れると楓川沿いの道に出る。広い通りに出たほうが駿河町へは近道だが……。

また昏に感触が蘇った。少し冷たくて柔らかな感触。目覚める直前の夢のようにも思えるし、ずっと遠い昔の記憶のようにも思える。

印達は左へ折れた。遠くにススキの穂先が見える。黄金色の帯は蛇行してどこまでも続いていた。霜月の淡い日差しが降り注いでいる。


（完）

新井　政彦（あらい・まさひこ）

1950年生まれ。埼玉県出身。中央大学文学部卒業。

学習塾経営の傍ら、35歳のとき小説を書き始める。

1999年『CATT―託されたメッセージ』で第16回サントリーミステリー大賞優秀作品賞受賞。

2000年『ネバーランドの柩』で第17回サントリーミステリー大賞優秀作品賞受賞。

2005年『ユグノーの呪い』で第8回日本ミステリー文学大賞新人賞を受賞しデビュー。

『ノアの徴』、『硝子の記憶』、『手紙』(いずれも光文社)を上梓している。

2020年1月、将棋小説『時空棋士』を上梓。同年7月『時空棋士』が第32回将棋ペンクラブ大賞文芸部門で優秀賞を受賞。

僕《ぼく》は令和《れいわ》で棋士《きし》になる

2020年10月31日　初版第１刷発行

著　　者　新井政彦
発行者　滝口直樹

発行所　株式会社マイナビ出版
〒101-0003　東京都千代田区一ツ橋2-6-3 一ツ橋ビル２F
電話 0480-38-6872（注文専用ダイヤル）
03-3556-2731（販売部）
03-3556-2738（編集部）
E-mail：amuse@mynavi.jp
URL：https://book.mynavi.jp

ＤＴＰ制作　木下雄介（マイナビ出版）
印刷・製本　中央精版印刷株式会社

定価はカバーに表示してあります。
乱丁・落丁についての問い合わせは、
TEL：0480-38-6872　電子メール：sas@mynavi.jpまでお願い致します。
　ISBN978-4-8399-7468-8